천하무적

천하무적 1

이나원 新무협 판타지 소설

초판 1쇄 찍은 날 § 2003년 6월 18일
초판 1쇄 펴낸 날 § 2003년 6월 25일

지은이 § 이나원
펴낸이 § 서경석

편집장 § 문혜영
편집책임 § 박영주
편집 § 장상수 · 권민정
마케팅 § 정필 · 강양원 · 이선구 · 김규진 · 홍현경
펴낸곳 § 도서출판 청어람
등록번호 § 제1081-1-89호
등록일자 § 1999. 5. 31
어람번호 § 제2-0221호

주소 § 경기도 부천시 원미구 심곡1동 350-1 남성B/D 3F (우) 420-011
전화 § 032-656-4452 팩스 § 032-656-4453
http://www.chungeoram.com
E-mail § eoram99@chollian.net

ⓒ 이나원, 2003

값 7,500원

ISBN 89-5505-718-0 04810
ISBN 89-5505-717-2 (SET)

천하무적

이나원
新무협 판타지 소설

1 가자! 강호로!

1

도서출판
청어람

목차

서장(序章)

此鳥不飛則已
이 새는 날지 않으면 그뿐이지만
一飛冲天
한 번 날면 하늘에 오르며,
不鳴則已
울지 않으면 그뿐이지만
一鳴炅人
한 번 울면 사람을 놀래킨다.

"삼년불비 우불명(三年不飛又不鳴)."

3년 동안 날지도 않고 울지도 않는다는 뜻으로, 훗날 웅비(雄飛)할
기회를 기다리고 있음을 의미한다. 그 옛날 초나라의 장왕이 한 유명

한 말이다.

"휴우……."

어디선가 나직하게 한숨이 들려오더니 잠시 실내는 고요함으로 물들었다.

나는 지금 무엇을 하고 있는 건가?

때를 기다리고 있는 것인가?

자신이 언젠가는 크게 될 것이라고 확신하는가?

그렇다면 그것을 준비하면서 살아가고 있는가?

"삼년불비 우불명은 나에게 어울리지 않아."

목소리에서는 실망감도, 우울함도 보이지도 않았다. 아니, 오히려 어딘지 모를 치기 어린 웃음이 배어 있었다.

"난 나일, 세상에서 최고로 소중한 존재는 '나' 다. 세상은 이제 나를 중심으로 돌아갈 것이다. 누가 뭐라 해도 내 인생의 주인은 나. 딱히 기다리고 준비하면서 살 필요는 없지."

조금은 단호한 듯한 억양을 끝으로 목소리는 더 이상 들려오지 않았다.

제1장
그냥 죽기에 중원(中原)은
너무 넓다

사천성(四川省)의 성도(省都) 강진 땅.

이곳에 있는 한 작은 주점에서는 아직 초저녁임에도 불구하고 벌써부터 소란스러웠다. 겨울철 농한기도 아니라 아직 술꾼들이 모여들기에는 이른 시간이었음에도 말이다.

그 시작은 이러했다. 해가 뉘엿뉘엿 저갈 무렵 한 청년이 주점 주렴을 들추며 들어서자 실내에 있던 몇몇의 사람들은 마치 못 볼 것을 본 것마냥 얼굴을 찌푸리며 그에게 시선을 쏟았다.

사람들의 시선에서 공통적으로 읽은 것은 언짢음! 들어설 때부터 심사가 비비 꼬인 얼굴의 청년이 심통이라도 난 듯한 어조로 목청을 높였다.

"술 가져와!"

벼락같은 그 한마디에 주점의 주인 겸 점소이 왕진화의 눈은 휘둥그레졌고, 주점 밖의 사람들까지 무슨 사건이 벌어졌는 줄 알고 호기심에 몰려들어 조용했던 주점 안은 시장통 바닥마냥 시끄러워졌던 것이다.

"주인장! 손님이 술을 시켰으면 빨랑 가져와야지!"

청년의 술 주문에 왕진화는 지금 마음속으로 갈등하고 있는 중이었다. 물론 저 청년에게 술을 파는 것은 안 될 일이었다. 청년은 건달기가 몸 전체에 배어 있고, 잘생겼다기보다는 호쾌하게 생겼다는 표현이 어울릴 법한 얼굴에 보통 사람보다 한 뼘 정도 큰 체구를 가졌다. 그러나 이십 대 초반 청년의 모습에 술을 팔아도 별 무리가 없어 보였지만 저 청년이 나일이란 이름을 갖고 있고, 지금 나이가 열여섯 살이란 것은 사천성 강진 땅 모든 사람이 다 알고 있는 사실이었니… 이건 아무리 돈이 좋아도 도덕적으로 팔면 안 되는 것이 너무나 당연했다. 하나 술 못 판다고 직접적으로 말할 수도 없다.

이 자식 '나일'이 어디 보통 놈인가!

우선은 벌써 일 년 반이 넘은 '어쩌지 못하는' 단골이었다.

그 오랜 시간 동안 깽판 부려 기물을 파손한 것은 수십 번일지라도 술값 외상은 한 번도 한 적이 없는, 나름대로 지킬 건 지킬 줄 아는 녀석이란 것을 생각하면 당연히 술을 내놔야 하는 게 서로 얼굴을 붉히지 않는 일이기는 한데 그것도 그럴 수가 없다.

문제는 어젯밤에 일어난 사건 때문이다.

어제저녁 나일이 술값 대신 내놓은 은비녀를 왕진화가 전당포를 하는 장아변에게 처분하려다 장물로 관청에 신고되어 자신도 한바탕 곤욕을 치르고 이 자식도 분명 끌려갔었다.

겨우 무죄가 입증돼서 풀려나는 자신의 등 뒤로 나일을 끌고 간 포두 장민철이 미성년자에게 또 술을 팔면 한동안 콩밥 먹을 줄 알라고 큰소리까지 쳤는데…….

왕진화는 자신의 지끈거리는 머리를 부여잡았다. 저 자식에 대해선 정말 넌덜머리가 난다.

'나보고 어쩌라고, 저놈 성질 알면서 벌써 풀어주면 어떡하라고. 그리고 저 자식은 풀려났으면 집으로 기어들어 갈 것이지 왜 또 여길 온 거야?'

"주인장, 빨랑 안 가져와? 확 엎어버린다?"

왕진화가 힐끔 나일을 바라보니 탁자를 익숙하게 손으로 두드리며 당장 술을 안 가져오면 행패를 부리겠다는 모습이었다.

'에라, 모르겠다. 이런 적이 어디 한두 번이었냐?'

왕진화는 그렇게 자신의 갈등을 종식시키고 주방으로 향했다.

도덕(道德)을 지키고 법(法)을 지키기에는 나일이 가진 배경과 주먹이 무서웠기 때문이다. 아니, 솔직히 말하자면 저 나일이 부리는 행패를 자신으로서는 감당할 자신이 없었기 때문이다.

이곳 사천 강진 땅에서 '나일' 은 아직 어리지만 초특급 날건달 기재의 길을 밟는 대향표국(大響鏢局) 국주 칠정검(七政劍) 나문(那聞)의 둘째 아들이자 녹림칠십이채 중 풍귀채주(風鬼寨主) 나웅(那雄)의 조카이다. 거기에다 사천절도부(四川節度部) 부병마사(部兵馬使) 나천(那天)의 하나밖에 없는 애물단지 동생이었다. 한마디로 부(富)와 주먹, 그리고 권력에 모두 근접해 있는 놈이다. 왕진화는 비위를 거슬러 봤자 이래 저래 좋을 게 없다는 판단으로 술상을 준비하기 시작했다.

포두 장민철은 어제저녁에 자신이 잡아넣은 나일이 어제 사건을 벌인 그 왕진화의 주점에서 술 마시는 것을 보았다.

그것을 보며 장민철의 머리는 비상하게 회전하기 시작했다.

'저놈이 풀어줬으면 집에나 갈 일이지 또 술 마시고 사고 치려고 그러는구나' 하는 생각에 잡아넣을 꼬투리를 생각하고 있다가 이내 고개를 저었다.

저놈과 관계되면 귀찮기만 할 뿐이다. 숙직일 때는 나일이 없어야 밤거리가 조용하고, 그래야 자신도 편한 맘으로 숙면을 취할 수 있기에 미리 방비한다는 의미로 초저녁에 죄목을 붙여 잡아두었지만 지금은 퇴근 중이니 상관하지 않고 집으로 가면 그만인 것이다. 말한다고 들을 놈도 아니고, 다시 저놈을 끌고 관청으로 가고 싶지도 않다. 어차피 자신은 퇴근 중이지 않은가.

"여어, 나일! 얼굴이 좋아 보이네?"

하지만 관청의 포두가 장민철만 있는 것은 아니기에 오늘의 숙직자 포두 화숙진이 이렇게 나일을 찾아온 것이다.

화숙진은 은근히 나일에게 다가가 짐짓 반갑다는 듯이 손을 잡았다. 그리고는 자연스럽게 나일의 손에 포승줄을 묶었다.

"화 포두님, 왜 이러세요? 제가 무슨 잘못이라도……?"

나일은 황당하다는 듯이 화 포두를 쳐다봤다.

"이 녀석아, 저번 달 범죄 서른두 건 중 스물여덟 건이 너랑 관계되어 있고, 네 건은 너의 작은아버지 사업하고 관계되어 있다. 말하자면 너는 거의 하루에 한 번 범죄를 저질렀다는 것이지. 그리구……."

포두 화숙진은 말꼬리를 흐리더니 나일의 귀에 대고 소곤거렸다.

"가장 중요한 것은 내가 오늘 숙직이란 사실이다. 나도 조용히 밤을 보내고 싶구나. 한밤중에 일어나 너를 잡아와서 조서 쓰며 밤을 보내고 싶진 않단다. 그러니 조용히 따라와라."

나일은 그런 화 포두를 보며 처량한 표정으로 애원조로 말했다.

"화 포두님, 한 번만 봐주세요. 저 그냥 집에 들어갈게요."

나일은 짐짓 불쌍하고 동정을 구한다는 표정을 지으며 고개를 숙였다.

그러다 갑자기 무언가 생각난 듯 고개를 들고는 화 포두를 쳐다보았다.

"화 포두님, 근데 저기… 제 죄목이 뭔가요?"

그제야 화 포두도 고심하는 표정으로 머리를 굴리기 시작했다.

"음, 장물 취득죄… 다."

나일은 그런 화 포두에게 살았다는 듯이 빙그레 웃으며 말했다.

"그건 어제의 죄목입니다. 아무리 무식한 저지만 처벌받은 걸로 또 처벌할 수 없다는 게 법(法)에 기록되어 있다는 것 정도는 압니다."

그렇게 말한 후 화 포두에게 찰싹 달라붙어 소곤거렸다.

"화 포두님, 아시다시피… 요즘 저한테 거의 모든 죄목을 붙여서 쓸 만한 게 없을 거예요. 그러니 그냥 오늘은 봐주세요. 저도 조용히 딱 한 잔만 하고 집으로 들어갈게요."

그리고는 술잔을 들어서 자연스럽게 화 포두에게 쥐어주었다.

"한 잔 받으세요. 저, 알고 보면 조용한 놈이에요. 그렇죠, 여러분?"

나일이 눈을 부라리며 주점 안의 사람들을 쳐다봤다.

"그럼."

"요즘 정말 조용히 살고 있는 것 같아."

"개과천선(改過遷善)했지. 화 포두, 한 번만 봐주게."

"나일도 하루쯤은 집에서 자게 해주라고."

나일은 그런 그들의 말을 듣고는 내심 '오늘은 무사히 넘어갈 수 있겠구나' 했다.

그러나 화 포두도 주위 사람들의 놀라운(?) 반응에 나일을 쳐다보고
는 하루쯤 봐줄까 하는 마음도 가졌지만 금세 고개를 젓고는 나일의
손을 끌고 관청으로 향하며 외쳤다.

"넌 노상 방뇨야! 그러니 내일 아침 꺼내줄 때까지 얌전히 있어!"

그리고는 조용히 나일에게만 들리도록 나일의 귀에 대고 소곤거렸다.

"미안하다. 그래도 나 편하려면 어쩔 수 없지 않느냐? 그러게 조용
히 집에 돌아갔어야지."

나일은 자신의 오늘 한 행동들을 곰곰이 돌아보았다.

'노상 방뇨라… 오늘 했나? 했구나! 젠장!'

나일은 결국 노상 방뇨라는 죄목이 감옥에서 하룻밤을 보낼 정도의
죄목이라 생각했는지 고개를 푹 수그리며 나온 지 한 시진밖에 안 된
그곳을 향해 다시 걸어가기 시작했다.

며칠 동안 관청의 감옥을 들락거리다 곧바로 집에 들어간다는 조건
하에 새벽녘에야 나일은 집으로 들어갈 수 있었다. 물론 들어오는 길
에 화주 한 병 걸치고……

그 덕분에 나일은 저녁이 다 되어서야 잠이 깼다. 그러나 곧 이어 일
어나자마자 숙취처럼 깨질 듯이 아파오는 두통에 한 식경가량을 몸서
리쳐 댔다.

'술 때문이 아닌데…….'

나일은 직감적으로 이것이 새벽녘에 먹은 화주의 영향 때문이 아니
란 걸 알았다.

조금씩 심해지는 것이다.

선천성(先天性) 골수(骨髓) 불혈(不血)의 통증이 악화되는 것이다.

그것에 생각이 미치자 나일은 피식 웃었다.

자신 역시 죽음을 두려워하는 어쩔 수 없는 한 평범한 인간이란 사실에 자신도 모르게 입가에 웃음이 맺힌 것이다.

언제였던가, 한 열 살쯤 되었을 때인 듯싶다.

한 번은 끊임없는 두통에 의원을 불렀다. 의원은 고개를 가로저으며 십 년을 넘기기 어려울 것이라고 했다.

자신은 병명조차 알지 못하는 생소한 병이고, 아직 치료 방법도 전무한, 여인들만이 걸리는 불치의 병과 증상이 비슷하단 진단을 내리면서.

그 말에 놀란 나일의 아버지 나문은 사천 최고의 의원이라는 제일의원(濟日醫院)의 천 의원을 극진한 대우로 모셔와 나일을 진찰하게 하였다. 그러나 천 의원 역시 같은 말을 하며 나일에게 스무 살이 되기 전에 목숨을 잃을 것이라고 했다.

두통.

그것은 몸속의 피가 한순간 경직됨으로써 뇌에 피와 산소가 공급되지 않아 일어나는 증상이다. 이것은 십 년에 한 번 나올까 말까 하는 병으로 여인들이 앓는 선천성 골수 불혈의 초기 증상이라고 한다.

사람 몸에는 혈액이 몸을 돌아서 힘을 주어야 하는데 나일의 몸에는 혈액이 점점 굳어가고 있는 것이다. 그래서 종내에는 혈액이 몸을 순환하지 않아 정지하게 되는, 그리하여 생이 끝나는… 천 의원 자신도 의원 생활 삼십 년 동안 딱 두 명의 여인에게서 본 희귀한 병이라고 했다. 게다가 친절하게도 이 병을 고치는 방법은 아직 세상에 나오지 않은 불치의 병이라고 단언했다.

그 후 나일은 변했다.

형을 따라 문과에 급제하여 관직에 투신하려는 생각을 버리고 숙부의 산채에 있는 시간이 많아지면서 무뢰배들의 행동을 배우며 그들과 똑같아져 간 것이다. 그렇게 해서라도 잠시 자신의 병을 잊고 싶었다.

죽음은 피할 수 없다지만 두려웠다.

이 넓은 중원도 다 보지 못하고 많은 경험들도 하지 못한 채 허무하게 일생을 마친다는 것이, 그렇게 죽는다는 생각이 두려웠다.

그것이 죽음보다도 더 두려웠다.

어제 나일은 왕진화의 주점에서 술을 한잔 걸치고 강진의 유흥가를 헤매고 있었다. 그러다가 이 강진 땅에서 자신과 첫째, 둘째를 다투던 사고뭉치 화창정과 맞닥뜨리게 되었다.

지난가을 화장청이 모종의 이유로 북경으로 떠나서 오랜만에 그 얼굴을 보게 된 것인데 하나도 반갑지 않았다.

여드름이 얼굴 가득 메운 화창정은 나일보다 세 살이 많은 사천(四川) 하오문(下午門) 분타주의 장남으로, 그 하는 행동거지가 시정잡배인지라 사람들이 멸시하는 하오문 분타주의 아들답다는 악명을 떨치고 있었다.

비록 나일과 화창정은 같은 지역 안에서 사람들에게 행패를 부린다는 공통점을 갖고 있지만, 이 강진 땅에서 누가 더 악명을 떨치는가에 대한 경쟁 관계로 둘의 사이는 그다지 좋은 편이 아니었다. 아니, 오히려 원수지간이라는 표현이 더 어울렸다.

나일은 어렸을 때부터 무수히 그와 싸워온 전적이 있어 만나기만 하면 서로 으르렁거리고 비꼬며 무시하는 게 다반사였다. 물론 서로는 상대를 자신보다 아래로 여기고 적수로 인정하지 않지만 둘 사이가 좋지 않다는 것 정도는 이곳 유흥가에 잘 알려진 사실이었다.

"여어, 나일 아닌가?"

화창정이 예전과 다르게 나일을 친근하게 불렀지만 본래부터 화창정을 싫어했던 나일에게 그것이 곱게 들릴 리 없었다.

"아, 난 또 어떤 썩을 놈인가 했더니 화 형 아니야?"

자신보다 나이가 많기에 형이라는 존칭을 붙여주기는 했지만 조금도 존칭 같지 않은 말투와 음성이었다.

나일의 말에 살짝 화창정의 안색이 구겨졌지만 이내 무슨 바람이 불었는지 어울리지 않는 부드러운 표정을 지어 보였다.

"아직도 이런 곳을 헤매고 다니는 거냐?"

"화 형도 마찬가지 아니야?"

능글맞은 웃음과 함께 비아냥거리는 나일의 말에 화창정의 얼굴이 일순 굳어졌다. 그렇지만 입가에 지은 미소만은 유지하려는 듯 안간힘을 쓰고 있었다.

"제발 철 좀 들어라."

"자기나 잘하시지?"

화창정은 나일의 말에 지금껏 참고 있던 인내심이 무너져 내리는 것을 느꼈다.

"그럼 그렇게 살다가 죽어라. 충고해 주려니까."

화창정이 그 말을 끝으로 돌아서려 하자 나일은 그런 화창정의 어깨를 잡아서 자신 쪽으로 돌렸다.

"뭐야, 한번 해보자는 거야?"

나일은 화창정에게 한마디 내뱉으며 자신의 오른 주먹을 화창정의

왼쪽 관자놀이 부근을 향해 휘둘렀다.

뻐억! 털썩!

동네 건달 싸움에서 선방의 중요함은 아무리 강조해도 부족하지 않다. 이미 다년간의 경험으로 나일은 조금의 주저함도 없이 주먹을 날렸고, 곧 일어나서 자신에게 달려들 화창정을 대비하며 말했다.

"화 형, 맞고 싶으면 언제든지 덤벼보라고!"

원래 상황이 이렇게 되면 곧바로 자신을 향해 덤벼들곤 하던 화창정이 오히려 나일을 측은하게 쳐다보며 느긋하게 일어나 자신의 옷자락을 털었다.

"나일, 너도 언젠가는 지금 하고 있는 행동들이 부끄러울 때가 있을 거다."

예전과는 너무도 다른 모습에 나일이 어이없어하는 것을 아는지 모르는지 화창정은 나일을 스쳐 지나 유흥가를 빠져나갔다.

나일은 방금 벌어진 이 상황을 믿을 수 없다는 듯 벌린 입을 다물지 못했다.

자신이 화창정에게 오히려 맞은 것 같은 느낌이었다.

이곳 강진에서 자신과 동급으로 불리며 어릴 적부터 누구한테 맞고 그냥 있은 적이 없던 화창정이 갑자기 미치기라도 했는지 약간은 선량한 눈빛으로 물러섰다는 것에 의문이 생겼다. 그래서 그 궁금증을 참지 못해 동네 건달들의 집결지라 할 수 있는 화양루(花釀樓)란 주점 지하의 도박장을 찾아들었다.

이 도박장에서도 나일을 모르는 사람은 아무도 없었다. 얼마나 이곳에서 소란을 떨어왔는지 나일이 도박장 문을 열고 들어서자 도박장을 관리하는 종업원 겸 소란이 일어나면 말리는 역할을 하는 덩치 좋은 건달 두 명이 나일의 양 옆으로 붙어왔다.

"오늘도 한판 거하게 놀아볼까?"

나일은 자신의 옆에 붙어 있는 건달 두 명의 어깨에 팔을 떡하니 걸친 채 마치 자신이 높은 사람이라도 돼서 호위를 받고 있는 것처럼 거만하게 한참 판이 벌어지고 있는 탁자로 향했다.

그 탁자에서는 주사위를 가지고 도박을 하고 있었는데 주사위가 도박 중 가장 판이 크기에 많은 사람들이 몰려 있었다.

그곳엔 한창 육일택(六一擇)이라는 이름이 붙은 주사위 도박이 벌어지고 있었다. 이 도박은 주사위 도박 중 가장 간단한 방식으로 진행되는데, 말 그대로 여섯 가지 중에 하나를 선택하는 도박이었다.

도박장의 종업원이 물주의 역할을 하고 주사위 하나를 주사위 통 속에 넣고 흔들어 탁자에 세우면 도박꾼들이 주사위 숫자 여섯 가지 중 하나를 택하는 단순한 방식이다.

이 도박에는 이 여섯 가지의 선택만 있을 뿐 소(小)와 대(大) 같은 일반적인 주사위 선택안도 없어 오직 주사위 눈금의 숫자만으로 승부를 가리기에 확률이 육 분지 일에 불과한 만큼, 맞췄을 경우 건 금액의 네 배를 받을 만큼 배당금이 큰 도박으로 일확천금(一攫千金)을 꿈꾸는 도박꾼들이 전문으로 하는 도박이었다.

"어이, 황 형! 잘 굴리라고! 나는 일 점에 은 다섯 냥!"

나일은 주사위를 굴리고 있는 어깨가 딱 벌어지고 왼 뺨에도 칼자국이 나 있는 도박장의 종업원을 보고 두 눈을 부라리며 말했다.

황 형이라 불린 도박장의 종업원 황정일은 자신 앞에 나일이 온 것을 알고는 오늘도 조용히 넘어가긴 틀린 밤이 될 것을 예감했다.

'저 자식이 왔으니 한바탕 소란이 일어나겠구나.'

이런 생각은 비단 황정일뿐만 아니라 이 도박장에 모인 모든 사람들의 공통적인 생각이었다.

최근 누군가가 이 도박장에 '불 내고 돈 싹 쓸어가기' 했던 사건이 황정일의 머리 속에 떠올랐다.

며칠 전 손님이 뜸한 초저녁, 출입구 앞에서 누군가가 기름을 뿌리고 불을 내서 연기를 도박장 안으로 밀어넣었다. 곧 도박장 내에 불길이 커져 입구가 온통 불바다가 돼 아무도 빠져나가지 못하게 되자 이에 안에 있던 도박꾼들이 힘을 합해 누군가가 미리 준비해 둔 물동이로 불길을 잡았다. 하지만 그 틈새를 노려 복면인이 나타나 모두가 빠져나간 도박장의 어질러진 돈을 들고 도망친 사건이 벌어졌다. 그리고 황정일은 그 사건의 복면인이 나일이라는 심증을 나름대로 가지고 있었다.

우선 그 전날 나일은 이 도박장이 불법이라는 것을 빌미로 돈을 뜯어내려 했지만 한 푼도 받지 못했었다. 그리고 그날 도박장 안에 있던 도박꾼 중에 도박장 입구에서 나일을 보았다는 사람도 있고, 그날 나일이 물동이를 지고 거리를 지나치는 걸 목격했다는 사람도 있었기에 도박장 측에서는 나일이 범인이라고 생각했다. 하지만 이 사건이 관가에 알려지면 오히려 손해를 보는 것은 도박장 측이라 쉬쉬하고 덮어두었다.

일단 나일이 가진 배경 중 하나인 나일의 형이 높은 관직에 있어 쉽게 손을 쓸 수도 없고 해서 하루 장사 공쳤다는 심정으로 도박장의 경계만을 강화하고 있던 중이었다.

나일이 돈을 걸던 때는 황정일이 주사위 통 속을 열던 때와 맞물려 있던 터라 나일은 입으로만 돈을 걸었을 뿐 실제로 돈을 탁자 위에 올려놓진 못했다.

"삼(三)이다!"

탁자 위에서 삼에 걸었던 도박꾼이 주사위의 숫자를 보면서 환호하자 나머지 도박꾼들은 시무룩한 표정으로 자신이 걸어둔 은자에서 손을 떼고 있었다.

"나 공자, 아쉽게도 틀리고 말았군요."

황정일은 입가에 잔주름을 일으켜 억지로라도 웃으려는 듯했으나 그것은 다른 사람이 보기엔 경련이 일어나는 것으로 보였다.

"어라, 그렇네?"

나일은 황정일의 말에 품 안을 뒤져 주머니 찾는 시늉을 했다.

"돈이 어디 갔나? 이거 어떡하지?"

진지한 표정으로 당황스러운 척 부산하게 몸 구석구석을 뒤지다가 두 손을 들어 보이는 나일을 보며 황정일로서도 그깟 은자 다섯 냥 받지 않고 나일을 도박장에서 내보내는 것이 오늘 매상에 도움이 된다는 생각을 굳혔다. 그래서 나일의 양 옆에 있는 건달들에게 밖으로 끌어내라는 시늉을 했다.

"이거 왜 이래? 나, 나일이야! 그깟 은자 다섯 냥이 없다고 나를 쫓아내려 해!"

나일은 마침내 자신이 소란 피울 때가 왔다고 여겼는지 몸에 익을 대로 익은 행패를 부리며 황정일을 향해 손가락질을 해댔다.

'나일아, 제발 가다오. 은자 다섯 냥 받지 않을게, 제발 가다오.'

황정일의 마음속 간곡한 바람에도 불구하고 나일은 온몸으로 발광하며 지랄 맞은 발차기를 판이 벌어지는 탁자를 노리며 차려고 폼을 잡았다.

"놔라! 내 성질 알지? 확 여기 뒤집어놓는다?"

으름장을 늘어놓는 나일을 무시하는 척 황정일은 아무 일도 벌어지지 않았단 표정으로 다시 주사위를 집어 들어 주사위 통 안에 넣고는 흔들었다.

나일의 악다구니가 빛을 발하는 것일까?

무심한 듯한 황정일과는 대조적으로 거의 모든 도박꾼들이 나일을 쳐다보고 있었고, 나일을 만류하던 건달 둘도 나일이 이렇게 지랄을 해 대면 조용히 넘어가는 법이 없던 터라 어떻게 처신해야 할지 몰라 나일을 끌어안은 채 황정일만을 쳐다보고 있었다.

황정일은 그런 바보 같은 건달들을 보면서 속으로 욕을 해댔다.

'그만큼 눈길을 줬으면 알아서 끌고 나가야지 뭐 하는 거야?'

그렇지만 겉보기에 여전히 무심한 눈길의 황정일은 도박을 벌이기에 여념이 없어 신경 쓰지 않는 척했다.

"일(一)에 다섯 냥."

이번에도 황정일이 주사위 통 속을 열려는 순간 교묘하게 들려온 나일의 말은 주사위 통을 여는 손길과 맞물려서 들려왔다.

'이런 제길!'

주사위 통 속 주사위의 점이 하나뿐이자 황정일의 안색이 똥 씹은 표정으로 변한 것은 한순간, 금방 다시 본래의 안색을 회복한 황정일이 얼굴에 비굴한 웃음을 가득 지었다.

나일도 그냥 시비를 걸기 위해 꺼낸 말이 맞아버리자 얼굴에 기쁜 빛을 감추지 못했다.

"아싸! 맞췄구나!"

"뭐 하는 거야? 나 공자를 왜 잡고 있는 거야?"

황정일은 나일을 붙잡고 있던 건달들을 향해 고함 치고는 탁자 위의 은자 열다섯 냥을 들어 나일에게 건네주려고 했다.

"나 공자, 맞췄으니 받으시오. 그리고 부디 소란 좀 피우지 말아주시오."

황정일로서는 이것이 나일과 일종의 타협을 한 것이라 할 수 있었다.

곱게 물러나지 않을 나일에게 돈을 건네주어 어서 빨리 이 도박장에서 내보내는 것이 나을 거란 생각이었고, 나일도 수중에 돈이 웬만큼 있으면 도박장을 나가곤 했기에 미끼를 던진 것이라 할 수 있었다.

"뭐야, 그거?"

일순간 거만한 말투로 나일이 황정일을 쳐다봤다.

"당연히 배당금이죠."

"근데 왜 그것뿐이야?"

"처음 다섯 냥을 잃어 진 외상값을 두 번째 다섯 냥을 걸어 맞춘 스무 냥에서 뺀 금액입니다."

황정일은 나일에게 조리있게 왜 열다섯 냥이 되는지를 설명했다.

"뭔가 착오가 있는 것 같은데……?"

나일은 그런 황정일을 보며 자신의 머리를 두드렸다.

"무슨 착오가……?"

"내가 그 말 안 했나? 은자 다섯 냥이 아니라 금화 다섯 냥이라고."

"뭐라고요?"

황정일은 그 말에 얼마나 놀랐는지 손에 들고 있던 은자를 땅바닥에 떨어뜨리고 말았다.

금화 다섯 냥이면 금화 한 냥이 은자 백 냥의 값어치니까 물경 오백 냥을 걸었다는 얘기고, 그에 따라 배당금은 이천 냥이 되는 것이다.

"이런이런, 무슨 착각을 했나 본데 내가 언제 은자 다섯 냥이라고 했어? 이 사나이 나일이 다섯 냥이라고 했으면 당연히 금화를 의미하는 것이지. 난 다만 앞 글자를 잠시 생략했을 뿐이라고. 내가 그렇게 쩨쩨하게 보였다니, 이거 실망인걸?"

나일의 말에 점점 안색이 굳어가던 황정일은 모종의 결심을 하게 되었다. 이 나일이라는 놈이 기껏 선심 써서 은자 열다섯 냥을 주는 것만도 고맙게 여기지 않고 이 도박장의 일주일치 매상을 강탈하려는 데에는 도저히 참을 수가 없었다. 그래서 나일을 잡고 있던 건달들에게 끌어내라는 신호를 보냈다.

"그러니까 내 계산에 의하면 난 금화 다섯 냥을 걸었으니까 은자로 약 이천 냥의 배당금을 받게 되고, 거기서 내 외상값 다섯 냥을 제한다 치더라도 일천구백구십다섯 냥은 받아야겠다 이 말씀이야!"

예상외로 조리있었던 나일의 말은 건달들의 끌어내려는 행동에 막혀 더 이상 이어지질 수 없었다.

"내 돈 내놔!"

나일은 끌려가면서도 전혀 기죽지 않고 말했다.

"나 공자는 원래 돈이 없지 않았소!"

나일의 말에 밀리면 끝장이라는 생각에 황정일도 굳은 어조로 나일의 약점을 파고들었다.

"내가 왜 돈이 없어!"

"그럼 꺼내보시오."

"허, 이것 봐라? 내가 누군지 몰라? 내가 바로 나일이란 말이야! 당장 형한테 얘기해서 이곳을 쓸어버릴 테다! 아니, 숙부한테 말해서 이 도박장을 흔적도 없이 만들어주지!"

나일의 이 말은 과연 효과가 있었는지 냉정을 되찾은 황정일의 얼굴에 다시 경련을 일으키는 비굴한 웃음을 띠게 만들었다.

이곳 사천에서 가장 무서운 곳을 꼽을 때 세 손가락 안에 들어가는 곳이 바로 나일의 집안이었다.

중원삼대표국 중의 하나인 대향표국과 사천성 부병마사란 높은 관직에 오른 걸출한 인재를 배출했고, 녹림칠십이채 중에서도 다섯 손가락 안에 들어가는 힘을 가진 풍귀채와도 줄이 닿아 있는 곳인 것이다.

이 세 곳 중 어느 한곳이라도 마음먹고 움직인다면 이 도박장뿐만 아니라 사천 하오문 분타 전체가 먹고 살기 힘들어진다. 어쩌면 하오문 분타 자체가 공중에서 산산이 사라질 수도 있었다.

"나 공자, 잠깐 저와 이야기 좀 하시죠."

황정일은 멀리 있는 다른 종업원에게 이쪽 도박판을 맡으라는 신호를 보내고 주렴이 드리워진 밀실로 나일을 안내했다.

"단도직입적으로 말하겠습니다. 지금 저희 가게 사정이 어려워서 그러니 조금만 깎아주십시오."

이미 황정일은 그동안 나일이 해왔던 행동들을 충분히 봐왔기에 어느 정도 선에서 돈을 주고 구슬리는 게 상책이라고 여겼다.

나일로서도 이 억지가 애시당초 다 통하리란 생각은 하지 않았고, 집안에도 이 일이 알려지면 자신만 귀찮아질 뿐이라는 것을 알고 있었기에 상대가 예우해 줄 마음이 있다는 것에 속으로 기뻐하며 협상에 임했다.

"얼마까지 줄 건데?"

"삼십 냥 이상은 불가능합니다."

"어떻게 그런 계산이 나왔나? 이천 냥이 삼십 냥이 되다니……."

"나 공자가 그동안 이곳에서 부린 행패로 인한 손해만 해도 족히 사천 냥은 될 겁니다."

그러면서 황정일은 비장한 목소리로 이 부탁을 들어주지 않으면 이 밀실에서 같이 죽겠다는 의지를 내비쳤다.

"사실 삼십 냥이라는 거금이 또 나갔다는 것이 알려지면 저는 주인님한테 생매장당할지도 모릅니다. 살려주십시오. 그렇지 않으면 여기서 저 죽고 나 공자까지 함께 데려갈랍니다."

"뭐, 그깟 돈 몇 푼 때문에 죽으려고 그러나?"

이해할 수 없다는 표정이었지만 나일은 속으로 이것만 해도 큰 공돈이 생긴다는 생각에 '돈 몇 푼에 그러지 말아라, 내가 깎아줄게. 자, 슬슬 협상하자고, 선수끼리' 하는 넓은 아량의 눈빛과 함께 황정일을 보며 손가락으로 콧구멍을 후벼댔다.

"좋아, 천 냥 어때?"

"같이 죽자는 말씀이시군요?"

황정일이 비장하게 외치자 나일이 그런 황정일을 달랬다.

"흥분하지 말게. 오백 냥 어때?"

"오십 냥, 그리고 제 목을 드리죠."

"왜 그래, 황 형? 삼백 냥! 이쯤에서 타협하지?"

"칠십 냥! 더 이상은 저뿐만 아니라 남한테 미운 짓 한번 않고 한평생을 살아오신 제 노모도 함께 생매장당하실지 모릅니다."

"황 형, 쩨쩨하게 굴지 말라고. 그깟 돈 몇 푼에 이미 돌아가신 노모까지 팔려고 그러나? 쯔쯧."

나일의 말에 황정일에 얼굴이 단번에 붉어졌다.

"그만큼 절박한단 말입니다. 팔십 냥에서 깨끗이 이번 일을 털어냅시다."

"왜 이래? 이백 냥은 받아야지. 솔직히 이런 기회도 흔치 않잖아."

나일이 노골적으로 흥정해 왔으나 황정일은 속으로만 화를 달랠 뿐이었다.

"나 공자한테 이백 냥은 푼돈일지 몰라도 저한테는 목숨보다 소중합니다. 구십 냥 받고 물러나십시오. 더 이상은 한 푼도 없습니다. 이것이 제가 제시할 수 있는 최대한입니다."

"백 냥. 나도 이게 마지막이네."

"구십 냥. 거기서 한 푼이라도 올리려면 저를 먼저 죽이십시오."

나일이 힐끔 쳐다본 황정일은 냉기를 풀풀 흘리고 있었고, 더 이상 말을 해봤자 상대방도 물러서지 않으리라는 생각에 나일이 고개를 끄덕였다.

"젠장! 좋다구, 좋아. 내 황 형 얼굴 보고 내 피 같은 돈을 탕감해 주는 거야. 참, 그건 그렇고 한 가지만 묻자구, 황 형."

"뭐든지 물어보십시오, 돈 얘기 빼고. 제가 아는 것은 숨김없이 다 얘기할게요."

이제 끝난 돈 얘기는 그만 하자는 의미로 황정일이 대답했다.

"화창정 그 자식이 좀 이상하던데, 그 자식 왜 그래?"

"아, 화 공자요?"

나일이 전혀 뜻밖의 질문을 해왔지만 황정일은 그럴 만하다고 생각했다. 자신이 봐도 화창정은 많이 변했으니까.

"화 공자가 정말 많이 선량해졌지요?"

황정일은 아직까지 끓어오르는 나일에 대한 적개심을 초인적인 인내심으로 다스리며 맞장구를 쳐주고는 화창정이 변하게 된 사연을 나일에게 들려주었다.

강진 땅에서 날건달의 대명사로 군림하며 날건달의 고유 명사인 나일과 유일하게 비교되는 사고뭉치 화창정.

하오문 분타주의 아들로서 십사 세에 술 마시고 꼬장 부리기 시작한 것으로 막을 열어 열아홉 살이 된 지금까지 얼마나 많은 행패를 부리며 살아왔던가?

열다섯에 이미 아버지가 경영하는 기녀원을 제 집 드나드는 것보다 더 많이 들락이기도 했던, 일찍부터 성(性)에 눈을 뜬 조숙아였으며 한때는 강진에서 가장 많은 욕을 먹는 인물 일위에 뽑히기도 했던 인물이 바로 화창정이다.

열여섯 살에 패거리를 규합, 아버지가 관리하는 도박장에 복면을 쓰고 뛰어들었다가 오히려 두들겨 맞고 일곱 달 동안 침상에 누워 있던 시절을 빼고는 한시도 사고 치지 않은 적이 없었던 화창정이 선량해졌다니, 이것이 바로 사람들이 기적이라 부르는 일쯤 되지 않을까?

하지만 세상 모든 일에는 이유가 있듯 이 일에도 나름대로 그 이유가 있었다. 화창정은 지난가을 말로만 들어오던 선택받은 기재들만이 입관한다는 영웅학관에 입관하기 위해 주위 사람들에게는 비밀로 하고 북경(北京)으로 떠났었다.

물론 시험 내용이 몹시 어렵다는 사실 정도는 사전에 알고 있었지만 자신의 두 눈으로 보지 않고는 아무것도 믿지 않는 성격의 화창정은 설마 하는 생각으로 집을 나선 것이다.

하지만 강호를 구경하며 북경으로 가는 동안 화창정은 자신이 얼마나 우물 안 개구리로 철모르고 살아왔는지를 깨닫게 되었다. 그래서 그는 결국 영웅학관 시험에 응시조차 하지 못하고 돌아오고 말았다. 다른 응시자들과 자신을 비교했을 때 자신은 정말 보잘것없는 존재였던 것이다. 그것도 모르고 강진 땅을 으스대고 다녔던 것이다.

지금은 자신이 그동안 철모르고 했던 행동들을 반성하면서 마치 딴 사람처럼 변해 자기 수련에 열심이라고 한다. 여기에 황정일은 자신의 추측 하나를 덧붙였다. 아마도 북경으로 가는 도중 마주친 사람들한테 맞아서 정신을 차린 것이라고. 왜냐하면 화창정은 자신이 경험해 봐야 믿는 사람이니까.

"그랬단 말이야? 진짜 철들었구만."

화창정이 변하게 된 연유를 알게 된 나일이 화창정에 대해 머리털 나고 처음으로 감탄사를 터뜨렸다.

"그럼요, 요즘에는 얼마나 수련에 열심이시라고요. 주인님도 사람 됐다고 얼마나 좋아하시던지……."

황정일은 마치 자기 일처럼 좋아하며 얼굴이 밝아졌다.

"그런데 말야, 정말 중원이 그렇게 넓고 뛰어난 사람이 많은가?"

"그럼요. 이곳은 중원 전체로 볼 때 흰 백지에 조그만 점일 뿐이니 그 속에 얼마나 많은 사람들이 살겠습니까?"

오히려 나일에게 반문하는 황정일의 말에 나일은 가슴이 두근거렸다.

'그래, 중원은 넓지. 여기저기 한번 돌아다니고 싶은데…….'

나일은 지난밤 황정일의 이야기를 생각하면서 더 늦기 전에 중원을 둘러봐야겠다고 마음먹었다.

생각이 들면 바로 움직이는 것이 나일이 가진 몇 되지 않는 장점 중 하나였기에 집을 떠날 생각으로 주섬주섬 옷가지들을 챙기다가 자신의 방에 걸린 어린 꼬마 여자 아이의 그림에 문득 시선이 머물렀다. 나일은 물끄러미 한참 동안 쳐다보며 중얼거렸다.

"너를 다시 한 번 보고 싶다. 어떻게 변했는지, 어떻게 살아가고 있는지 꼭 한 번……."

나일이 자신의 병을 알기 두어 달 전, 그러니까 열 살이 되던 무렵 한 소녀가 나일에게 다가왔다.

아니, 사실대로 이야기하자면 그녀는 녹림칠십이채 중 풍귀채의 채주인 나일의 작은아버지 나웅이 행사 중에 습득한 소중한 물건이었다.

소녀의 이름은 구비화(具飛花).

그녀는 자신과 같은 나이였지만 감히 범접할 수 없는 그런 고귀함이 몸 전체에서 풍겨 나왔다. 어린아이답지 않은 아이였다. 나일의 기억에 그녀의 첫 모습은 그러했다.

북경(北京) 구씨세가의 꼬마 여자애.

구씨세가는 그림을 잘 그리는 인물이 많이 배출되기로 유명한 집안이었고, 그 집에서 나오는 그림은 고가에 거래되었기에 돈 역시도 많았다.

이런 사실을 익히 알고 있던 나일의 숙부 나웅은 운남성의 외가에 놀러가던 그녀의 마차를 습격하여 그녀를 인질로 잡았다. 그리고는 구씨세가에 그림을 요구했던 것이다.

물론 구씨세가는 그녀를 나일의 작은아버지에게서 곧바로 빼오려 했고, 그래서 그녀는 나일과 한 달여밖에 같이 있지 않았다. 하지만 그녀와 함께했던 날들은 나일의 머리 속에 모두 기억되어 있었다.

마치 지금 자신의 방 안에 걸려 있는 그림처럼.

"숙부님, 저 아이는 누구예요?"

구비화를 처음 본 날 나일은 깜짝 놀랐다.

험악하기 그지없는 사람들.

모두가 산적(山賊), 강도(强盜), 녹림도(綠林徒)라 부르는 이들뿐인 이곳에 너무나도 눈부신 그녀는 이질적인 존재였다.

"저 아이는 이 숙부의 보물이란다."

나일의 숙부 풍귀도(風鬼刀) 나웅은 그렇게 구비화에 대해 설명했던 것으로 기억된다.

"에이, 사람이 무슨 물건이에요?"

그때까지 그저 지나가는 상인들의 통행세만을 받아오던 숙부였기에 나일은 고개를 갸우뚱하며 물었다.

"이 아이는 보물로 바꾸어질 아이이니 바로 보물이지 않겠느냐?"

나웅은 그렇게 말하곤 얼굴 여기저기에 마구 나 있는 수염을 쓰다듬으며 기분 좋게 호탕한 웃음을 보였다.

그렇게 웃으며 나웅은 그녀를 어떻게 보물로 바꿀 것인지에 대해 알려주었다. 그리고 그 순간 나일은 그녀가 어떤 처지에 빠졌는지 알게 되었다.

처음에 나일은 정말 그녀의 처지가 불쌍해서 말을 걸었었다.

그리고 그 순간 그녀에게 빨려 들어가 버린 것이다.

겉으로는 내색하지 않지만 가까워지려고 애썼다. 그녀가 좋아졌다.

그녀의 말들이, 행동들이 마냥 좋게 느껴졌다. 아니, 어쩌면 얼굴 한 번 본 적 없는 엄마에 대한 그리움이 그런 감정을 불러일으켰는지도 모른다.

그 후 나일은 사천성에서 첫손가락에 꼽히는 대향표국 국주의 아들 이었지만 정작 집에는 가지 않고 풍귀채 안에 머무르게 되었다.

그녀를 한 번이라도 더 보려고, 친해지려 애를 썼고, 마음이 통했는 지 어느 순간 둘은 친해질 수 있었다. 아니, 서로를 의지하게 되었다는 것이 옳은 표현일지도 모른다.

나일은 유일한 자기 또래의 아이라는 이유로, 또한 이미 죽은 모친 의 모습과 그 소녀가 비슷하다고 느낀 이유로 소녀에게서 어머니를 느 꼈다. 그림으로밖에 보지 못한 모친의 얼굴이랑 어쩐지 비슷해 보이는 그녀에게 잘 대해주고 싶었다.

그리고 구비화는 낯설고 험상궂은 사람들 속에서 자신에게 잘해주 는 나일이 싫지 않았다. 자신과 말이 통할 수 있는 비슷한 나이였고, 산채에서 생활하는 사람들 중 자신의 말 상대가 되어주는 유일한 존재 였다.

처음엔 그런 이유들로 그렇게 그 둘은 친해져 갔다.

하루는 나일이 다리를 철봉 위에 걸치고 거꾸로 매달려 연무장에서 산적들이 각법 연습하는 것을 보고 있었다. 풍귀채의 산적들은 며칠 전 턴 마차 안에서 강호상에 떠도는 비퇴각(飛腿脚)이란 삼류각법의 무 공비급을 발견하고는 너나없이 그것을 돌려보며 수련하고 있었다.

그때 비화가 나일의 곁으로 왔다. 그러더니 나일의 다리 하나를 꼭 잡고는 흔들면서 물었다.

"무섭지? 무섭지?"

나일은 흔들리는 몸을 그대로 둔 채 비화의 눈을 피했다.

"하나도 안 무섭다. 오히려 재미있는걸."

그러자 비화는 흔들기를 멈추고 나일과 눈을 맞추려 쪼그려 앉아서는 두 눈 가득 웃음을 띤 채 물었다.

"나일아, 거꾸로 매달리는 게 좋아? 그럼 뭐가 보이는데?"

나일은 짐짓 심각한 표정으로 비화를 보며 말했다.

"비화야, 거꾸로 보면 모든 게 바뀌어. 하늘도 내 밑에 있고, 사람들의 얼굴도 내 밑에 있지. 일부러 올려다볼 필요는 없어. 그냥 보는 거지. 가끔 이렇게 거꾸로 있으면 비화, 너의 치마 속도 볼 수 있거든. 그냥 보는 거야. 절대 일부러 보는 것은 아니야. 자, 그럼 오늘은……."

나일은 말끝을 흐리더니 비화를 보며 실실 웃었다.

"에구머니나! 야, 나일!"

잠깐 나일의 뒤편으로 물러섰던 비화는 무슨 생각이 났는지 입가에 사악한 미소를 짓곤 매달려 있던 나일을 세게 흔들면서 바지춤을 살짝까 올리고는 약 올리듯 말했다.

"이제 나도 봤다!"

나일은 재빨리 철봉을 잡고는 일어서서 비화의 손목을 잡아채곤 씩씩거리며 소리쳤다.

"구비화! 사실 난 너 못 봤단 말이야!"

"아, 난 니가 나 본 줄 알고. 그럼 지금 내가 내 거 보여줄 테니까… 음… 대신 너, 나 죽을 때까지 지켜줄 수 있어? 약속해. 그러면 되는데……. 원래 여자는 그런 거래. 너도 알지?"

구비화는 당장이라도 나일이 약속하면 보여줄 수 있다는 자세를 취했다.

"관두자, 관둬. 대신 너, 오늘 일 아무한테도 말하지 마. 이 일이 다른 사람들한테 들어가면 너랑은 말도 안 해."

"좋아, 대신 내 말 잘 들어야 해? 안 그러면 확 전 중원(中原)에 소문낼 거다."

"구비화, 너 진짜 그러면 죽는다!'

나일이 주먹을 보이며 공갈을 치고 있는데 멀리서 자신을 부르는 소리가 들렸다. 숙부의 목소리였다.

풍귀채가 세워진 풍귀산 아래에는 폭이 일 장에 달하는 계곡이 흐르고 있었는데 산세가 험악한 풍귀산만큼이나 빠른 물줄기를 흘려보내고 있었다. 다만 한 군데, '풍귀탕' 이라 불리는 곳이 있는데 이곳은 계곡이 흐르다가 넓게 연못을 이루는 부분으로 물의 흐름이 멈춘 것처럼 보이면서도 언제나 깨끗하고 시원한 물이 고여 있었다. 그래서 이곳은 풍귀채 산적들이 목욕을 하거나 풍귀산에서 생활하는 동물들이 물을 먹고 쉬어가는 장소가 되었다.

나일과 구비화가 이곳에 온 이유는 지극히 간단하다.

하루에 한 번 목욕을 하는 돈이 많거나 결벽증이 심한 사람이 아니더라도 사람이라면 가끔은 해주어야 하는 것이 바로 이 목욕이다. 그런데 구비화는 풍귀채에 납치당해 머문 지 어언 한 달이 다 되어가는 동안 단 한 번도 목욕을 하지 못했다.

퀴퀴한 땀 냄새를 풍기는 것이, 사나이라는 산적들 틈에서 그 냄새에 질식사하지 않고 살아 있는 것만으로도 다행이라 여기고 있었지만 이제는 자신에게도 그 냄새가 전염됐는지, 아니면 자신이 목욕을 하지 않아서인지 모를 고약한 냄새가 온몸에서 나는지라 어느 정도 친해진 나일과 함께 이곳에 온 것이다.

이놈의 산적들은 남자들뿐이라 이런 세세한 부분에 관해서는 신경도 써주지 않았고, 설령 이런 말을 해봤자 들어줄 리 만무했다.

모두들 바쁜 척하면서 자신에게 관심을 가질 것 같지 않기에 그래도 개중에 제일 만만한 나일을 졸랐던 것이다.

나일은 풍귀탕에 들어서자마자 어제 자신만 속옷을 보인 것이 생각나서 어떡해서든 비화를 놀려주기 위해 창피함을 무릅쓰고 모른 척 상의를 벗고 비화가 옷을 벗기만을 기다렸다.

"야, 너 목욕한다며?"

나일의 말에도 연신 '어머어머'만을 연발하며 두 손으로 눈을 가리는 비화를 보며 나일이 소리쳤다.

"야, 같이 안 할 거야?"

"이보시게, 난 숙녀라고. 지킬 건 지키자구."

'언제부터 지가 숙녀라고. 내 그렇게 나올 줄 알았다. 어디 한번 혼나봐라.'

나일은 구비화의 말뜻을 알았다는 듯 혼자서 첨벙 풍귀탕 안으로 뛰어들었다.

이 풍귀탕은 계곡 물이 고인 장소에 산적들이 돌로 인공적으로 벽과 바닥을 만들었기에 탕 안에 사람이 들어가면 물 위의 모습만 보일 뿐이었다. 더구나 산적들은 자신들의 키에 맞춰 물의 수위를 조절하기에 본래대로라면 아직 어린 나일의 머리 위 한 자 높이까지 물이 차오른다. 하지만 나일은 능숙한 발길질로 마치 이 풍귀탕의 깊이가 자신의 목 윗부분까지만 오는 것처럼 보이도록 행동했다.

"아, 시원하다! 정말 안 들어올 거야?"

"어머, 어떻게 같이 하냐? 빨리 끝내고 올라와!"

구비화는 자신의 몸에서 나는 냄새가 더욱 심해져 어서 빨리 물속에 들어가 씻고 싶은 생각에 나일을 보며 빨리 끝내라고 재촉했다.

"같이 하면 재밌을 텐데……."

발에 힘이 빠져 더 이상 있다가는 이곳의 깊이가 드러날까 봐 나일은 탕 밖으로 기어올라 와서는 가져온 수건으로 온몸을 닦았다. 그러면서 구비화에게 고개를 돌리라 하고는 젖은 하의를 갈아입기 위해 수풀 쪽으로 향했다.

"야, 구비화! 이제 너 해라! 몸에서 장난 아니게 냄새 나! 이제 난 그만 할래!"

"뭐라고?"

자신의 치부를 대놓고 얘기하자 구비화의 얼굴이 빨개졌다.

말을 듣고 보니 몸이 더욱 근질근질해져 와 비화는 얼굴을 한껏 찡그리며 나일을 향해 잠시 멀리 있다가 반 시진 후에나 이곳으로 오라고 했다.

"나, 갈 데도 없는데 여기 그냥 있으면 안 돼?"

"저기 가서 잠이라도 자."

"싫은데……."

"얼른 가!"

나일이 구비화에게 등 떠밀려 자신이 옷을 갈아입던 수풀 쪽으로 걸어가자 그 뒷모습에 대고 구비화가 소리쳤다.

"너, 거기서 보면 죽어!"

구비화는 앙칼진 목소리로 나일에게 협박하며 멀찌감치 떨어져 있으라는 시늉을 했다.

나일은 이 풍귀탕이 풍귀채로 들어오는 길목에 있기에 구비화가 매복과 산적들의 눈길을 피해 도망치는 것은 불가능하다는 걸 잘 알고 있었다. 그래서 자신의 계획을 성공시키기 위해 구비화의 말을 들어주는 척 멀찌감치 수풀 뒤로 몸을 움직였다.

"너, 진짜 보면 너랑 말도 안 할 거야!"

비화는 나일을 향해 말하면서 옷을 벗기 시작했다.

나일을 전적으로 믿는 것은 아니지만 탕 안이라면 몸을 숨길 수도 있고, 더 이상 씻지 않으면 질식사할 것 같다는 급한 마음에 옷을 벗자마자 물속으로 뛰어들었다.

풍덩!

"꼬르륵! 까악! 살려줘!"

물을 만났다는, 그래서 씻을 수 있다는 마음에 성급히 물속으로 뛰어들었는데 이놈의 수위가 자신의 예상보다 훨씬 높았다. 웬만한 장정의 입까지 오는 깊이였으니 열 살짜리 어린 여자 아이의 머리 위를 넘는 것은 당연한 일이었다.

나일은 수풀 속으로 몸을 숨겼지만 눈만은 버젓이 구비화가 옷을 벗고 있는 곳을 향하고 있었다.

그리고 물의 깊이도 알아보지 않은 채 물속으로 뛰어든 구비화가 들어가자마자 허우적대는 것을 보고는 자신도 풍귀탕 쪽으로 뛰어갔다.

'걸려들었구나, 바보 같은 계집애. 단번에 속았지? 이걸로 죽을 때까지 놀려먹어야지.'

나일은 구비화를 골려주어 흐뭇한 마음에 여유롭게 탕 안으로 뛰어들어 벽에 붙은 돌덩이를 잡고는 한 손을 뻗어 비화를 구해주려고 했다. 그러나 물을 먹은 사람이 허우적거리는 장면은 가관이기도 했지만 나일로서는 감당 못할 힘 또한 발휘하고 있었다.

그나마 다행이라면 비화가 물을 보고 바로 뛰어내려서 풍귀탕 벽 쪽을 잡고 팔을 뻗으면 끌어당길 수 있는 거리에 있다는 것이었다.

하지만 미친 듯이 살아보겠다고 꿀꺽 소리가 들리도록 물을 마셔대며 발버둥 치는 것이 비록 여자 아이라도 그 힘이 대단해서 생각대로 단번에 낚아챌 수는 없었다.

나일이 간신히 비화의 손을 잡을라 치면 비화 역시 물에 떠서 제 딴에는 살아보겠다고 아우성치는 팔에 밀려 도저히 잡기가 힘들었다.

'팔은 안 되겠는데……. 이 계집애의 힘을 못 당하겠어.'

나일은 비화의 손을 피해 허리 전체를 끌어당기려 했는데 그러기에는 자신의 팔이 너무 짧다는 것을 알아채고는 이내 포기해 버렸다.

'에잇, 머리끄덩이라도 잡고 당기자.'

나일의 손은 허리에서 배로 점점 올라가다 가슴에서 손길을 멈췄다

'앗싸! 조금 튀어나온 부분이 있네? 이 정도면 잡아당길 수 있을까?'

나일의 손은 비화의 오른쪽 가슴을 잡아당기기 시작했다.

미끌.

'우씨, 뭐야? 부드럽기는 한데 잡아당기기에는 모자라잖아?'

나일은 애써 잡았던 가슴에서 손을 떼고 손을 원래의 목표인 머리카락 쪽으로 가져갔다.

'아, 숨 막혀. 숨 쉬고 싶다. 아버지, 어머니, 이렇게 죽는 건가요? 납치당해 뵙지도 못하고… 흑흑흑… 오랫동안 목욕을 하지 못해서 간

만에 목욕하러 왔다가 이렇게 죽는 건가요?

물에 빠진 비화의 머리 속에 제일 먼저 부모님의 얼굴이 떠오르면서 이대로 죽는 건 아닐까 하는 생각이 들었다.

'구비화! 정신 바짝 차리자! 호랑이한테 잡혀가도 정신만 차리면 살 수 있다고 했잖아!'

연신 물을 먹으며 코로 토해내기를 반복하는 와중에도 정신만은 차리려고 애썼지만 이미 육체는 자신의 의지를 벗어나 통제 불능의 상태가 되어버린 지 오래, 미친 듯이 살아보겠다는 본능에만 충실할 뿐이었다.

그리고 이제는 정신마저도 혼미해져 눈앞이 서서히 보이지 않고 있었다.

나일은 시간이 흘러가면서 힘이 빠져 탈진한 구비화의 머리카락을 겨우 잡아 풍귀탕 밖의 바위 위로 끌어 올렸다.

얼마나 물을 많이 먹었는지 비화의 배가 볼록하게 튀어나와 있었다.

나일은 풍귀탕 안의 물을 힐끔 바라보았다. 어쩐지 양이 줄어든 것 같기도 했다.

'휴, 다행이다. 근데 아까 잡아당긴 게 혹시 가슴이었나?'

문득 이는 호기심에 나일은 비화의 가슴을 만져 보았다.

"가슴 맞구나. 근데 왜 애가 숨을 안 쉬는 거야?"

걱정스러운 마음에 나일은 비화의 가슴에 자신의 귀를 대보았다.

"분명히 심장 박동 소리가 들려야 하는데… 이거 야단났구나."

나일은 다시 한 번 비화의 가슴에 귀를 갖다 대고 미세한 소리라도 놓치지 않으려는 듯 집중했지만 심장 뛰는 소리는 들려오지 않았다.

"죽은 건가? 안 돼!"

나일은 불안하고 당황스러운 마음에 비화의 어깨를 잡아 흔들어 깨우려다 언젠가 대향표국의 노표두인 장우전이 들려준 물에 빠진 사람 살리는 방법이 머리 속을 스쳐 갔다.

'그래, 인공호흡! 바로 그거야.'

나일은 장우전의 말을 떠올리며 비화의 머리를 살짝 치켜든 후 입을 벌려 공기가 들어갈 수 있는지를 확인했다.

"우웩! 뭐야? 입 안이 뭐 이렇게 더러워?"

비화의 입속에는 음식물들이 기도를 막고 있었기에 나일은 손가락으로 그것들을 빼낸 후 비화의 입술에 자신의 입술을 맞대 숨을 불어 넣기 시작했다.

'젠장, 이렇게 하는 게 맞는 건가? 빨리 숨을 쉬어라. 제발 살아나 주라고.'

나일은 자신의 입으로 비화의 입 안에 공기를 밀어 넣으면서 간절하게 소리쳤다.

"살아만 나면 뭐든지 다 들어줄게. 그리고 다시는 위험에 빠뜨리지 않을게."

나일은 계속 숨을 불어 넣으면서도 비화의 가슴을 주물러 심장을 뛰게 하는 것도 잊지 않았다.

"비화야, 제발 살아나라. 살아만 나줘. 다신 안 그럴게, 제발……."

조금씩 나일의 목소리에서 울음이 배어 나오건만 여전히 비화의 심장은 미동도 하지 않는 듯했다.

"장난이었어. 그래, 솔직히 물이 깊다는 것은 알았지만 진짜 이렇게까지 될 줄은 몰랐단 말이야."

끝내 울먹이면서도 희망을 버리지 않으려는 듯 여전히 비화의 입 안에 공기를 밀어 넣고 가슴을 주물러 대자 그제야 정신이 돌아온 듯 비화가 눈을 떴다.

'살아난 건가?'

꼼짝없이, 아니, 어처구니없이 죽었다고 생각했다.

순간 옷을 다 벗고 죽었으니 누군가 자신의 나체를 볼 수도 있겠다는 생각이 들자 소름이 쫙 끼쳤다. 물에 빠져 정신이 혼미해지는 와중에도 너무나 창피했다. 그러다 문득 정신을 차려보니 희미하게 울면서 자신의 가슴을 주물러 대는 손길이 느껴졌다. 나일이었다. 비화는 자신의 얼굴 바로 위에 있는 나일의 얼굴을 향해 얼떨결에 손을 휘둘러 따귀를 때렸다.

"이 나쁜 자식!"

아직 어린 나이지만 남녀칠세부동석이라는 말을 어릴 적부터 들어왔고, 지금은 조금씩 여자의 비밀을 알아가고 있는 구비화였기에 나일이 자신의 가슴에 손을 대고 있다는 것을 알곤 욕을 해댔다.

나일은 깨어난 비화의 목소리와 그녀의 손이 자신의 귀와 뺨에 세차게 와닿자 멍한 표정을 짓다가 구비화가 살아났다는 것을 알고는 와락 끌어안으며 얼굴이 일시에 환해졌다.

"다행이야, 다행. 고마워. 정말 고마워."

"저리 안 비켜!"

나일이 자신을 끌어안아 몸을 움직일 수 없게 된 비화가 버럭 소리치자 그제야 나일은 비화를 안았던 손을 풀며 슬그머니 옆으로 비켜앉았다.

비화는 몸을 구부려 가슴을 가리고는 손가락으로 옷을 가리켰다.

"눈 감아! 그리고 내 옷 가져와!"

비화가 아무 일도 없었던 듯 살아나자 그새 나일은 다시 장난기가 발동했는지 아까의 울며불며하던 표정은 온데간데없고 짓궂은 표정을 지으며 옷이 있는 반대 방향으로 걸어갔다.

"어휴, 너 죽을래? 제대로 안 갈 거야? 눈 떠!"

그러자 입가에 웃음을 지으며 나일이 비화를 향해 고개를 돌렸다.

"옷? 속옷? 겉옷? 어느 것으로 줄까?"

"야, 나일! 고개 안 돌려? 너 진짜 죽어!"

"알았어. 장난이야. 참내, 뭐 볼 게 있다고."

그러면서도 나일은 비화의 옷가지들을 집어 들고는 비화를 향해 두 눈 동그랗게 뜨면서 걸어왔다.

"야, 나일! 너 정말……."

보란 듯이 대놓고 비화를 보는 나일의 행동에 비화는 분을 참지 못하고 씩씩대면서 어쩔 줄 몰라 했고, 나일은 아무렇지 않은 듯 옷가지를 비화 앞으로 던졌다.

"야, 빨랑 입어."

뭐 하자는 짓일까? 나일은 이 참에 옷 갈아입는 장면마저도 구경하려는 심산인 듯 비화의 정면 바닥에 털썩 주저앉았다.

"좋아. 너, 거기서 꼼짝 마! 옷 다 입고 보자!"

구비화는 옷가지를 들어 온몸을 가리며 뒷걸음쳐서는 수풀 쪽으로 갔다.

수풀에서 간신히 나일의 동태를 확인하며 후닥닥 옷을 갈아입은 비화는 이내 나뭇가지를 꺾어 나일을 향해 달려들어 왔고, 이미 비화의 일거수일투족을 암암리에 관찰하던 나일은 비화를 피해 풍귀채 쪽으로 내달았다.

"야, 거기 서!"

"때리려고? 난 잘못이 없어! 오히려 난 너의 생명의 은인이란 말이야!"

"생명의 은인 좋아하시네. 잔말 말고 서라, 이 나쁜 자식아!"

"너를 구하기 위해서 어쩔 수 없이 한 거란 말이야!"

"오호라, 그래서 지금껏 나를 놀리셨군요?"

한바탕 추격전이 벌어지는 듯했지만 물을 너무 마셨고, 죽음의 문턱을 오락가락했던 비화는 이내 지친 듯 나일을 잡기 위해 뛰다가 나뭇가지를 팽개치고는 주저앉았다.

그것을 눈치 챈 나일도 멀찌감치 떨어져서 구비화를 보며 주저앉았다.

"어디까지 봤어?"

지금까지와 다른 심각한 분위기가 묻어 나오는 비화의 말투에 아무것도 보지 못했다고 오리발을 내밀려던 나일도 그녀의 심상치 않은 분위기에 눌려갔다.

"거의 다……."

하긴 나일이 보기만 했는가, 살려내려고 가슴을 주물럭거리기도 했는데.

"거의 다라고? 흑흑… 흑."

구비화는 거의 다 보았다는 나일의 말에 그만 소리 내어 울기 시작했다. 한 방울의 눈물이 떨어지자 그동안 서러웠던 일들이 연속적으로 떠올라 비화의 눈에서는 쉴 새 없이 눈물이 흘러내렸다.

비화가 울자 나일도 일말의 죄책감을 느꼈는지 슬그머니 일어나서는 비화 곁으로 다가갔다.

"왜 울어? 울지 마."

"엉엉… 흑… 흑흑……."

미안한 마음에 나일은 비화의 눈물을 닦아주려 했다.

"울지 마."

가만히 비화가 우는 모습을 보니 자신도 울적해져 나일은 비화를 달래려고 소매로 눈물을 닦아주며 말했다.

"너 같으면 안 울게 생겼냐? 이제 나 시집도 못 간단 말이야!"

그 소리에 나일이 화들짝 놀랐다.

"왜 시집을 못 가는데?"

"니가 내 몸을 거의 다 봐버렸잖아."

부끄러운지 수그러드는 비화의 목소리에 나일도 주위에서 들은 말이 있는지 수긍의 표정을 지었다.

"그럼 나한테 시집오면 되잖아."

나일의 말에 구비화는 방금 전의 표정이 거짓말인 것처럼 환해졌다.

"그래도 돼?"

"내가 너 구제해 주는 셈치지 뭐."

"고마워."

마치 큰 선심 쓰듯 나일이 말을 내뱉고 나자 비화도 자신의 걱정이 해결되어서 다행이라는 표정을 지었다. 그리고 나일의 손을 잡고는 약속의 맹세를 시작했다.

"남아일언!"

"중천금!"

"약속 안 지키면?"

"후레자식!"

비화가 먼저 읊고 나일이 답하는 형식의 맹세가 끝나자 구비화는 수줍은 표정으로 나일의 팔짱을 끼고는 풍귀채로 오르는 소로로 향했다.

어른들이 보았으면 '맙소사'라고 소리 지를 만한, 머리에 피도 안 마른 어린것들이 어른 흉내를 내며 다정하게 소로를 걸어가고 있는 것이다. 한번도 연인들이 걷지 못했던 산적들의 소굴인 풍귀채의 소로를.

구비화가 세가로 돌아가기 전날이었다.

내일이면 비화가 세가로 돌아간다고 숙부가 이야기해 주었다.

협상이 순조롭게 해결되어서, 즉 구씨세가에서 숙부가 요구하는 물건을 가져왔기에 그녀는 내일 그녀 가족의 품으로 돌아간다고 했다.

보내고 싶지 않은데…….

보내고 싶지 않다는 충동이 나일의 가슴속에 물결처럼 퍼져 일었다.

"비화야…….''

나일이 나직이 그녀를 불렀다.

아직도 어린 자신, 이제 보내면 언제 또 볼 수 있을지 모른다.

그녀를 보내기 싫었지만 어쩔 수 없이 보내야만 하는 나일.

나일은 비화를 보며 한편으론 잘됐다는 마음에 안도감이 든 것도 사실이었다.

이곳에 있는 동안 내색하지 않았지만 그녀에게는 힘든 생활이었을 테니까.

비화도 고개를 들어 나일을 쳐다봤다.

그녀도 내일 아침이면 자신을 데리러 세가에서 사람이 온다는 사실을 알고 있었다. 나일을 볼 수 있는 것도 오늘이 마지막이라는 사실도.

하나 지금 자신이 할 수 있는 일은 아무것도 없다. 그저 집으로 돌아가는 순간을 기다리는 것뿐.

"왜……?"

구비화의 눈동자와 나일의 눈동자가 서로 마주쳤다.

"우리 다시 만날 수 있을까?"

나일의 시선이 비화의 눈동자를 피해 뒤쪽 먼 산으로 향했다.

"우리 오랜 시간이 흘러서 다시 만난다면 서로를 알아보고 지금처럼 서로를 대할 수 있을까?"

나일이 목소리를 낮추며 소곤거렸다.

"보고 싶을 거야."

비화의 잔잔한 목소리도 들렸다.

"나두."

"우리 언제 다시 만나더라도 너는 내 말 잘 들어야 돼. 왜 그런지는 알지? 나를 지켜줄 수 있는 멋진 남자가 될 수 있지?"

새침스런 비화의 말에 나일이 고개를 끄덕이자 그 모습을 보며 비화는 빙긋이 웃었다. 그날 나일은 숙부의 집무실에서 지필묵을 몰래 들고 나와 구비화에게 건네주며 구비화 자신의 초상화를 그려달라고 부탁했다. 그림으로 유명한 구씨세가의 여식답게 구비화는 나일의 부탁에 정성스럽게 자신의 모습을 그려 나일에게 건네주었다.

'보고 싶다. 어떻게 변했을까? 나를 아직도 기억할까? 벌써 육 년이 지났는데…….'

지금껏 아무리 주위를 살펴보아도 그녀만큼 자신의 어머니를 닮은 사람은 없다고 느끼는 나일이었다.

할 수만 있다면 지금이라도 당장 그녀에게 가보고 싶었지만 지금의 자신에게도, 비화에게도 그런 일은 서로에게 좋지 않다는 생각이 들었다.

살아갈 수 있는 시간이 예정되어 있기에, 그녀를 오래 지켜줄 수 없는 자신을 알기에 그녀를 잊기로 했다. 나일은 벽에 걸린 비화의 얼굴이 그려진 액자를 떼어내 방 구석에 밀어두었다. 다 잊어버리고 그저 중원을 떠돌며 마음껏 구경하고 술을 마시리라는 마음만을 가슴에 새길 뿐이었다.

아버지께.

불초(不肖) 나일은 제 생이 얼마 남지 않음을 알았습니다.

남아(男兒)로 이 땅에 태어나서 이 넓은 세상을 돌아보지 못하고 죽는다는 것은 억울한 일이라 생각합니다.

그래서 불효(不孝)인 줄은 알지만 이렇게 글만을 남기고 중원(中原)으로 유람을 떠나려 합니다.

제가 떠난다고 직접 말씀드리면 만류하실 아버지의 모습과 제가 없는 동안 혼자서 쓸쓸히 계실 아버지의 모습을 떠올리니 감히 발길이 떨어지지 않지만 어렵게 이렇게 발길을 옮깁니다.

부디 저를 찾지 말아주십시오.

일 년쯤 중원을 유람하고 돌아오겠습니다.

그때까지 만수무강하십시오.

불효자 나일.

추신 : 집무실에 있는 아버지 금고의 자물쇠 비밀 번호 순서가 여전히 삼삼일삼(三三一三)의 차례로 되어 있더군요. 바꾸세요. 풀기가 너무 쉬워요.

알려 드리는 대가로 그 속에 있는 전표 천 냥짜리 두 장, 백 냥짜리 석 장, 오십 냥짜리 석 장, 열 냥짜리 삼십 장은 제가 가지고 갑니다.

제가 중원을 유람하는 데 최소한 그 정도의 돈은 있어야 할 것 같아서요.

제2장

아이는 산적을 꿈꾸고,
노인은 천하제일을 꿈꾼다

  나일이 제일 먼저 발길을 향한 곳은 소주(蘇州)였다.

  강진에서 이십 일 정도 쉬지 않고 말을 타고 가야 하는 먼 거리였지
만 이쯤은 돼야 아버지의 눈에서 멀어질 수 있다는 생각과 세간에 떠
도는 소주의 아름다움을 칭하는 말들을 눈으로 직접 확인하고 싶었기
때문이다.

  소주는 강소성(江蘇省)에 있는 도시이다. 태호(太湖) 북쪽과 북동쪽
의 양자강(揚子江) 삼각주 지역을 관장하는 항주(杭州) 지방을 중심으
로 대운하의 남쪽 지역에 해당하는 태호 동쪽에 있다.

  특하나 '수상천국(水上天國)'이라는 명칭을 가지고 있을 정도로 물
이 많은 지역의 특성을 살린 정원들이 곳곳에 들어서 있다. 이 정원을
이용한 유흥 산업의 발달로 지금의 소주는 남자들에게 가히 '풍류의
천국'으로 인식되고 있었다.

나일이 맨 처음 들어간 곳은 옥화루(沃化樓)라는 주루로 소주 시내에서 태호 방향으로 조금 떨어진 곳에 있었다.

새벽길을 가다 멈춰서 본 태호는 신비하기 그지없었다. 이슬 방울이 호수를 둘러싼 나무의 가지가지마다 매달리고, 아스라이 물안개 끼는 그곳에서 밤새워 풍류를 즐긴 배들이 떠다니는 정경이 풍취를 자아냈다.

왠지 모르게 자신도 배를 타고 있는 듯 느껴졌다. 그것은 옥화루 자체가 물 위에 거대한 통나무로 지어져 배에 타고 있는 듯한 기분을 느낄 수 있었던 것이다.

"여기네."

옥화루에 들어서자 누군가가 나일을 향해 아는 척했다.

지금은 새벽을 조금 지난 이른 시간이라 주루 안에 사람이 있으리라고는 생각지 못했다. 그리고 이곳에 자신을 아는 사람이 있을 리도 없었다.

'분명 이곳에 아는 사람이 없을 텐데……'

나일은 시선을 돌려 주위를 둘러봤다. 혹시 자신을 지칭한 것이 아닐 수도 있다는 생각이었다.

"젊은 친구, 나랑 술 한잔하겠나? 이름이… 아냐, 이름 따윈 필요없지. 이름은 알아서 뭐 하나."

그는 혼자 말하고, 혼자 대답하는 안 좋은 습관이 있는 것 같았다.

다시 한 번 들려온 말에 자신을 향한 것이라는 걸 확신한 나일은 그에게로 발길을 향했다.

그는 술을 한 잔 가득 따라 마시고 입가를 훑고는 나일에게 잔을 내밀었다.

"한 잔 들게나."

그의 호의에 나일은 자신도 모르게 엉거주춤 손을 내밀어 술잔을 받을 수밖에 없었다.

"고맙습니다."

"자넨 이곳에 온 지 얼마 되지 않은 것 같구먼. 그렇게 주변을 두리번거리지 말게."

나일의 얼굴에 겸연쩍은 표정이 떠올랐다.

"이곳의 풍경이 아름답기는 해도 그렇게 티 내지 말게. 촌스러워 보이네. 하하하! 농담일세, 젊은 친구. 그런데 자네, 나이가 몇인가?"

오십 대의 거구인, 그러나 뭔지 모를 위엄을 풍기는 장년인이 친근하게 나이를 물어보았다.

"스무 살입니다."

나일도 장년인이 범상치 않게 보여서 공손히 대꾸했다.

아무리 강진에서 막나갔다고는 하지만 여기는 강진 땅도 아니고, 척 보기에도 장년인이 무언가 있어 보였다.

장년인은 나일의 말을 듣고는 얼굴을 자세히 들여다보았다.

"지금 우리는 비록 초면이지만 이 아름다운 풍경을 보게나. 그리고 이 주루 안에는 아무도 없지 않은가? 처음 하는 대화인데 사실대로 얘기해 주게."

나일은 그런 장년인을 보며 무슨 뜻인지 선뜻 이해하지 못했다. 그래서 그저 장년인의 얼굴을 빤히 쳐다만 보았다.

"분명 자네의 얼굴과 체격은 스무 살로 보기에 충분하지만 자세히 들여다보면 얼굴 속의 잔주름이 아직 자네가 성장기를 거치고 있다는 걸 알려주고 있다네. 그리고 자네의 골격은 선천적일 뿐, 손을 보니 험하게 살았지만 한편으로 코 주위를 보니 귀하게 커왔다는 것도 알 수 있겠네. 아무튼 결론적으로 자네는 열여덟 살을 넘지 않았을 게야."

나일은 흠칫 놀랐지만 더 이상 말을 하지는 않았다.

그보다 더 어리다고 한다면 지금 받은 술잔을 빼앗길 것 같기 때문이었다.

"나도 자네 나이만할 때가 생각나는군. 나이 열두 살 때 돌림병에 부모와 형제가 모두 죽고 나 혼자만 살아남았지."

말끝을 흐리는 그의 눈가에 습기가 서서히 번져 오는 것 같았다.

"그때부터 나의 강호 생활이 시작됐지. 강호란 험하고 외롭지. 그러나 때론 즐겁고… 흥분됐지. 난 열세 살에 강호를 떠돌다가 사부를 모시고 한 삼 년 무공을 익혔다네. 그건 내가 처음으로 맞은 엄청난 행운이었다네. 그런데 아쉬운 건 사부가 좀 더 오래 살아 계셨다면 하는… 나의 자랑스러운 모습을 보여 드리지 못한 것이 안타깝다는 생각이 들어. 열여섯 살 때 사부님이 돌아가시고 나는 그때부터 강호를 떠돌아 다녔네. 그 후로 나에게는 기연이 겹쳐 연이어 일어났다네. 마치 한여름밤의 꿈처럼… 그렇게 난 강호에 있었네."

말을 하는 동안 장년인의 얼굴은 기쁨과 슬픔이 교차되다가 말을 멈췄고, 긴 정적이 이어졌다.

나일이 들어올 때만 해도 맑았던 날씨였는데 한순간 벼락이 치더니 여름의 장마비가 쏟아지기 시작했다. 창문을 닫았지만 세찬 바람이 굳게 닫혀 있는 창문 틈을 비집고 들어와 유등을 흔들고, 그로 인해 흔들리는 그림자 위엔 갑자기 무거운 침묵이 떠돌았다.

마치 장년인이 만들어낸 무거운 분위기가 주루를 가득 채우는 것 같았다.

장년인은 이 분위기를 반전시키려는 듯 다시 한 잔을 따라서 단번에 들이키며 쾌활하게 말했다.

"하하하, 늙은이가 주책을 부렸군. 하지만 말이야, 강호는 젊었던 내게는 이상향이었어. 때로는 숨 가쁘게 싸움을 하고, 때로는 도망치는 놈들을 쫓아서 수백 리 길을 가기도 했지. 어떨 땐 말이지, 나 혼자서 수백 리를 쫓겨 다니기도 했어. 그리고 지금의 난 이미 오십 년 전부터 천하에서 가장 강한 무인이라 불리고 있다네."

장년인은 나지막한 목소리로 나일을 보며 굳은 표정으로 말을 이었다.

"그리고 지금은 내 모든 것을 정당하게 평가받고 싶다네."

장년인은 고개를 힘차게 치켜들고는 밖에다 대고 우렁차게 소리쳤다.

"이보게, 사마빈(司馬玭)! 어서 들어오시게. 기다린 지 오래라네."

그러자 장대비가 내리며 짙은 어둠에 싸인 옥화루의 문 쪽에서 하나의 깃발을 든 꼬장꼬장한 학자풍의 노인이 나타났다, 비를 흠뻑 맞으며.

'비국(備局) 천하제일명(天下第一名)' 이란 글이 쓰여 있는 깃발을 들고 들어온 노인은 거대한 몸집의 장년인의 맞은편에 가 앉았다.

그렇게 거대한 몸집을 가진 장년인과 꼬장꼬장한 체격의 노인, 그리고 나일이 삼각형 꼴을 이뤘다.

"마득풍, 자네는 결코 넘지 못할 것일세. 이것은 자네의 모든 것을 걸고 몸부림쳐도 뛰어넘을 수 없는 불가능한 한계라네."

꼬장한 학자풍의 노인네가 거구의 장년인에게 알 수 없는 말을 했다.

그러자 장년인도 지지 않으려는 듯 학자풍의 노인에게 말했다.

"사마빈, 사내로 태어나서 천하제일인(天下第一人)이라는 소리를 들은 지도 오래되었네. 이 정도라면 고금제일인(古今第一人)이라는 황생에게 도전할 자격이 충분하지 않을까 싶네. 이미 죽은 지 오래라지만 그의 모든 것이 펼쳐졌다는 '불패의 진롱기보' 라 불리는 혼원팔진도(混元八陣圖)에 도전하기 위해 이미 칠십 년 전부터 바둑을 배웠고, 이제 전 중원에 내가 풀지 못한 사활(死活)은 없네. 또한 내게 이긴 국수도 없었네."

이어서 거구의 장년인은 꼬장꼬장한 노인에게 나지막하게, 그러나 확정적인 목소리로 말했다.

"사마빈, 이제 무림사기(武林史記)에 고금무림백선(古今武林百選) 편제일 위의 이름이 바뀌어질 때도 된 것 같구면."

지금 마득풍이란 이름을 가진 장년인의 말속에 들어 있는 무림사기(武林史記)란 무엇인가? 말 그대로 무림의 역사를 써놓은 무림의 역사서이다.

이 무림사기가 만들어진 그럴듯한 이유 3가지가 있다.

무림 최대 보유 인원을 가지고 있다는, 그리고 전통과 역사도 그만큼 깊다는 개방에서 그들의 본분이 거지인만큼 돌잔치, 회갑연, 장례식장 등등 음식이 풍부한 곳에 재빨리 가기 위해 이런저런 정보들을 모으고, 무림에서 일어난 일들을 파악하면서 한 장 한 장 모인 종이들을 묶어 만들어낸 책이라는 설과 죽음의 청부자들인 살수들이 무림의 청부 대상들을 조사하면서 그들에 대한 연구와 등급을 매기다 보니 이런 무림사기가 저술되어졌다는 설, 마지막으로 무림과는 불간섭의 원칙을 가진 황궁이 만약에 있을 무림의 모반을 은밀히 감시하면서 무림에 일어나는 일들을 감찰기관에 시켜 조사하며 만든 책이라는 것이었다. 하나 지금은 전 무림을 통틀어 정파도, 사파도, 그리고 관부도 아닌 독립적이고 중립적인 가문인 주남(株南) 사마세가(司馬世家)에서 십 년에 한 번씩 만드는 무림사기(武林史記)란 이름의 책을 진정한 무림사기(武林史記)라 인정하고 있다.

이 무림사기에는 강호상에 유명한 무림인들을 모은 인물평전(人物評傳)이 수록되어지는데, 그중 현재 존재하는 모든 무림인들 중 가장 강한 인물 백 명을 추리고 그 순위를 객관적으로 평가한 무림백선(武林百選)이 가장 유명하다. 이 책에 수록되는 것은 모든 무림인들의 희망으로 이름이 오른 사람은 그 사실을 스스로 자랑스러워하며, 여기 올랐다는 사실만으로도 정파든 사파든 간에 그 인물에게 한 수 양보해 주는 형편이었다. 그만큼 이 책의 위력은 대단하다 할 수 있겠다.

지금 그 무림사기를 편찬한다는 사마세가의 전대 가주 사마빈이 펼쳐 놓은 비국(備局) 천하제일명(天下第一名)이란 말은 말 그대로 바둑을 두어 그를 승복시킨다면 그 인물에게 천하 제일의 명예를 주겠다는 그런 말이 아닌가?

나일은 학자건을 두른 정정한 노인네가 그렇게 대단한 인물인 줄 몰랐다.

귀까지 내려온 하얀 눈썹과 보이지 않을 정도로 깊숙이 들어간 눈동자하며 모든 것이 그저 동네에서 아이들이나 가르치는 꼬장꼬장한 훈장 그 이상도 그 이하도 아니게 보였기 때문이다. 물론 나일의 무식한

강호 지식과 그가 말로만 전해지는, 이제는 전설이 된 기인이라는 사실
도 한몫을 했지만 말이다.

그 노인네와 상대하고 있는 저 거구의 장년인이 지금은 마교(魔敎)
라 불리는, 사십 년 전에는 명교(明敎)라 불렸으며 이 명나라의 근본이
되었던 명교의 제19대 교주로 이 시대의 천하제일인인 마득풍(摩得風)
이란 사실 역시 나일은 모르고 있었다.

마득풍은 지금 식은땀을 흘리고 있었다.

마천신군(摩天神君)이라 불리는 마득풍이 땀을 흘리다니, 누군가가
이 장면을 보고 있다면 자신의 눈을 믿지 않았을 것이다.

지금은 조금 쇠락했다고 하지만 명교의 위명은 여전히 산하(山河)를
진동하고 있었다. 그 명교의 교주였던 마득풍은 천하제일고수에 꼽힌
지 이미 오십 년이 넘었는데 그 누가 있어 마득풍을 이렇게 힘들게 하
고 있는 것인가?

또한 마득풍은 당대 세 손가락 안에 꼽히는 국수(國手)였다. 때문에
바둑판에서 이런 모습을 보인 적이 없던 그였기에 누군가가 봤다면 믿
기지 않는다는 표정과 절망스러운 표정까지 교차된 그의 모습까지 봐
야 했을 것이다.

"이보게, 마득풍! 이 바둑에서 지지 않을 방법은 없다네. 칠백 년 전
나의 선조로부터 내 대에 이르기까지 전 중원의 모든 국수라 불리는
이들을 다 상대해 봤지만 시간이 오래 걸렸다 뿐이지 모두 패배를 시
인했다네."

사마빈은 고개를 들어 마득풍의 눈을 바라보았다.

"이 바둑판은 일면 평범한 듯 보이지만 절대 나를 이길 수 없다네.

이것이 바로 고금제일인 황생이 만들었다는 '불패의 진룡기보' 일세. 이제 이만 물러나겠나? 나 역시 이 기보를 풀어내는 방법을 모른다네. 다만 가문에 내려오는 이 기보에 무천 대협의 친필로 이 기보를 파훼하는 자에게 무공 여하를 두지 말고 고금제일인의 명예를 주라는 유지만이 내려올 뿐이지."

"시끄럽네. 조용히 하게."

사마빈은 아직도 미련을 버리지 않고 이마에 땀을 흘리면서도 살아나갈 방법을 모색하고 있는 마득풍을 보며 이 기보의 묘리를 들려주었다.

"이 바둑을 풀어 나가는 수는 크게 몇 가지로 압축된다네. 하나는 이 대마를 포기하고 다시 초심으로 돌아가는 것이지. 그렇지만 이 대마를 포기하면 어떤 수가 됐든지 간에 계산된 반 집 패 이상의 결과가 나올 수밖에 없네. 그리고 또 하나는 이 대마를 살리기 위해 최선을 다하는 것이야. 그럼 이 대마를 살릴 수 있을지 모르지만 나는 이를 상관치 않고 다른 곳으로 시선을 둘 테니 내게 선수가 돌아옴으로써 이 바둑은 두 집 이상의 패가 될 것이야. 그리고 마지막 방법은 스스로 이 대마를 죽이고 그곳에서 사석을 걷어낸 후 새로운 삶을 사는 것인데 이것 역시 어처구니없는 시도일 뿐 그리하면 대마를 죽임으로써 동시에 소멸되어 버린 바둑판만이 보일 뿐이야."

사마빈 자신도 이 기보를 보면 볼수록 감탄스러운 듯 연신 탄성을 질렀다.

"이 바둑은 참 묘해. 일견 무수히 많은 수가 있는 듯하지만 그건 결국 보이지 않는 손에 의해 조종되어 가네. 이쯤에서 돌을 던지게."

그 말에 마득풍은 굳게 입을 다문 채 탄식하며 검은 바둑돌을 던져 패배를 자인하려 했다.

그때였다. 나일이 그런 마득풍을 보며 입을 열었다.

두 사람이 심각하게 대화 나누는 것을 보며 혼자 자작하고 있던 그는 그깟 바둑판을 놓고 사마빈이 잘난 척을 하자 배알이 꼴렸던 것이다.

"저기… 제가 대신 둬줄까요?"

나일의 말에 마득풍은 내심 어처구니가 없어 말이 나오지 않았다.

마득풍 자신이 이렇게 쩔쩔매는데 세상 그 누가 있어 이 바둑판을 뒤집을 수 있겠는가? 하지만 혹시나 하는 미련에, 아니, 이미 결과가 드러난 판이라 자신으로서는 더 이상 손을 쓸 수가 없는 상태인지라 이쯤에서 손을 털고 패배를 인정하며 자신과 한잔의 술을 대작해 준 젊은이에게 작은 선물을 하려는 의미로 사마빈에게 양해를 구했다.

"이 젊은이에게 기회를 줄 수 있는가? 아직은 내가 이것을 풀지 못하겠구려. 깨우치지 못한 게야. 이제 고금제일인의 명예에 미련은 없네."

그러자 사마빈은 우연히 자신들의 대국을 관전하게 된 나일을 쳐다보았다.

"좋네. 이것도 젊은이의 인연, 일생에 한 번 돌아올까 말까 하는 기회를 주지."

그러자 마득풍이 나일에게 돌을 쥐어주었다.

"한번 둬보겠나?"

나일이 바둑돌을 쥐며 바둑판을 뚫어지게 쳐다봤다.

"하하하! 만약 이 바둑의 전세를 뒤집는다면 너에게 천하제일인이라는 명호를 내가 양보하마."

'이 몸만 큰 노친네가 도와주려고 하는데 초장부터 기를 죽이는군. 지지 않으면 되잖아, 걱정도 팔자야. 그리고 천하제일은 무슨……. 참 내, 술 먹기 천하제일 말인가? 그거라면 난 사양하고 싶네.'

나일은 속으로 투덜대면서 고개를 돌려 방금 깨어난 듯한 모습의 점소이를 불렀다.

"야, 소면 하나랑 분주 한 근만 더 가져와!"

그리고는 자신이 마치 천하제일의 국수인 양 바둑판을 쳐다보았다.

'에구, 바둑이나 배워둘걸. 하얀 건 적이요, 검은 건 내 편이란 것만 알겠네.'

그리고는 고개를 저으며 어디쯤에 돌을 두어야 할지 몰라 자신이 대신 둔다고 한 말을 후회했다.

그러니 당연히 인상이 찌푸려질 수밖에 없었다.

그 순간 나일의 머리 속에 좋은 생각이 떠올랐다.

'지지 않으면 된다라……'

이윽고 점소이가 술과 소면을 가지고 오자 나일이 소면을 사마빈에게 주며 말했다.

"아무래도 장기전이 될 것 같군요. 소면이라도 드세요. 하지만 다음 식사 때부터는 직접 사 드셔야 할 거예요. 이번 건 제가 쏠게요."

"이봐, 점소이! 소면 하나 더 가져와!"

그리고는 분주를 독째 들고 마시기 시작했다.

사마빈은 정신이 없었다.

이놈의 자식이 무슨 소리인지……. 기회를 주었으면 고마운 줄 알고 냉큼 두어야 할 것 아닌가? 자신이 준 기회는 보통 사람이 아닌 무공의 절정고수라도 평생에 한 번을 얻기 힘든 기회다. 그런데 이런 여유라니…….

그래도 이왕 기회를 준 거, 배도 출출하고 해서 소면을 비벼 먹기 시작했다.

나일이 분주를 마시다 입을 떼고는 나지막한 소리로 말하기 시작했다.

"나는 이 바둑판에 지지 않을 자신 있어요. 하하! 내 나이 스물, 노인장은 아무리 적게 봐줘도 고희(古稀)를 넘겨 보이는데 노인장에게 남은 세월보다 내게 남은 세월이 많지 않겠어요? 하하하! 저는 이곳에서 뿌리를 내리며 기다릴 겁니다, 노인장이 죽을 때까지. 앞으로 수많은 시간이 흐를 동안 실컷 볼 테니 첫 인사로 제 술 한 잔 받으시죠."

나일은 그러면서 사마빈에게 술잔을 권했다.

사마빈은 내심 속이 타 들어갔다.

이놈의 자식이 기껏 기회를 줬더니 자신을 이렇게 놀리다니…….

그렇지만 바둑이란 것이 시간을 정해두고 하는 것이 아닌, 오히려 충분한 시간을 가지고 대적하는 것이니만큼 저놈에게 지금 당장 패배를 인정하라고 할 수도 없는 노릇이었다.

한편 마득풍은 내심 깜짝 놀랐다.

기다린다는 것, 세월을 두고 기다린다는 것.

자신은 지금껏 앞만 보고 달리며 최고의 무공을 익히기 위해, 고금제일인이 되기 위해 달리고 또 달려왔다. 그런데 방금 나일의 말을 듣는 순간 자신의 지나온 일생이 머리 속을 스쳐 갔다.

마치 한 편의 경극처럼.

그에겐 모든 조건이 갖추어져 있었다.

하지만 늘 쫓기듯이 자신의 목표를 이루기 위해 살아왔다.

이 짧은 한평생을 살아가면서 이룰 수 있는 모든 것을 조금이라도 더 이루고 싶은 마음에. 그렇지만 시간을 두고 기다린다는 것은 어쩌면 그에게 가장 중요한 것이 무엇인지를 생각하게 해주는 것이었다. 벌써 백이십 년을 살아온 그의 일생이 눈앞에 펼쳐졌다.

그 옛날 주원장의 말을 듣고 반란의 깃발을 들었던 일, 그리고 조금의 시간도 두지 않고 주원장의 말만을 듣고 곧바로 한림아를 죽였던 일……. 그런 일들이 주마등(走馬燈)처럼 그의 머리 속을 스쳐 지나갔다.

그때 내가 기다리는 법을 알았더라면, 항상 그 무언가에 쫓기듯 살지 않았더라면 자신이 알지 못한 많은 것들을 더 빨리, 그리고 더 많이 알 수 있었을 텐데…….

마득풍은 밀려드는 회한에 술잔을 입에 대고는 벌컥벌컥 마시기 시작했다.

그리고는 빈 술잔을 나일에게 건네며 술을 따르기 시작했다.

"이 우형(愚兄)의 술을 받아주게. 나는 마득풍이라 하네. 오늘 현제(賢弟) 덕분에 커다란 깨달음을 얻었다네. 나의 이 술잔을 받게."

나일에게 한 잔 따라주더니 분주를 병째 들고 마시기 시작했다.

나일은 황당했다.

원래 이 사람이 혼자 말하고 행동하는 것을 좋아하는 건 알았지만 우형이나 현제를 찾다니, 자기 나이가 몇인데……. 저 마득풍은 아무리 봐도 오십은 될 터인데 그런 사람이 자신을 보고 현제라니……. 그렇지만 그 모습에 흥이 나서 능청스럽게 점소이를 불렀다.

"이봐! 여기 술 좀 더 가져오고 주인 좀 불러와!"

나일은 이제 바둑판에는 신경 껐다는 듯 사마빈 쪽은 쳐다보지도 않고 술을 마시기 시작했다.

이윽고 점소이가 술을 가져오고, 그 뒤로 뒷짐을 진 옥화루의 주인인 듯한 자가 나왔다.

그는 보기 좋게, 아니, 보기 싫을 정도로 많이 나온 배를 쓰다듬으며 휘휘 팔자걸음을 걸으며 다가왔다.

그 뚱땡이가 와서는 정중히 말했다.

"어느 분이 저를 부르셨습니까?"

아마도 여기 모인 늙다리들을 보고는 함부로 대할 사람들이 아니란 걸 오랜 장사 경험으로 느끼고 먼저 고개를 숙인 것일 테다.

나일은 그를 보고는 품에서 전표를 꺼내었다.

"단도직입적으로 말해서 이 주루를 나에게 파시오. 맘에 드는 곳이오."

뚱땡이는 놀란 듯한 표정을 짓고는 나일에게 엄지손가락을 치켜들며 말했다.

"감탄했습니다. 젊은 분 안목이 대단하시군요. 이 옥화루로 말하자면 풍경이 수려하고 전통있는……."

나일이 뚱땡이의 말을 끊으며 말했다.

"그래서 얼마란 말이오?"

뚱땡이는 깊게 고개를 숙이더니 손가락으로 셈을 하며 말했다.

"이곳의 공시지가가 금화로 열 냥이고, 풍광과 장사 목으로도 좋고… 여러 가지를 감안해서 추가금 금 세 냥 정도는 받아야겠지만 제가 딱 금 열 냥으로 이곳의 소유권을 넘기겠습니다."

나일의 입이 딱 벌어졌다

금 열 냥이라니? 금 열 냥이면 강진에서는 이런 주루 네 개는 살 수 있는 거금이었다.

비록 여기가 풍류의 고장 소주라지만 이건 너무 비싸지 않은가?

나일은 그렇지만 놀란 눈을 얼른 바꾸고 자신의 주특기를 발휘하여 눈을 부라리며 뚱땡이에게 말했다.

"금 다섯 냥이네. 팔려면 팔고 안 팔려면 그만 가보게. 경치가 좋아서 사려고 했지만 이 정도의 주루는 이곳 소주에는 흔하지 않은가?"

주인장은 내심 젊은 놈이 이렇게 강하게 나오자 조금 생각하다가 금 다섯 냥이라도 이 주루의 원래 가격에 한 배 반은 되는 것이기에 냉큼 금 다섯 냥짜리 전표를 받아 챙겼다. 그리고는 품 안에 소중히 챙겨두었던 주루의 소유증을 꺼내어 나일에게 건넸다.

곧 이어 나일이 아까 그 점소이를 불렀다.

"이제 이곳의 주인은 나라네. 자네 이름은 무엇인가?"

점소이는 한순간 당황한 듯하다 이내 상황을 깨달은 듯 허리를 굽실거렸다.

"유규라 합니다. 새로운 주인님께 인사 올립니다."

그리고는 공손히 고개를 숙여 보였다.

"자네가 이곳을 맡게나. 이곳을 지금처럼 경영하란 말일세."

말을 마친 나일은 이내 사마빈을 쳐다보며 말했다.

"이제 한시름 놓았군요. 먹을 걱정, 잘 걱정 없이 이곳에서 한평생 살 수 있게 되었고, 또한 단골 고객 한 분을 확보했으니 망할 일도 없을 것이고. 흐음… 결국 이 바둑에서 질 일은 없겠군요."

사마빈은 그런 나일을 쳐다보며 어이없다는 표정을 지어 보였다.

"젊은이, 옛말에 과유불급(過猶不及)이란 말이 있네. 지나침은 모자란 것보다 더 나쁘다는 것일세. 지금 자네의 행동은 도를 지나쳤다네. 이 늙은이가 살면 얼마나 살겠는가? 지금 젊은이 하는 것을 보니 이곳에서 나의 뼈를 묻으라고 하는 것 같군. 헹~"

사마빈은 품속에서 하나의 수건을 꺼내어 코를 풀고는 다른 한 손을 품속에 넣더니 작은 옥패를 꺼내어 나일의 손에 쥐어주었다.

"이 옥패를 가지고 주남의 사마세가로 오게. 오늘 얻어먹은 소면의 답례를 해줌세. 그리고 그때는 나의 집에서 자네보다 더 어린 나의 후인이 자네가 죽을 때까지 계속 바둑을 두어줄 걸세."

그리고는 바둑판 위에 펼쳐 놓은 기보를 둘둘 말고는 손을 휘휘 내저으며 일어서서 주루를 나갔다.

주남 사마세가의 전대 가주인 사마빈이 이런 꼴을 당할 줄 누가 상상이나 했을까?

마득풍는 그런 사마빈을 보며 웃었다.

"하하하, 사마빈! 자네한테도 이런 날이 오는군."

그리고 고개를 돌려 나일에게 말했다.

"하하하! 이 우형은 사람들에게 말하겠네. 나를 감탄시킨 한 명의 아우가 생겼다고. 현제의 이름은 무엇인가?"

나일은 마득풍의 물음에 주저없이 대답했다.

"강진 태생의 나일이라 합니다."

마득풍이 나일의 어깨를 두드렸다.

"좋은 기세일세, 좋은 패기야. 하하, 언제 시간이 된다면 십만대

산으로 이 우형을 찾아오게나. 내가 바로 명교의 태상교주인 마득풍일세."

그리고는 가슴에서 볼품없는 소검(小劍) 한 자루를 꺼내었다.

"나는 현제의 도움에 마땅히 보답할 게 이 한 자루 검뿐일세."

그리고 검을 치켜들고는 검에 눈동자를 맞추며 말했다.

"이 검의 이름은 파천(破天)일세. 우리 명교의 신물 중 하나지. 아주 오랜 옛날 한(漢)의 건국 황제인 유방이 늘 소중히 간직한 검이었다는 이야기도 있지. 겉보기에는 볼품없어 보이지만 천하의 명검이라 불리기에 손색이 없네. 내 젊은 날은 이 검의 날카로움에 의지하여 강호를 무사히 떠돌 수 있었다 해도 과언이 아니지."

그렇게 말하며 검을 나일의 손에 쥐어주었다.

"내가 비록 장년의 모습으로 보이지만 이미 백이십 세를 넘었다네. 비록 이제 겨우 극마의 경지를 넘어섰을 뿐이지만 모든 무림인들은 천하제일고수라고 불러준다네. 이 검은 곧 나를 뜻하는 바, 어려움이 닥친다면 이 검을 들고 명교의 분타를 찾게. 성의를 다해 자네를 도와주겠네. 그리고 만약에 십만대산에 온다면 검을 치켜들고는 '우형' 이라 세 번만 부르게. 십만대산 어디에서 부르든 현제를 반갑게 맞겠네."

이미 마득풍의 모습은 사라지고 없었으나 그의 음성만은 쟁쟁히 들려왔다.

이 모습을 보며 나일은 이게 '진정한 무림 고수의 풍모구나' 하며 존경과 감탄의 탄성을 질렀다.

"하하하! 정말 강호라는 곳에 나오길 잘한 것 같구나. 나일아, 나일아! 강호를 보지 못했다면 편안히 눈을 감지 못했겠구나. 앞으로 얼마나 더 놀라게 될 것인가!"

　나일은 강호에 발을 내디딘 첫 발부터 기인을 만났다는 생각에 하루 종일 가슴이 두근거렸다.

제3장

한심한 산적과
무서운 소녀

비가 갠 다음날 아침, 나일은 칠선봉(漆扇峯)에 올라 태호를 바라
보고 있자니 어제 만난 호탕한 마득풍의 모습이 떠올랐다.

그를 생각하자 짧지만 강렬한 느낌이 온몸을 감싸 안았다.

'나는 과연 무엇을 해놓았는가? 무엇이, 어떤 사람이 되고 싶은 것
인가?'

가슴속 깊숙한 곳에서 뜨거운 의기가 흐르며 호연기지가 솟구쳤다.

"아아아~"

그리고는 칠선봉으로 내려가면서 어제 받은 파천검으로 나뭇가지를
쳐내었다.

사사삭.

보기와 다른 예리한 기운에 나일의 얼굴에 천진난만한 웃음이 지어
졌다.

"와~"

나일은 다시 한 번 주위의 나뭇가지를 쳐내려 갔다.

그러다가 문득 상념에 젖어서는 털썩 땅바닥에 주저앉았다.

'그래, 나는 최고의 강도(强盜)가 되고 싶었어. 산적(山賊)도 좋고 수적(水賊)도 좋고, 남은 삶 멋있게 살다 남자답게 죽으면 후회가 어디 있겠는가. 중원을 떠돌며 하고 싶은 일을 하며 살아가 보자.'

나일은 칼을 곧추세우고 아래를 내려다보았다.

'우선은 예행 연습을 해야겠다.'

생각을 멈춘 후 일어서서 주위를 살펴보다 나뭇가지 사이로 보이는 커다란 바위 뒤에 몸을 숨겼다.

'옳지, 저기 사람이 지나가는구나.'

나일은 재빨리 바위 위로 몸을 드러내고는 지나가는 사람에게 파천검을 들이댔다.

'이런, 어린 여자애구나. 에이, 이거 첫 행사치고는 폼이 안 나네. 어쩔 수 없지.'

"멈춰라! 이 나으리가 사는 땅을 지나려면 통행세를 내야 한다!"

나일은 최대한 험상궂은 표정을 지으며 건들거린 후 소녀에게 말했다.

하지만 이 말에 소녀는 무서워하기는커녕 코웃음을 쳤다. 그리고는 나일이 오른손에 쥔 파천검을 보고 깔깔 웃기 시작했다.

북해빙궁주의 귀엽고 깜찍한 셋째딸 북궁주희는 별 어처구니없이 한심한 강도를 보며 웃음이 터져 나오는 것을 참지 못했다.

"호호, 저게 뭐야?"

아무리 삼류강도라도 그렇지, 커다란 대도도 아니고 감산도도 아닌

저런 볼품없는 소검으로 통행세를 뜯는 산적은 강호 유람 3일 동안 듣도 보도 못했다. 이 계통이 원래 겉모습에서 뭔가 두려움을 일으킬 만한 요소를 지니고 있어야 장사가 잘되는 직종이 아닌가?

북궁주희는 한눈에 이 산적이 삼류도 되지 못하는 놈이란 생각이 들었다. 그래서 이 어설픈 산적을 골려주기로 마음먹었다.

"돈 없는데요. 그냥 내려가도 되죠?"

나일은 한순간 어리둥절했지만 이 소녀가 자신을 비웃는다는 걸 알고는 난처해졌다.

'첫 행사부터 꼬이는군. 숙부가 이런 식으로 말하면 행인들이 벌벌 떨면서 준비한 통행세를 내던데…….'

이렇게 직접적으로 사람에게 돈을 빼앗는 경우는 처음인지라 나일은 다시 한 번 얼굴을 찌그러뜨리고는 주희를 향해 검을 들이대며 말했다.

"안 된다. 여기까지 오는 길 또한 이 나으리의 영역이다. 정 돈이 없다면 들고 있는 보퉁이라도 내놓아라."

주희는 그런 나일을 보고 터져 나오는 웃음을 주체하지 못했다

"호호호, 저 정말 땡전 한 푼 없어요. 삼 일 전에 급하게 가출하느라……."

그 말을 하면서도 주희는 연신 웃어대며 재밌다는 표정을 지었다.

"참, 이 보퉁이에 있는 건 옷인데 거지 옷이거든요? 지금 입고 있는 옷이 더 값나갈 텐데 이거라도 벗어 드릴까요?"

그러면서 옷을 벗으려는 듯 혁대로 손을 가져갔다.

순간 나일의 얼굴이 빨개지더니 주희의 손을 잡고는 말했다.

"됐다. 쪼그만 게 까져 가지구. 오늘은 집 나와서 첫 행사니까 기념

으로 머리에 꽂은 유운화(流雲花)라도 줘."

나일은 풀이 죽은 듯 검을 거두고는 주희에게 손을 내밀었다.

주희는 그런 나일을 보며 한순간 싸늘하게 표정을 굳히고 말했다.

"나으리도 가출했나 보네? 재밌게 소주 구경하고 돈이 떨어져서 그런 거야? 흥! 그럼 나를 이겨봐. 그러면 꽃을 주지."

나일을 향해 비아냥대더니 손을 뻗어 북해빙궁의 빙면장으로 나일의 가슴을 움켜쥐었다.

나일은 소녀가 다칠까 봐 검을 뒤로한 채 손으로 막으려다 가슴의 영태혈을 짚히고 말았다. 몸을 움직이려 했지만 이미 몸이 마비되어 움직여지지 않았다. 나일은 덜컥 겁이 났다. 강호 고수! 믿기지 않는 사실이었지만 소녀는 무공을 익힌, 그것도 고수였던 것이다.

"야, 웃기는 산적 놈아! 아니, 한심한 산적 놈아!"

나일의 어깨에 손을 올려놓으며 주희는 득의의 웃음을 지었다. 그리고 나일의 얼굴 위로 자신의 얼굴을 들이밀었다.

"내가 지금 돈이 없거든. 근데 동정호도 보고 싶고 숭산에 올라 소림사에 시주도 하고 싶은데 어쩌지? 그래서 그런데 돈 좀 빌려주라, 이 한심한 산적 놈아."

나일은 이 소녀가 자그마한 게 엄청 되바라졌다고 생각했다.

아무리 그래도 명색이 산적인데 자신이 조금 힘이 있다고 산적을 핍박하고 금품을 빼앗으려 한단 말인가? 자신의 자존심이 걸린 일이기에 그건 죽어도 용납할 수 없었다.

나일이 입을 열어 비장하게 말했다.

"이 요녀야, 죽이려면 죽여라! 비록 나의 무공이 너보다 약해서 이렇게 잡혔지만 당당한 산적이다! 그런 내가 한낱 행인에게 돈을 빼앗길 수 있겠느냐? 차라리 죽여라! 돈은 한 푼도 줄 수 없다!"

주희는 그런 나일의 얼굴에 귀싸대기를 날리며 말했다.

"한심한 산적 주제에 어디서 말대꾸야? 말대꾸하면 죽을 줄 알아!"

그러면서 연거푸 나일의 뺨을 향해 귀싸대기를 왼쪽으로만 죽어라고 날렸다.

나일은 속으로 비명을 지르고 싶은 것을 억지로 참으며 고래고래 욕을 해댔다.

"이 못된 요녀, 내 저승에 가서도 너를 찾아오겠다!"

그러자 주희는 다른 혈도를 짚어 기절시키는 방법 대신 고통을 느끼도록 일부러 오른손으로 나일의 목등을 쳤다. 그리고 쓰러진 나일을 길이 나지 않은 돌산 쪽으로 질질 끌고 갔다.

나일은 그렇게 정신을 잃은 채 북궁주희의 손에 발목이 잡혀 돌산을 오르고 풀숲을 지나다가 시냇가까지 끌려온 후 북궁주희가 뿌린 물에 정신이 들었다.

주희는 나일이 깨어난 것을 보고 다짜고짜 나일의 머리를 잡더니 물에 처넣었다.

몸부림치던 나일은 겨우 물에서 벗어나자 온몸에 힘이 빠져 그저 주희를 노려볼 뿐이었다.

그런 나일을 보며 주희는 피식 웃어 보이더니 나일의 목덜미를 잡고 다시 시냇물 속에 처넣어 버렸다.

반 식경 정도 흘렀을까? 그렇게 나일을 처넣었다 뺐다를 반복하자 결국 나일은 참지 못하고 다시 기절해 버렸다. 북궁주희는 그런 나일의 뺨을 때려 깨우고는 힘겨워하는 나일을 보며 히죽 웃으며 말했다.

"이젠 패배를 인정하라고! 생각해 보니 너도 가출한 듯한데 나도 혼자 여행하면 재미없을 것 같고, 너랑 재미있는 여행을 했으면 하는데… 물론 니 품속에 있는 이 전표로 말이지."

그러면서 주희는 나일에 품속에서 꺼낸 비단 주머니를 나일의 눈앞에 흔들어댔다.

그러나 아직도 악에 받친 나일은 두 눈을 부릅뜨며 강하게 고개를 저었다.

주희는 그런 나일의 고개를 잡더니 다시 물속에 처넣어 버렸다.

나일은 다시 기절해 버렸다.

한참 후 겨우 깨어난 나일은 살짝 눈을 치떴다.

그리고는 자신이 아직도 그 요녀의 손아귀에 있다는 것을 깨달았다.

'이런 제기랄, 돈 챙겼으면 됐지 왜 아직도 버티고 서 있는 거야? 확 죽은 척해 버려? 그래, 좀 더 기절한 척하고 있자.'

나일이 그런 생각을 하며 살며시 눈을 감자 주희가 말했다.

"이봐, 자꾸 엄살 부릴래? 한 번 더 담가줘야 정신을 차리겠어?"

주희의 목소리에 나일은 흠칫 몸서리가 쳐졌다.

그리곤 진정 자신의 뜻과 상반되는 목소리가 자신의 입에서 나왔다.

"그래, 요녀. 니가 이겼다. 니 맘대로 해라."

주희의 손은 다시 한 번 나일의 목덜미를 잡고 물속에 담가 버렸다.

"내 이름은 북궁주희야. 한 번만 더 요녀라고 했단 봐라, 그땐 아주 죽여 버릴 거야."

그 말을 끝으로 들으며 나일은 다시 한 번 기절해야만 했다.

나일이 깨어나 보니 웬 소년 거지가 자신 앞에 있었다.

'어라? 그 요녀가 나를 버리고 어디 갔나? 다행이다.'

그런 생각을 하고 있는데 돌연 그 요녀의 목소리가 거지에게서 나왔다.

"깨어났으면 얼른 밥 먹으러 가자."

나일이 시선을 거지에게 돌리고 자세히 살펴보자 아까의 그 요녀와 같은 키였으나 얼굴은 완전히 다른 거지가 보였다.

'이런, 그 요녀가 거지새끼로 변장했구나.'

이렇게 북궁주회의 편안한 여행을 위한 돈 조달 물주가 된 나일과 주회가 걸어서 도착한 곳은 태호에서도 도자기로 유명한 의흥의 조그마한 주점이었다.

"야, 이 한심한 산적아! 나는 태호의 명물인 앵두국에 노루고기를 볶은 은아록육사(銀芽綠肉絲)를 먹을란다. 넌 뭐 먹을래?"

나일은 말 한마디를 해도 사람 열받게 하는 주회를 보며 이를 갈며 있다.

'두고 보자. 반드시 이 수모는 되돌려주마.'

그나마 다행인 것은 그렇게 때리고 고문한 것이 미안했는지 자신의 돈주머니는 돌려주었던 것이다.

"난 소면 곱배기, 돈이 얼마 없어서……."

그렇게 돈이 없다는 것으로 말을 마무리 짓고는 주회가 점소이를 찾아 손짓할 때 혼잣말을 했다.

"이 사악한 요녀 거지새끼, 두고 보자."

그리고는 어딘가에서 날아온 손바닥에 뺨을 맞곤 탁자 위로 쓰러졌다.

물론 그 손의 임자는 주희였고, 주희는 이런 말까지 남겼다.

"한심한 산적새끼가 돈은 더럽게 아끼네."

그렇게 며칠을 보내게 되자 더 이상 견딜 수 없었던 나일은 결국 탈출을 결심하게 되었다.

매일 밤 묶여서 자는 것은 그렇다 쳐도 자신의 머리통이 아무나 두들겨 대는 만두 반죽도 아니고, 매일같이 시달림을 당해 몸 전체가 어찌 보면 태어날 때부터 지녔던 몽고반점 같은 몰골이었다. 특히나 푸른빛이 돌아서 귀기마저 흐르는 자신의 얼굴을 보고는 이러다가 제 명에 못살 것 같았다.

그러지 않아도 얼마 남지 않은 삶인데 그마저 이렇게 비참하게 산다면 얼마나 후회 많은 삶이 될 것인가? 이 수모를 되갚기보다는 우선 이 요녀에게서 빠져나가는 것이 급선무라고 생각했다.

그래서 자신의 품에서 전표를 꺼내어 세어봤다.

벌써 백이십 냥이 나갔다는 것에 비장한 표정을 짓고는 탈출의 기회를 노리기 시작했다.

북궁주희는 나일을 만난 걸 하늘의 뜻으로 여겼다.

'어려서부터 좋은 일을 많이 했더니 하늘이 나에게 이런 봉을 안겨주는구나.'

그녀는 중원 최고의 기재만 선출한다는 영웅학관에 신입 부원으로 입관하게 됐던 차에 중원 유람을 하기 위해 아버지한테 조르고 졸라 자신을 친손녀처럼 여겨주는 북해빙궁의 장로 한산파파와 동행하면 허락해 준다고 하여 겨우 입학 이 개월 전에야 중원에 도착했다. 하지만 어찌나 정의니 협의니 하며 따지는 한산파파와 있다 보니 자신이 하고 싶은 것은 하나도 할 수 없겠다는 불안감에 태산에서 이곳까지 밤을 달려 겨우 한산파파를 떨군 채 혼자 여행을 할 수 있게 됐다.

하지만 혼자 다닌 지 3일. 도망쳐 나오며 몸에 지닌 것은 패물뿐인지라 그것들을 처분하려 하자 어찌나 패물점 주인이 꼬치꼬치 캐묻던지, 다 부숴 버리고 도망치던 중이었다.

그런데 가지고 있는 것이라곤 돈뿐인 허우대만 멀쩡한 녀석이 산적질을 하고 있지 않은가. 정의감에 불탄 나머지 나쁜 길에 빠지는 것을 보호하고, 편안하고 재미있는 자신의 강호 유람도 즐기기 위해 이 한심한 산적과의 동행을 결심한 것이다.

'짜낼 대로 짜내야지.'

순간 북궁주희의 손이 주먹 쥐어지며 사악한 미소가 흘렀다

그들이 그렇게 붙어다닌 지 일주일.

그동안 주희는 한곳에 오래 머무르지 못하고 매일매일 장소를 옮겼다.

마치 무엇에라도 쫓기는 듯이.

주희는 아름다운 절들이 많다는 절강성으로 발길을 향하고 나서 사람들의 이목이 많아지자 거지 옷을 나일에게 맡기고는 나일의 돈으로 남자 옷을 한 벌 멋지게 뽑아 입었다. 나일이 보기에 북궁주희는 아직 많은 사람들의 시선을 의식하는 치기 어린 소녀였다.

그러나 자신에 돈을 써가면서 비위를 맞춰주었지만 나일의 고단한 생활은 나아지지 않았다. 오늘밤에도 나일은 주루에서 소면을 시키며

낮에 벌어진 일 때문에 속으로 울화통을 삭이고 있었다.

어제는 멀리서 사람이 보이자마자 구해달라고 말하려 무조건 달려나갔다가 그 자리에서 잡혀 뒤지게 맞았다. 그리고 저녁으로 소면 대신 생계란을 사서 먹기도 하고 눈에 대고 굴리기도 하면서 나름대로 밤새 고민했다. 그 고민은 사람들이 붐비는 소주성 안에 들어서서도 마찬가지였다.

그리고 한 가지 결론을 내렸으니, 어제는 사람이 한 명뿐이었기에 이 요녀가 사람의 눈을 의식하지 않았지만 '이렇게 사람이 많은 곳에서는 사람들의 눈을 의식하지 않을 수 없으리라' 고 결론을 내린 것이다.

무작정 시장통 안으로 뛰어들어 '설마 사람이 많은 데서도 자신을 잡으려 들거나 때리겠어' 라는 안일한 생각으로 북궁주희에게서 도망치려 했는데… 나일이 북궁주희 옆에 있다 잽싸게 뛰쳐나가려는 순간 그녀는 나일의 의도를 이미 눈치 채고 있었다.

아니, 한술 더 떠서 오히려 이런 순간이 오면 써먹으려고 대비책도 마련해 놓고 있었다.

나일이 자신에게서 멀어지는 순간 갑자기 '철퍼덕' 넘어지더니 나일을 향해 손가락질을 해대며 고래고래 소리를 질렀다.

"도둑 잡아라! 도둑 잡아라!"

어찌나 고함을 크게 질렀는지 급기야 몇몇 사람들이 아직 시민, 아니, 성민(城民) 정신이 살아 있다는 것을 보여주듯 나일을 향해 덮쳐 들었다.

한 손이 열 손 못 당한다는 것을 증명하는 것일까? 강진 땅에서는 날고 기던 자신이 이렇게 잡혀서 주희한테 다시 맞을 것을 생각하니 눈앞에 깜깜해졌다. 필사적으로 자신을 잡으려 드는 사람들을 제치며 앞으로 나아갔지만 결국…….

"잡았다, 이놈! 얼굴 멀쩡하고 사지 육신 잘 돌아가는 놈이 도둑질을 해?"

"이놈을 어서 관아에 넘기자구!"

"아니야, 이런 놈은 우선 혼줄을 내고 관아에 넘겨도 늦지 않다구."

나일은 변명도 하지 못한 채 그대로 사람들에게 밟혔다. 그리고 잠시 후 초주검이 된 자신을 보호하려는 주희를 볼 수 있었다.

주희는 나일을 향해 의미심장한 웃음을 지어 보였다.

'요녀… 윽……'

나일의 입에서 절로 한숨이 흘렀다.

하기사 지금 자신의 모습은 돈 몇 푼을 아끼려고 아등바등 지내다 보니 거지 행색이요, 반대로 속 편하게 자신을 괴롭히던 주희는 어느 부잣집 아들의 모습이었다.

"그만 하세요. 이놈이 제 비단 주머니를 훔쳤으니 우선은 주머니부터 찾읍시다."

"그러시구려."

주변 사람들이 길을 터주자 주희는 나일의 품에 넣어둔 나일의 강호 유람 대비용 비단 주머니를 꺼내어 사람들에게 흔들어 보였다

"여기 있다!"

주희는 나일의 뒷덜미를 끌어 자신의 앞에 세우고는 나일을 구타했던 사람들에게 정중하게 답례의 포권을 일일이 해 보였다.

"감사합니다. 아직도 성민 정신이 살아 있다는 것을 큰일을 겪고 나서야 깨달았습니다. 이 도둑놈은 맞을 만큼 맞았으니 제가 관아로 끌

고 가겠습니다."

"저 흉악한 놈을 혼자서 관아까지 끌고 갈 수 있겠소?"

주희의 작은 덩치를 보며 주변 사람들이 걱정하자 주희는 공력을 끌어올려 나일의 뒷덜미를 잡고는 하늘로 들었나 놨다를 해 보였다. 아무리 덩치가 작아도 북궁주희는 영웅학관의 무관에 들려는 북해빙궁주의 딸이었다.

"제 한 몸 지키기에는 충분한 무공을 익혔는 바, 이런 겉만 멀쩡한 한심한 산… 아니, 아무튼 이놈은 한 주먹거리도 안 되죠. 다만 운이 나빠서 주머니를 도둑맞았으나 여러분의 도움으로 주머니를 되찾을 수 있었습니다. 감사합니다."

북궁주희는 성민들을 향해 공손히 읍해 보인 후 기절한 나일을 끌고 인적이 드문 길가로 가 바로 정신 개조 작업에 들어갔다.

"아직도 도망치려 해, 이 한심한 놈아? 니가 도망치면 내가 그대로 마음 좋게 놓아줄 듯싶었냐?'

비아냥대면서 두들겨 패는 것을 간신히 빌고 또 빌어 나일은 구사일생으로 살아날 수 있었다.

나일은 오늘 저녁에도 어김없이 절강성의 명물인, 그리고 이 집에서 가장 비싼 음식인 향어육탕(香魚肉湯)을 시키는 북궁주희를 째려보았다. 나일도 이에 질세라 비싼 잡채소면을 시켰다.

그리고 나일이 잡채소면을 다 먹을 때쯤 주희는 단 한 번 젓가락을 댄 향어육탕을 밀어내고 점소이를 불러 이번엔 솔잎 사슴구이를 시켰다.

이에 나일은 급격히 분노했다. 이렇게 음식을 남기는 것은 음식을 모독하는 것으로 분명 하늘의 벌을 받을 것이라 생각하고는 점소이를 부른 후에 이성을 상실한 듯 북궁주희를 향해 버럭 소리를 질렀다.

"난 돈이 아까워 대충 소면으로 때우는데 그 비싼 향어육탕을 다 먹지도 않고 다른 음식을 시켜?"

말이 끝남과 동시에 나일의 눈에는 별이 보였다.

주희의 주먹이 정확히 나일의 턱을 명중시킨 것이다.

"닥쳐, 이 한심한 산적아! 남이야 뭘 시키든 니가 무슨 상관이야?"

나일은 그 말에 아픈 걸 참으며 발작적으로 소리치려다 주희의 말아 쥔 주먹을 보고는 슬그머니 고개를 숙이며 점소이에게 말했다.

"죽엽청 한 병도."

그리고는 북궁주희가 한쪽에 밀어둔 향어육탕을 집어서 입에 넣었다. 마치 남이 먹다 버린 음식을 먹는 거지처럼.

아, 불쌍한 나일이여!

점소이가 사슴구이와 죽엽청을 가져오자 나일은 병째 죽엽청을 입에 쏟기 시작했다.

'아, 진짜 힘들다. 하늘이여, 왜 제게 이런 시련을 주십니까?'

그때였다.

주희가 나일에게 괜히 친한 척 부드러운 말투로 싸가지없는 내용의 말을 뱉어냈다.

"야, 한심한 산적. 그거 맛있냐?"

주희가 아직 어린 티를 내며 똘망똘망한 눈으로 나일을 쳐다봤다.

나일은 그런 주희를 무시하며 다시 술병에 입을 들이댔다가 자신의 머리통을 향해가는 주희의 주먹을 보고 급히 행동을 멈춘 후 주희를 보며 말했다.

"왜, 때리려구? 때려봐! 그렇지만 이건 꼬맹이들이 먹을 수 있는 게 아니야."

나일은 자신이 미쳤나 보다 생각했다. 그런 말은 마음속으로만 해야 하는데……

가령 '술을 먹기에는 아직 이르지 않냐? 나 '한 잔만 먹어볼래?' 라든가, 그런 호의가 느껴지는 말들을 입 밖으로 내보내야 하는데 그동안 너무 맞으며 살아왔고, 술까지 먹어 취기가 오르자 자신도 모르게 지나친 언행을 한 것이다.

주희는 그 말에 울컥 기분이 상했던지 나일의 목덜미를 잡고는 말했다.

"따라와!"

나일은 그 말에 몸서리가 쳐졌다.

그래서 자신이 미리 잡아둔 방이 있는 이층으로 멀어져 가는 주희의 뒷모습을 보며 살며시 뒷걸음질쳤다.

그리고는 다시 원래의 탁자가 있는 곳에서 등을 돌려 문 쪽으로 슬금슬금 움직였다. 그러다가 무심코 자신을 향해 뒤돌아본 주희의 눈동자와 마주치고는 어색하게 웃어 보였다.

"음식 아깝잖아. 방에 가져가서 먹을라구."

물론 나일은 방에 들어가자마자 음식을 내려놓기도 전에 죽도록 맞았다.

다리, 어깨, 가슴, 발, 머리 할 것 없이 어찌나 익숙하게 패대는지 아직 맞는 데 익숙하지 않은 나일은 초주검이 되었다.

"다시 한 번 말해 봐."

눈을 부릅뜬 주회가 손을 머리 위로 올리며 나일을 향해 말했다.

"무엇을요… 소저……?"

치켜든 주먹의 위력을 몸서리치게 경험한 나일은 설설 기기 시작했다.

"아까 한 말! 꼬맹이란 말! 내가 조금 어려 보이긴 해도 방년 십육 세란 말이야!"

주회는 씩씩대며 나일의 뒤통수를 갈겼다.

너무 맞은 나일은 어떻게든 이 상황에서 빠져나가려고 무언가 중요한 공통점이라도 발견한 듯 웃으며 말했다.

"정말이요, 소저? 저랑 동갑이네요. 하하!"

"뭐? 너처럼 노타나는 애랑 내가 동갑이라고? 이게 수작 부리고 있어!"

"정말이에요. 내가 이래 보여도 양미생으로 올해로 열여섯 살이 맞습니다. 얼굴이 조금 삭아 보이는 것은… 이게 다 불치의 병 때문이란 말이에요."

나일은 최대한 불쌍한 표정을 지어 보이며 얼굴을 주회에게로 향했다.

마치 자세히 보면 십육 세란 걸 알 수 있을 거라 알려주려는 듯.

"말도 안 돼!"

주회가 나일의 손목을 쥐었다.

"맥이 다른 사람보다 조금 느리다는 것을 제외하고는 이상이 없는데……."

"그럴 겁니다. 혈액이 굳어가면서 몸의 기능이 정지하는 병이라 범인보다 혈액 순환이 잘 안 돼서 맥이 늦습니다."

어느새인가 존대말뿐 아니라 불쌍한 표정까지 지어 보이게 된 나일이었다.

"음… 내가 자세한 것은 모르니 일단 믿어주지. 그런데 동갑이면서 나를 꼬맹이라고 해, 이 한심한 산적 놈아?"

그래도 나일이 병이 있다는 것을 알고는 조심스러웠는지 평상시처럼 '쾅' 이 아닌 '쿵' 소리만 나게 나일의 머리를 때렸다.

그리고 그 순간 불쌍하게도 나일은 조금 덜 아프게 맞은 것을 주희에게 마음속으로 감사하고 있었다.

"근데 너, 이거 맛있냐?"

그러면서 주희가 죽엽청을 손을 뻗어 가리켰다.

나일은 풀이 죽은 목소리로 주희에게 말했다.

"그냥 기분이 우울하거나 울화가 쌓였을 때 먹으면 뜨거운 기운이 속을 쏴하고 풀어주거든요."

"그럼 너, 지금 우울하거나 울화가 쌓였냐?"

주희는 '진작 자기에게 말하지' 라는 표정으로 나일의 등을 토닥여 줬다.

그 행동에 나일은 마음속으로 울컥 화가 치밀어 올랐다.

'내 마음속에 울화가 무엇인데, 이 요녀야! 바로 너다! 너를 만나기 전까지 나는 느긋하고 편안한 강호 유람을 하고 있었단 말이다! 너만 사라지면 십 년 묵은 체증이 한꺼번에 내려갈 것 같다!'

그렇게 속으로 주희에게 욕을 퍼부었다.

"그건 그렇고, 나도 좀 주라. 동갑인 너도 먹는데 나라고 못 먹겠냐?"

나일은 그런 주희를 자세히 뜯어보며 말했다.

"그런데 소저는 너무 어려 보이는데……."

그 말에 다시 주희의 손바닥이 주먹으로 변하자 재빨리 나일이 말했다.

"어허, 소저는 내 말을 곡해한 듯합니다. 제 말은 저… 젊어 보인다는 것으로 세월이 흘러도 보기 좋겠다는 뜻입니다. 하하!"

나일이 웃으며 말을 마무리 짓고는 죽엽청을 잔에 따라 주희에게 건넸다.

"그리고 보니 우리는 서로에 대해 너무 모르고 있었군. 야, 이 한심한 산적 놈아! 너, 이름이 뭐냐?"

주희는 자연스럽게 술잔을 받아 입으로 넘기며 물었다.

'휴우, 니가 언제 나한테 말할 시간이나 줬냐, 맨날 쥐어 패기만 했지.'

나일이 속으로 한숨을 쉬며 말했다.

"나일. 중원삼대표국 중의 하나인 대향표국의 국주 칠정도(七政刀) 나문이 아버지이며 녹림칠십이채 중 그 유명하고 호탕한 풍귀채의 채주 풍귀도 나웅이 숙부입니다. 그러는 소저는 어디 사람입니까?"

나일은 은근히 숙부의 이름에 힘을 주어 말하며 이제라도 내가 누군지 알았으면 잘하라는 뜻으로 손을 내밀었다.

"내 이름은 북궁주희. 북해에서 중원을 유람 왔지. 우리 아버지가 북해빙궁 궁주시다."

그리고는 나일이 내민 손에 악수를 하며 나일의 손을 으스러져라 힘주어 잡았다.

아무래도 지금과 다른 정당한 대우를 받기는 힘들 것 같다는 생각이 나일의 머리 속을 맴돌았다.

북해빙궁이 어디인가?

동적(東狄), 동해의 섬을 근거지로 동쪽을 장악하고 있다는 해적들의 무리 흑룡채(黑龍寨).

서승(西僧), 삼백 년 전부터 서역을 통일하고 서역에서는 황제 위에 군림한다는 포달랍궁.

남독(南毒), 괴이한 독물을 가지고 남만을 지배하고 있다는 만독문(萬毒門).

북빙(北氷), 천하에서 가장 극음한 장법인 북해빙장을 소유하고 있는 북해빙궁(北海氷宮).

통칭해서 새외 사대패자라 불리는 이들.

중원에 떠도는 소문으로 동쪽에서 해적을 만나면 목숨을 내놔야 하고, 서쪽에서 중을 만나면 우선 고개를 숙이라고 했으며, 남쪽에서 약초꾼과 이 장 가까이 마주 서지 말고 절대로 함부로 대하지 말 것이며, 북쪽에서 차가운 기운을 가진 사람을 보면 다투지 말란 말이 있지 않은가?

나일은 그런 어마어마한 신분을 가진 주희를 보자 안색이 변하며 앞으로 친하게 지내야겠다는 생각이 들었다.

그렇지만 자신이 살면 얼마나 더 살겠는가? 가장 시급한 것으로 이 찰거머리 같은 요녀를 떼어놓아야 하니 우선은 이 요녀의 비위를 맞추는 게 급선무였다.

"우리 이렇게 만난 것도 인연이고 나이도 같고 하니 남녀 사이를 떠나서 친구로 지냅시다."

나일은 그렇게 말한 후 주희의 눈치를 살폈다.

"좋아. 그런데 말이지, 너 좀 맞아봐라."

"왜?"

"그냥 기분이 나빠서."

우당탕! 퍽퍽!

이유도 모른 채 이제는 무조건 맞는 나일이었다.

나일은 술이 떨어지자 주희가 꺼내준 자신의 비단 주머니에서 은전을 받아 술과 안주를 사러 밑으로 내려갔다.

'그냥 돈을 포기하고 이대로 도망쳐 버려?' 라는 생각이 눈앞을 스쳐 갔지만 이제 친구가 된 이상 어쨌든 때리는 강도가 덜하리라 기대해 보았다. 그래서 주머니를 찾을 동안 붙어 있자라는 생각으로 가닥을 잡아가며 자신의 마음을 다잡았다.

'내 저런 요녀랑 더 이상 같이 있다가는 제 명에 못 죽을 거야.'

술을 사 와서 다시 술판이 벌어지고, 나일과 주희는 객점의 방 안에서 이런저런 이야기를 하기 시작했다.

"넌 왜 집을 나왔냐?"

나일의 질문에 북궁주희가 웃어 보이자 나일은 순간 움찔했다.

'술이 들어가서일 거야. 그리고 오랜만에 새 옷을 입어서 이뻐 보이는 걸 거야. 속지 말자.'

나일은 주희가 웃자 그 미소의 눈부심에 가슴 설레이는 감정을 느꼈다.

"난 정확히 얘기하면… 음… 유람을 나왔는데 동행하는 사람이 너무 꽉 막혀서 같이 유람하면 재미없을 것 같아 도망쳤어. 너는?"

"난 남자로 태어나 중원을 유람하지 못하고 죽는 것이 억울해서."

나일의 표정이 사뭇 진지하자 주희도 나일의 다른 모습에 가슴이 떨려왔다.

'술 때문일까? 제법 남자답잖아?'

주희도 그런 생각을 했다.

"병… 심각한 거니?"

"그래, 앞으로 길어야 삼 년. 꼭 해보고 싶은 게 있는데……."

"그게 뭔데? 내가 대신 해줄 수 있는 거면 해줄게."

"넌 할 수 없는 거야."

"뭐야? 이게 좋게 대해줬더니… 맞고 얘기할래, 그냥 얘기할래?"

"알았어, 얘기할게. 제발 그 주먹 좀 펴."

"야, 너 남자 맞냐? 어떻게 그렇게 쉽게 말을 바꿔?"

그 말에 나일은 '너 같으면 이렇게 때리려고 폼 잡는데 안 그럴 수 있어?'와 '야, 너도 나처럼 맞아봐라, 그 높던 의기가 이렇게 구차해지게 된다' 대신에 자신이 생각하기에도 멋진 다른 대답을 했다.

"우린 친구잖아. 친구한테는 비밀이 없는 거거든."

"그렇지."

나일의 예기치 않는 멋진 변명에 주희는 주먹을 펴며 긍정의 대답을 할 수밖에 없었다.

"내 꿈은 산적 두목이야. 아침에 산채에서 일어나 불곰 가죽을 입은 후 멋진 큰 칼을 차고 수백 명의 부하들 앞에서 이렇게 얘기하는 거지. '얘들아, 나는 아직도 배가 고프다. 한탕 더 털어오자'. 그러면 부하들이 이렇게 얘기하겠지. '천하무적 나일님 앞에서는 어떠한 보물이라도 바칠 수밖에'. 하하하! 어때, 멋있지 않냐?"

"너 바보냐? 아직 어리군. 우리 아버지는 수천 명 앞에서 이야기하는데 겨우 수백 명이라니…….”

주희는 나일의 말을 들으며 코웃음쳤다.

“내 이야기의 중요성은 숫자가 아니라고. 바로 사나이의 호기란 말야. 특히 ‘어떠한 보물이라도 바칠 수밖에’ 라는 이 부분이 중요하단 말야. 모르겠니? 으이구, 계집들이란…….”

“뭐?”

도끼눈을 뜨고 그간 좋았던 분위기를 깨는 소리가 들리기 시작했으니…….

퍽! 쾅! 파바박! 땡!

“욱! 흑흑! 미안해, 그만 때려. 내가 잘…….”

쾅!

주희는 거친 숨을 몰아쉬며 나일을 향해 소리쳤다.

“그만 자야겠다. 자, 이리 와. 묶여서 잘래, 혈도 짚힐래?”

나일도 오늘밤은 어떤 상태로 자는 것이 좋을까 심각하게 고민하는데 침상에서 쥐 한 마리가 모서리의 구멍으로 쏜살같이 지나갔다.

찍찍찍찍.

세 마리는 되는 듯한 소리에 나일이 보기에, 아니, 지금껏 함께 다니며 겪은 무섭고 악랄하며 세상에 두려울 게 없어 보였던 북궁주희가 와락 나일의 품으로 안겨왔다.

“엄마야!”

북궁주희는 나일의 품속에 고개를 파묻은 채 오돌오돌 떨어댔다.

나일은 그런 북궁주희를 안은 채 쥐들가 지나간 곳으로 술병을 집어 던졌다.

쨍그랑!

찌지직! 캑!

정말 운 나쁘게도 대충 위협용으로 집어 던진 술병에 모서리에서 고개를 내밀던 세상에서 제일 운없는 쥐 한 마리가 저세상으로 떠났다.

나일은 그 모습에 삼가 고인(?)에 대한 명복을 마음속으로 빌었고, 주희는 여전히 고개를 숙인 채 고인(?)이 된 쥐를 외면하며 나일을 향해 소리쳤다.

"야, 나일! 빨랑 그것들 치워! 징그럽단 말야!"

'이 요녀가 무서운 것도 있네? 별일이야.'

속으로 투덜대며 나일은 운 나쁜 쥐와 술병들을 치우기 시작했다.

한편 우연히 쥐를 맞춘 것이란 사실을 모르는 북궁주희는 나일의 그 모습이 너무나 믿음직스러워 이제는 함부로 때리지 말아야겠다는 지키지 못할 다짐까지 하고 있었다.

어쨌든 쥐가 아직 남아 있다는 이유로, 즉 자다가도 쥐가 나타나면 물건을 던져 쥐를 때려잡아 달라는 북궁주희의 부탁 덕분에 나일은 주희를 만나고 처음으로 밧줄이나 혈도를 짚히지 않은 채 자유로이 침상 밑에 몸을 누일 수 있었다.

나일은 새벽녘이 되어서 술오줌을 갈기러 변소에 갔다 돌아와 주희의 자는 모습을 보았다.

'자는 모습은 꽤나 귀엽군' 이라는 생각을 하다 문득 지금이 잠든 북궁주희를 해치울 수 있는 절호의 기회임을 직감했다. 나일은 자신도 모르게 가슴에 손을 넣어 파천검을 꺼내 살며시 쥐었다.

'그래, 자는 모습은 귀여워도… 이 요녀가 얼마나 나를 때리고 착취했는가' 와 '이렇게 귀여운 어린 소녀를 잠자는 동안에 비겁하게 죽이는 것은 천인공노할 짓이야. 평생 죄책감에 시달릴 거야' 하는 갈등 사이에서 한참을 망설이고 있었다.

사실 북궁주희는 나일이 변소에 가려고 바닥에서 일어났을 때부터 잠이 깨어 있었다.

무공을 익힌 자라면 충분히 깨어날 정도의 기척이 귀에 들려왔기 때문이다.

'혹시 이 녀석이 도망치는 것은 아닐까?' 하는 생각에 나일의 일거수일투족을 주시했다. 그러나 어제 낮에 기어코 자신의 품속으로 안식처를 옮긴 비단 주머니에 생각이 미치자 느긋한 마음이 들었다.

'저놈은 이 돈을 절대 포기할 놈이 아니야' 라는 절대적 확신이 들었기 때문이다.

결국 나일이 변소에서 돌아오자 자신의 손아귀에서 벗어날 수 없는 불쌍한 녀석으로 낙인찍고 다시 잠이 들려는데 나일이 침상 바닥에 누워서 잠을 청하지는 않고 가슴에서 볼품없는 소검을 꺼내더니 우물쭈물거리는 것이 아닌가? 순간 울컥 치미는 노기를 참으며 나일의 행동을 하나하나 주시하기 시작했다.

나일은 잠시 망설이다가 가슴 속에 다시 그 소검을 집어넣고는 자신에게 다가왔다.

나일은 북궁주희를 해치려는 생각을 그만두었다.

비록 무수히 당했지만 '그렇다고 너무 이뻐서이거나 맺힌 게 너무 많아 단칼에 죽이기엔 너무 억울해서' 가 아니라 순전히 '아직 어린애를 죽이기에는 자신의 자존심이 남아 있어서' 였다. 뭐랄까, 그냥 한 번 봐준다라는 느낌으로 돈주머니만 들고 튀려 파천검을 집어넣고 슬그머니 북궁주희의 가슴 속으로 손을 집어넣었다.

북궁주희는 칼을 다시 품속에 넣고는 자신의 가슴으로 손을 뻗는 나일을 보며 '이게 나를 겁탈하려는구나' 라 생각하고는 본때를 보여주려 손바닥을 주먹으로 변화시켰다.

그런데 나일의 얼굴이 자신의 얼굴로 점점 다가오자 왜 이렇게 몸이 떨리고 굳어 들어가는지, 알 수 없는 이상한 느낌에 주먹만 쥐고는 한없이 무거워진 몸을 일으키지 못하고 속으로만 나일에게 저주를 퍼부었다.

'내가 아무리 이쁘다고 해도 이렇게 한밤중에 상의도 없이 이런 행동을 하다니……'

"여기 있다."

나일은 한참 동안 주희의 가슴을 주물러 대다가 주희의 품에서 자신의 전 재산이 든 비단 주머니를 꺼내서는 희희낙락한 표정을 지었다.

순간 주희는 울컥 화가 치밀었다.

자신의 아름다움을 탐내 한순간의 자제심을 참지 못하고 자신을 덮쳐 드는 것이라 굳게 믿었던 자존심을 깨뜨리는 나일의 행동을 보고 분한 마음을 참지 못해서라는 사실을 애써 다른 이유, 즉 '자신에게 허락도 구하지 않고 돈주머니를 꺼내놓고 좋아라 웃는 나일의 모습을 때려서라도 일벌백계해 주어야 한다' 고 마음먹고 나일의 혈도를 점했다.

우뚝 멈춰 선 나일을 보며 주희는 고래고래 소리를 질렀다

"이 자식, 감히 내 가슴을 더듬어?"

"주희야, 아니, 소저, 사실은 그저 내 주머니를……"

"닥쳐! 주머니를 빙자해서 내 가슴을 더듬었잖아!"

"하늘에 맹세코 소저께 흑심은⋯⋯."

마지막으로 한 번 더 자신의 자존심을 세워보려고 나일에게 기회를 줬건만 절대 아니라며 무너진 주희의 자존심에 대못을 박는 나일의 말에 주희는 밤하늘의 별들이 내려와 같이 꿈속을 춤추는 기현상을 나일에게 선물하며 밤새 두들겨 팼다.

온몸이 엉망이 된 나일은 그날 밤 의자에 묶인 채 잠을 청해야만 했다.

제4장
통쾌한 복수

나일과 북궁주희가 인적 드문 절강성으로 향하는 초입의 길목인 대학교(大學橋)라는 다리를 건너려 하는데 누군가 털이 유난히 복스러운 새까만 흑마를 빠른 속도로 달려 그들에게로 향해 오고 있었다.

그 흑마는 다리 위에 사람이 있다는 것도 무시한 채 무지막지한 속도로 달려오고 있었기에 위험을 감지한 주희는 재빨리 나일을 길 옆 수풀가로 밀치고 자신도 그 수풀 속으로 뛰어든 후 작은 돌멩이를 던져 흑마의 엉덩이를 맞추었다.

그러자 흑마는 울부짖으며 말에 탄 사람을 떨구어냈지만 다행히 그 사람은 길바닥이 아닌 다리 아래 강물로 떨어졌다.

"아, 고소하다. 공중도덕을 모르는 것들은 혼나야 해."

북궁주희가 몸을 구른 덕에 흙먼지가 묻은 옷을 털며 말했다.

'더러운 옷을 털기는…….'

나일이 그런 주희의 모습을 보면서 혀를 찼다. 어제까지만 해도 깨끗했던 옷차림을 버리고 갑작스레 거리에서 누구를 봤는지 급히 거지 옷으로 갈아입고 나온 덕에 북궁주희는 또다시 거지 옷차림이었다.

주희가 분이 풀린 듯 넘어진 나일의 손을 잡고 다시 다리를 건너려는데 또다시 저 멀리서 세 필의 말이 쏜살같이 달려오자 또 한 번 나일을 수풀 속으로 밀어넣고는 자신은 주위의 돌멩이를 들어 말들을 향해 던졌다.

그러나 아까와 같이 말들이 놀라 사람을 떨구려 할 때 말 위에 탄 인영들이 멋진 천근추(千斤墜)의 수법으로 땅에 착지하곤 주위를 살피며 외쳤다.

"웬 놈이냐!"

주희는 그들이 상당한 무공을 익힌 자들로 싸움을 벌여서는 이길 수 없음을 직감했다. 그래서 나일에게 고개를 돌려 작은 목소리로 얘기했다.

"여기 있어. 저놈들을 따돌리고 다시 올게."

그리고는 재빨리 길 건너편의 수풀 쪽으로 몸을 돌려 도망쳤다.

그러자 인영 중 한 사람이 다급하게 외쳤다.

"주현아, 넌 소주(小主)를 물에서 구해라, 우린 저 거지새끼를 잡아오마!"

나일은 멀리 쫓기는 주희를 보며 주희가 잡힐까 봐 걱정되기도 했지만 마음속 깊숙이에서 울려오는 자유라는 생각에 어떻게든 이곳을 벗어나 주희가 보이지 않는 곳으로 도망치려 했다.

그래서 조용히 몸을 움직여 도망치려는데 주현이라 불리던 놈이 벌써 소주란 사람을 물에서 건져내고는 칼을 들어 나일이 움직이는 곳을 보며 외쳤다.

"순순히 나와라!"

들켰다는 걸 알고 나일은 몸을 드러낸 후 '지나가던 과객이오. 이만 바빠서'라 말하고 줄행랑을 치려는데 먼저 주현의 칼이 자신을 노리며 들어오자 자신도 파천검을 꺼내어 같이 후려쳤다.

땡강!

순간 볼품없어 보여서 주희에게 한심한 산적이라는 말을 듣게 했던 그 파천검이 주현의 검을 잘라 버렸다.

그 순간 나일의 눈은 당혹감으로 커졌고, 주현의 눈은 황당함으로 부릅떠졌다.

"이런 제길!"

주현이 칼을 내팽개치며 도망치려 하는데 나일이 비록 주희에게 개 맞듯이 맞으며 끌려 다니기는 했지만 범인들보다 강한 신력과 표사와 산적들 사이에서 어울리며 어깨너머로 익힌, 검술이랄 수는 없지만 몸에 익힌 건달 싸움은 약한 게 아니었기에 주현의 목덜미에 잽싸게 검을 들이대려 했다.

그렇지만 주현도 무공을 좀 하는지 나일의 검을 피하고는 나일의 단전 부근을 향해 발길질을 해대며 물러나려 했다.

그러자 나일은 재빨리 머리를 굴리며 몸으로 주현에게 달려들어 접근전으로 검을 휘둘러 갔고, 주현은 가까이 오는 나일을 필사적으로 피하며 서로 엇갈려 넘어졌다.

순식간에 일어난 일이기에 서로 위치만 바뀌었을 뿐 나일은 시정잡배들의 대표 초식인 횡소천군(橫掃千軍)으로 주현을 물러서게 하고는 재빨리 소주라 불리는 인영에게 뛰어가 그 뚱뚱한 소년의 목에다 검을 들이댔다.

소주라 불린 왕부패는 순간 공포에 바들바들 떨었다.

귀하게 자란 그가 어찌 이런 경우를 상상이나 했겠는가.

그런 왕부패의 뒤통수를 냅다 후려치며 나일이 말했다.

"이 썩을 놈아, 너 때문에 죽을 뻔했잖아, 이 나쁜 놈아! 이 길이 너 혼자 다니는 길이냐? 사람을 밟고 지나갈 생각이었어?"

왕부패가 울상이 되자 안타까운 마음에 옆에 있던 주현이 외쳤다.

"무엄하다! 그분이 누구신지 아느냐? 바로 절강성 포정사인 왕부정 님의 금지옥엽 외동아들 왕부패님이시란 말이다!"

나일은 그 말에 흠칫 놀랐다.

자신의 형이 사천 부병마사라 관직에 대해 잘 알기에 포정사가 절강 성 내에서 사법권을 관리하는 관직으로 관찰사 다음으로 높은 정5품의 관직이란 걸 알곤 재수 옴 붙었다고 생각했다.

하지만 '이렇게 된 이상 이 녀석을 인질로 삼고 이곳을 벗어나야겠 다' 생각하고는 왕부패의 목에 검을 들이대며 주현에게 말했다

"잔말 말고 너는 거기서 대가리 박고 있어. 안 그러면 이놈 죽어."

그러면서 왕부패의 목 어림에 들이댄 칼을 횡으로 그어 왕부패의 목 덜미에서 피가 나오게 만들었다.

그것을 보자 주현은 천천히 몸을 구부려 '대가리 박어' 자세를 시전 했다.

나일이 그런 주현을 보고는 조심스레 왕부패와 함께 말을 타려는데 멀리서 주희를 잡으러 간 사내들이 주희를 들쳐 메고 이곳으로 오고 있는 것이 보였다.

"젠장할……."

나일은 혼잣말을 내뱉으며 왕부패가 타고 온 흑마 쪽으로 몸을 돌리다 생각했다.

'아무래도 지금 도망친다면 저놈들한테 붙잡힐 거야.'

나일이 머뭇거리고 있는 사이 주희를 끌고 온 사내들이 어느새 나일 앞으로 다가왔다.

"주현아, 뭔 일이냐? 어서 일어나."

주현이 슬그머니 고개를 들고 일어나 그들에게 합류하려 하자 나일이 그런 사내들을 쏘아보았다.

"이 자식이, 어딜 감히 일어나? 대가리 박고 있지 못해! 이놈 죽는 꼴 보고 싶으면 니 맘대로 해라!"

나일은 왕부패의 목에 다시 한 번 살짝 검으로 그어 피가 보이게 했다.

주현은 그 말에 다시 한 번 '대가리 박어'를 시전해야 했다.

그러자 그쪽의 사내가 주희의 목에 칼을 들이대며 말했다.

"지금 당장 소주를 풀어주지 않으면 이 거지의 목숨은 없다!"

나일은 잠시 흠칫했지만 요 열흘간 주희한테 끌려 다니며 맞고, 자신의 주머니에서 돈이 나가던 상황들이 떠오르자 그런 사내를 흥미롭게 쳐다보며 오히려 바라던 바란 듯 소리를 질렀다.

"야, 이 거지새끼야! 그동안 나를 괴롭히고 때리고, 내 돈을 물 쓰듯 쓰더니 천벌을 받는 거다!"

주희는 그렇지 않아도 기분이 좋지 않은데 나일이 그렇게 나오자 치미는 화를 참으며 나일을 째려보았다.

"나일, 장난치지 마. 나 기분 별로 안 좋다."

"내가 장난치는 것 같아? 내가 이런 날이 오기를 얼마나 기다렸는지 알아?"

나일은 그렇게 말하며 통쾌한 듯 웃어댔다

"하하하!"

그러자 주희도 상황이 뭔가가 잘못됐다는 것을 알았다. 당연히 같은 편이라고 생각한 나일의 말투를 들어보니 자신을 구해줄 의향이 전혀 없는 것 같지 않은가.

"야, 이 한심한 산적아! 내가 지금껏 너를 죽이지 않고 살려둔 게 원통하구나!"

주희는 억울했는지 나일을 향해 외쳤다.

그런 주희 말고도 얼굴이 똥색이 된 사람이 있었으니, 절강성 포정사의 아들 왕부패였다.

멀리서 잡아온 거지가 이 나쁜 자식과 한패란 것을 알고는 느긋하게 풀려난 후 자신에게 검을 들이댄 나일을 잡아들여 지금 당한 치욕을 백만 스물두 배로 갚으라 다짐한 왕부패에게 둘이 철천지 원수처럼 대하는 상황은 자신의 기대를 완전히 부숴 버리는 것이었으니……

주희의 목에 칼을 들이댄 사내 역시 당황했는지 목소리를 떨며 말했다.

"정말 이 거지를 죽여도 좋단 말이냐?"

사내는 나일의 말이 떨어지면 곧이라도 죽이려는 듯 주희의 목에 칼을 붙였다.

"야, 이놈들아! 단칼에 죽이면 그동안 고생한 내가 억울하잖아?"

나일은 이렇게 말하고 나자 가슴속이 시원하게 뚫리는 듯한, 마치 십 년 묵은 체증이 내려가는 듯했다.

그리고는 왕부패의 머리와 몸을 마구 주먹으로 때리기 시작했다.

"야, 나처럼 해보란 말이야! 이렇게! 이렇게! 왜 안 따라 해? 니들의 소중한 소주가 맞는데 보복도 안 할 거야?"

사내는 이런 상황을 어찌해야 할지 몰랐다.

원래대로라면 때려야 하는 것이지만 말을 들어보니 그렇게 한다면 저놈이 원하는 대로 끌려가는 판이지 않은가?

그래서 어떻게 할까 생각하는데 나일이 외쳤다.

"빨리 안 때릴래? 머리, 얼굴을 집중적으로 때려서 이놈처럼 만들란 말이야!"

나일은 계속 소리치며 왕부패를 구타했다.

왕부패가 연신 비명을 질러대자 사내도 주희를 구타하기 시작했다.

그리고 마침내 주희가 반죽음이 되었을 때, 즉 왕부패가 초주검이 되었을 때 나일은 손을 멈추고 사내를 향해 말했다.

"이제 내가 때릴 테니 거지를 나한테 보내."

"그럼 우리 소주를 넘겨라."

"닥쳐! 흥! 내 손으로 저 거지를 박살 내려고 했는데 그럼 계속 나를 따라 해. 이 자식을 때리는 대로 똑같이 따라 해."

그 말에 사내는 소주가 또 맞을까 봐 주희를 풀어주었다.

자신들의 인질이 되지 못하자 차라리 소주 대신 저놈에게 맞으면 그 동안은 소주가 더 맞지 않으리라는 판단이었다.

주희는 사내들을 원독에 찬 눈빛으로 쏘아보고는 나일을 향해 으르 렁대며 걸어왔다.

"잠깐!"

나일이 다급하게 사내에게 말했다.

"빨리 저 거지를 잡아라!"

그 말에 주희는 다시 사내들의 손에 잡혔다.

"그러니까… 저 거지의 손에 포승줄을 묶어서 보내라!"

주희가 자신을 보며 으르렁대는 순간 나일은 자신이 직접 그동안 당한 보복을 했다가 여차하면 자신이 저 꼴이 될 수도 있겠다는 생각에 그렇게 말한 것이다.

사내가 주희의 손을 묶자 나일은 흡족한 표정을 짓더니 다시 사내의 일행들 손도 묶으라고 말했다.

사내도 곰곰이 생각하더니 자신과 함께 온 사내의 손을 포승줄로 묶고 마지막에 가서는 자신의 두 손을 들어 보이며 나일을 향해 말했다.

"나는 누가 묶지?"

"야, 대가리 박은 놈! 기상!"

나일은 주현을 일으켜 세우고는 마지막 남은 사내를 가리켰다.

"저놈을 꽁꽁 묶어서 말에 태워라!"

그 말에 사내는 포승줄에 묶인 채 말 위에 타게 됐다.

나일은 이제 할 일이 끝나 멀뚱한 표정의 주현을 보며 손가락으로 땅을 가리켰다.

"넌 아까 하던 거 계속해."

나일의 말에 주현은 잠시 자기가 무슨 짓을 했는지 생각에 잠겼다.

"대가리 박으라고, 저 머리 나쁜 놈!"

주현은 머리를 긁적이며 다시 대가리를 박았다.

'아이, 저 새끼 머리, 어깨, 허리에서 경련이 일어나는데 좀만 더 쉬

게 해주면 안 되나?'

주현은 쥐가 난 다리를 부여잡으며 땅에 머리를 박았다.

"좋아. 출발!"

나일은 사내들을 태운 말의 엉덩이를 걷어차며 그들이 달려왔던 방향으로 돌려보냈다.

그리고는 주희를 보고는 손가락으로 까다까닥 오라는 신호를 보냈다.

"우리의 상황이 이렇게 되리라고는 상상도 못했는데⋯⋯."

"이 비겁한 자식, 내 언젠가 이 복수를⋯⋯."

주희의 말은 나일이 휘두르는 주먹질에 막혀 마저 이어지지 못했다.

"니가 나를 그렇게 팼냐? 죽어봐라!"

살기를 듬뿍 머금은 나일의 주먹은 얼마 전 그 한심한 산적이 아니었다. 죽을 정도로 온몸이 엉망인 주희에게 나일은 자신이 규정한 '피의 복수'를 가차없이 단행했다. 그리고 쓰러진 북궁주희의 가슴을 더듬어서 자신의 비단 주머니를 찾아냈다.

"에잇, 젠장! 그동안 너 때문에 아까운 내 돈이 얼마나 소모됐는지 알아?"

퍽!

발길질을 시작으로 나일이 다시 한 번 북궁주희를 때리려 할 때였다.

나일의 뒤에서 누군가 나타나 싸늘하게 외쳤다.

"멈춰라! 감히 북해빙궁의 금지옥엽(金枝玉葉)을 건드리다니, 정녕 니가 죽고 싶어 안달이 난 게로구나!"

그 소리에 나일은 깜짝 놀라서 다시 주희에게 검을 들이댔다.

"할머니⋯⋯."

주희는 그동안 억울하고 분한 게 많았던지 나타난 인물을 보며 왈칵 울음을 터뜨렸다.

무언가 둘이 심상치 않은 관계임을 눈치 챈 나일이 자신의 삼 장 뒤에 나타난 노파에게 말했다.

"이 요녀랑 무슨 관계요?"

"나는 그 아이의 친할미나 다름없는 사람이다. 처음부터 다 지켜보았으니 편한 죽음을 주고 싶은 생각은 없다만, 지금이라도 그 아이를 풀어주면 단칼에 죽여주마."

한산파파는 이마의 힘줄을 일그러뜨리며 말했다.

사실 한산파파는 이 소동을 멀리서 보고 있었다.

그렇지만 서로 간의 분쟁에, 더군다나 관에 연루된 자의 분쟁에 강호인이 끼어드는 것은 금기시되어 있어 멀리서만 지켜보고 있었던 것이다.

자신의 귀염둥이 북궁주희가 가출한 이후 그녀를 찾아다닌 지 어느덧 이 주일.

그동안 주희에 행방을 쫓으며 그녀가 갈 만한 곳을 찾아헤매던 중 나일을 보고는 참 재밌는 놈이구나 생각하던 중이었다. 그런데 나일이 급기야 거지를 직접적으로 때리는 것을 보고 맞는 거지가 안됐다는 생각에 관심을 갖고 얼굴을 보았다. 그러다가 자세히 살펴보니 맞는 인물의 얼굴이 주희와 비슷하지 않은가?

눈을 비벼서 다시 살펴보니 비록 거지로 변장하고 있었지만 자신이 그동안 애타게 찾아헤매던 북궁주희가 확실했다. 얼마나 얼굴을 육시라게 때렸던지 본래 역용했던 분들이 모두 지워져 그토록 애지중지하던 북궁주희의 맨얼굴이 드러난 것이다.

그 순간 바로 멈추라고 소리를 지르며 몸을 드러낸 것이다.

이제 나일도 죽기살기다.

좋다, 그렇다면 이 요녀를 죽이고 나 역시 죽으리라' 라는 생각까지 했다. 그러나 다른 한편으로 생각해 보면 빠져나갈 방법이 있을 것도 같았다.

나일은 우선 이 골치 아픈 관계에서 일단 벗어나 보자라는 생각이 들었다.

어차피 주희를 적의 손에서 구한 만큼 이 주희를 볼모로 한산파파도 위협을 가하면 어떻게든 살 수 있지 않을까 하는 막연한 느낌이 온 것이다.

"이 요녀를 살리고 싶다면 내 말을 듣는 게 좋을 거요."

나일은 그렇게 외치며 주희의 목에 검을 겨눴지만 한산파파의 눈은 웃고 있는 것이 아닌가!

"수작 부리지 마라, 요 녀석아."

그리고는 천천히 다가오는 것이었다.

그때였다. 아까 보낸 말 한 필이 수십 필이 되어 저쪽에서 달려오는 게 보였다.

그것을 보자 나일은 재빨리 한산파파에게 말했다.

"사실 이렇게 하지 않았으면 저들에게서 이 소저를 구하기 힘들었을 겁니다. 어쩔 수 없는 방법이었습니다. 부디 너그러이 용서해 주십시오."

그러면서 왕부패를 차서는 한산파파 쪽으로 밀어버렸다.

한산파파도 감히 수십 필의 기마병이 출동한 상황을 보고 함부로 움직일 수 없는 상황이라 인식하고는 나일의 바람대로 땅에 떨어진 칼을 주워 들어서는 왕부패의 목에 들이댔다.

마침내 말 위에서 우두머리인 듯한 사람이 내려서며 말했다.

"무림과 관은 서로 건드리지 않는 불문율이 있는데 어찌 소주를 핍박하시오?"

한산파파는 상황이 이렇게 되자 나일을 쳐다봤다.

"이놈들아, 떼로 몰려오면 누가 무서워할 줄 아느냐? 노파, 저놈들이 말을 안 들으면 단칼에 그놈의 목을 베어버리세요."

나일의 말에 무리들은 정색을 하며 수군거렸다.

"좋소, 당신들의 요구 조건이 뭐요?"

그러면서 우두머리사내가 주위에 눈짓을 보내자 가마병들이 반원을 형성하며 다가왔다.

"멈춰라! 정녕 너희들에게 소주인의 목숨이 중하지 않다면 하는 수 없지만 말이다!"

한산파파의 외침에 잠시 걸음을 멈춘 후 그 사내가 말했다.

"좋소, 당신들의 요구 조건을 무조건 수용하는 바요. 소주인만 넘겨주시오."

"그럼 우선 너만 남고 나머지는 십 리 밖으로 물러나가라."

한산파파가 우두머리사내를 보며 냉기가 풀풀 날리는 어조로 말하자 사내는 당황한 표정을 드러내었다.

"그건 들어주기 어렵소. 만일 당신이 소주를 데리고 간다면 우리는 멍하니 바라만 봐야 하지 않겠소?"

"무조건 수용이라더니 싫다고? 그럼 협상 결렬이다."

나일이 그렇게 말하자 사내가 다급히 외쳤다.

"모두 다 십 리 밖으로 물러나가라!"

그들이 멀리 사라지자 나일은 잽싸게 주희를 우두머리에게 밀어버리고 왕부패가 타고 왔던 흑마에 올라탔다. 그리고는 기마병들이 사라진 반대 방향으로 잽싸게 달려갔다. 이 모든 동작은 정말 깔끔하고 빠르게 이루어졌다.

멀리서 우두머리의 손에 잡힌 주희의 목소리가 들려왔다.

"야, 나한테 잡히면 죽을 줄 알아!"

"미쳤냐, 내가 너를 또 만나게?"

나일은 말에 채찍질을 하면서도 북궁주희에 말에 대답해 주었다.

"오늘 일은 꼭 복수하마!"

"할 수 있으면 해라!"

나일이 도망치는 것이 너무나 분해서 북궁주희는 목에 칼이 대어진 채로 발을 동동 구르며 안타까워했고, 나일은 그런 북궁주희를 끝까지 약 올리며 사라져 갔다.

그 후 나일이 사라지고도 꼬박 반나절 동안 서로를 설득하느라 한산파파와 그 사내의 대치는 계속되었다. 그러다가 어찌어찌하여 그들은 이번 사건을 문제 삼지 않고 인질을 교환한다는 조건에 합의했다. 그러나 엉망진창으로 얻어터진 북궁주희는 이를 갈며 곧장 나일을 찾아다니기 시작했다.

제5장
드디어 산채에 들다

나일이 말을 타고 최대한 멀리 달려가려다 멈춘 곳은 녹림칠십이채 중 감산왕(坎山王)이라 불리는 구양호가 채주로 있는 복지채(福智寨)였다.

나일은 불안한 마음에 안전하게 몸을 의탁하기 위해서는 관이 들어오지 못하는 곳으로 도망가야 한다고 생각했다. 그리고 산채라면 북궁주희도 찾지 못할 것 같았고, 이 참에 산채 생활도 즐겨보려는 마음으로 향한 것이다.

복지채는 절강성 서쪽의 가장 끝 부분인 복지산에 산채를 두고 있었다.

그곳의 산적을 그래 봤자 '산적 나부랭이'라며 낮게 취급하는 이들이 있을지 모르지만 녹림칠십이채 중 가장 산적답다는 평이 있을 정도로 대단히 열혈적이라는 소문도 있었다.

나일은 산채가 있다는 복지산에 들어서기 전 말을 처분하고 자신의 전 재산이 든 주머니를 복지산 아래 나무 밑에 파묻고는 자신의 금품과 안녕을 고하는 의식을 숭고히 치른 후 복지채로 향했다.

산길을 한 시진쯤 걸어가자 네 명의 산적이 거대한 감산도를 비껴들고 나타났다.

"이곳은 우리 복지채로 향하는 길인데 형제는 우리와 무슨 이야기를 나누려고 발을 들여놓았는가?"

우락부락한 얼굴에 그에 걸맞는 근육을 지닌 사십 대의 장한이 말했다.

'우와, 역시 유명하고 전통있는 산적 패거리는 달라.'

나일은 내심 자신이 좋은 산채를 찾아왔다 생각하고는 입을 열었다.

"관에 쫓겨 여기까지 오게 됐습니다. 산채의 식구가 되고 싶습니다."

"오호라, 그러니까 말하자면 신입 부원이네?"

장한은 나일의 체격을 보면서 잘됐다는 표정을 지었다.

"따라와라."

"환영하네."

복지채의 행동대장 감산귀(坎山鬼) 마리오는 새로 온 신입 부원 나일을 면접하고 있었다.

"이름이?"

"나일입니다"

"왜 이곳을 찾게 되었나?"

"포정사의 아들을 때렸습니다."

"산적에 대해 어떻게 생각하는가?"

"사나이가 꼭 해봐야 할 직업이라 생각합니다."

"그래? 그럼 자네의 꿈이 무엇인가?"

"저는 큰 산채의 채주가 되고 싶습니다."

"허헛, 꿈도 크군. 아버지는 무엇 하시는 분인가?"

"아버지는 표국을 운영하십니다."

나일의 대답에 마리오는 흠칫 놀랐다. 비록 표국과 녹림이 겉으로는 동업자의 관계를 유지하고 있지만 그만큼이나 많은 싸움이 일어나기 때문이다.

"뭐라? 아버지가 표국을 운영하시는데 왜 산적질을 하느냐?"

"숙부님이 풍귀채의 채주로 계십니다. 어렸을 때부터 숙부님 같은 산적이 되고 싶었습니다."

"그래, 나 채주님의 조카라고? 좋아, 일단 신분 조회를 해보구. 그동안은 맨 밑바닥에서부터 생활해야 할 걸세."

나일은 그렇게 복지채에서 머물게 되었다.

복지채의 산적들은 사인(四人) 일실(一室)로 그 사 인이 한 개의 조가 된다.

그렇게 서른 개의 조가 있으며 돌아가면서 한 개 조가 한 시진씩 경계 근무를 서기 때문에 한 번 근무를 서면 이틀은 근무를 서지 않는다.

산채의 특성상 일어나는 시간은 정해져 있지 않지만 평상시의 경우해 뜨는 시간에 일어나서 한 시진가량 각자 무공을 연마하고 식사를한 후 오침(午寢 : 낮잠)을 자며 정오쯤에 일어난다. 일어난 후 각자 운동을 하고 행사가 있을 경우에는 차려(?)입고 행사를 나가거나 각각의 임무에 따라 정보를 수집하러 간다. 혹은 식량을 구입하러 가거나 장물을 팔러 나가기도 한다.

산적들은 자신들이 사나이 중의 사나이라는 자부심이 있었기에 개개인의 자존심이 강하다. 산적은 태어나는 것이 아니고 만들어진다. 어떤 이유에서든 들어서면 벗어날 수 없는 길이 바로 산적의 길이고, 그만큼 산적은 다른 사람이 자신을 어떻게 보든 스스로는 자신감이 대단한, 그리고 멋진 사나이라고 생각한다.

나일이 제일 먼저 배치된 곳은 서른 개 조에 속한 것이 아닌 식당 관리조였다. 식당 관리조는 아직 자신을 산적이라 부르지 못한다. 식당 관리조를 벗어나 하나의 임무를 가진 후에야 한 사람의 산적으로서 인정받게 되는 것이다. 한동안은 그곳에서 산채의 분위기와 산적으로서 배워야 할 것들을 보고 배워야 하기 때문에 산채의 식구가 되면 식당 관리조에 소속되어 가장 먼저 식당에서 설거지부터 하게 된다.

사나이의 낭만을 따지기 전에 산적도 사람이기에 먹어야 하고, 먹고 남은 그릇들을 깨끗이 하는 것은 신입 부원의 몫이기 때문이다.

삼 일째 되던 날, 나일은 백여 명 분의 설거지를 하느라 피곤에 지친 팔을 주무르며 멍하니 하늘을 올려다봤다.

순간 눈앞이 노래지며 별이 보였다.

"아니, 이 자식이! 쫄다구가 어디서 하늘을 올려다봐? 빨리빨리 빨래하러 가!"

'성질 더러운… 놈.'

자신을 장석종이라 첫날 소개한 일명 '개소주'라 불리는 자식이 나일의 머리를 때린 것이다.

하지만 속으로는 그럴지 몰라도 겉으로는 흠칫하며 빨랫감을 챙겨 냇가로 향했다.

산채 생활이 남자들의 생활이기에 선후배 간의 위계 질서가 엄격하고, 감히 반항했다가는 돌림빵당한다는 것을 익히 알고 있던 나일은 무섭다는 몸짓을 하고는 몸을 돌려 부리나케 빨래하러 갔다.

개소주라 불리는 그 자식은 스무 살에 산채 식구가 되어 5년째 이 생활을 하는 중이라고 했다. 자신처럼 관에 쫓겨 산채에 들어온 전형적인 산적이었다. 개소주 본인은 죄목이 연쇄 살인이라고 하지만 믿을 수 있는 정보통에 의하면 남의 돈을 떼어먹고 도망 중이라 한다.

그는 자신이 식당 관리조도 아닌데 괜히 식당에 와서는 새로 들어온 신입들을 괴롭히는 재미로 하루하루를 보내고 있다 해도 과언이 아닐 정도로 신입 부원들을 괴롭히며 언젠가 복지채의 행동대장이 되겠다는 포부 아래 몸에 좋다는 것은 가리지 않고 먹는 잡식성 인간이었다.

나일의 바로 위 고참이며, 식당조의 조장인 준산적 황달은 그가 제일 좋아하는 음식이 개소주이기 때문에 사람들이 개소주라 부른다고 알려주었다.

개소주를 생각하며 웃다가 빨래를 두들기는데 나일은 불현듯 가족들이 보고 싶어졌다.

"아버지……."

아버지 생각을 하자 눈물이 솟구쳤다.

복지채에서 지낸 지난 3일간은 북궁주희와 함께 보낸 시간처럼 일방적으로 맞으며 지내지는 않았지만 사소한 일로 트집 잡히고 정신 무장을 시켜준다는 명분 하에 '대가리 박어'로 시작해서 별의별 기합으로 온몸이 뻐근하고 경련이 일어났다.

"아, 집에 가고 싶다."

어젯밤에 개소주는 나일을 한참 동안 붙잡고 복지채의 산채가(山寨歌 : 산채마다 있는 고유의 노래)를 가르쳐 준다는 핑계로 긴 밤 내내 나일을 괴롭혔다.

"자, 똘마니. 오늘은 이 복지채에 들어온 기념으로 내가 이곳 산채의 산가를 들려주마."

"예, 고맙습니다."

나일은 산채에서는 이렇게 상관에게 깍듯해야만이 편하게 살 수 있다는 것을 어렸을 때부터 들어서 알고 있었다.

"자, 그럼 잘 들어보라고."

멋진 복지채.
멋있는 사나이 많고 많지만,
바로 내가 사나이, 멋진 사나이.
싸움에는 천하무적, 사랑은 뜨겁게.
사랑은 즐겁게, 바로 내가 사나이다.
멋진 복지채.

멋있는 사나이 많고 많지만,
바로 내가 사나이, 멋진 사나이.
명령에는 복명 복창, 가슴은 뜨겁게.
생활은 즐겁게, 바로 내가 사나이다.
멋진 복지채.

"자, 들어봤으니까 해봐."

"네? 겨우 한 번 들었는데요?"

"하라면 할 것이지 뭔 말이 그렇게 많아?"

"예, 알겠습니다."

나일은 방금 끝난 장석종의 노래를 머리 속에 떠올리며 불러보려 했지만 어떻게 그 노래를 단 한 번 듣고 따라 부를 수 있겠는가?

픽!

나일이 조금 부르다가 포기한 듯 머리를 긁적이자 개소주는 나일의 머리를 때리면서 대가리 박기를 시켰다.

"자, 그 자세로 잘 들어. 이번에도 못 따라하면 뒤지게 맞는 거야. 감히 내가 가르쳐 주는 간단한 것도 못 외우면서 어떻게 훌륭한 산적이 되겠다는 거야?"

개소주가 다시 한 번 복지산가를 들려주자 대가리 박고 있는 힘든 와중에도 그 가사와 가락이 이상하게 나일의 머리 속에 쏙쏙 들어왔다.

"자, 일어나서 불러봐."

나일이 가사와 가락을 따라서 틀리지 않으려는 듯 조심스럽게 부르자 개소주는 나일의 뒤통수를 다시 후려갈겼다.

"산적이 패기가 없다!"

그날 밤 나일은 악과 깡을 길러주겠다는 개소주의 말 덕에 밤새 괴롭힘을 당할 수밖에 없었다.

산채에서는 식사 담당, 정확히 얘기하자면 설거지를 하는 사람이라도 행사에는 참여해야만 한다.

일단은 그들에게 산채의 생활을 경험하게 해주고, 산채로서도 일단 쪽수가 많아야 상대에게 위압감을 줄 수 있기 때문이다.

행사를 나갈 때에는 자신의 손에 맞는 무기를 들고 가지만 이곳 복지채가 워낙 감산도(坎山刀)로 유명하고, 신참인 경우 무섭게 보이려는 마음에 큰 중병기를 선호해 일정 수의 궁수를 제외하고 이곳 복지채의 산적들은 개나 소나 모두가 감산도를 들고 나가는 게 불문율처럼 되어 버렸다.

행사를 나갈 때는 황토와 오미피라는 것을 섞어 만든 검정빛의 액체를 얼굴에 바르는데, 이 액체는 자연스럽게 사람의 얼굴을 흉악하게 만들어주는 데 탁월한 효과가 있다.

그리고 행사를 나가면서 산적들이 가장 중요하게 여기는 것이 있는데, 바로 행사용 의복이다.

신참들의 경우 평상복을 입고 나가지만 고참급의 산적일 경우 오랜 산적 생활로 얻어낸 가죽 옷을 반드시 착용한다. 사나이들의 낭만을 표현하는 데는 가장 적합한 옷이 바로 가죽 옷이고, 그중에서도 곰 가죽을 최고로 치기 때문에 복지채의 채주 구양호 역시 행사 때마다 불곰 가죽 옷을 선호하여 입는다.

나일이 맨 처음 행사를 나가 만난 사람들은 대륙표국의 운송 사업부였다.

구양호는 대륙표국의 행렬을 가로막으며 약속된 은어를 외쳤다.

"어느 형제들이 이곳을 통과하려 하는가?"

그러자 대륙표국 쪽에서 마주쳐 대답해 왔다.

"대륙표국에서 다섯 장짜리 화물을 운송하고 있습니다."

이런 이야기들을 쌍방의 우두머리가 나눌 때였다. 나일이 감산도를 겨누고 있는 늙은 표사가 나일을 보고 웃으며 다가왔다.

"오늘도 사업하기에는 아까운 날이죠. 요즘 수입이 괜찮습니까?"

나일은 순간 당황했다.

협상이 격렬되면 서로의 목을 향해 겨눈 칼을 휘둘러 목숨 걸고 피 터지게 싸워야 하는 상대에게 말을 걸다니……

그런 나일을 보고 웃으며 옆에 있던 개소주 장석종이 말했다.

"요즘 경기가 어려워서 그런지 행사가 드물죠. 이러다 통행세 안 받 겠다고 하며 표물을 털려 들지도 몰라요."

"에이, 설마 그러겠어요? 농담도 지나치시네."

"지금 우리 산채가 이전을 심각하게 고민할 정도라니까요. 암튼 허 리에 매고 있는 죽엽청이나 한 모금 주쇼."

개소주의 말에 나이 든 표사는 허리춤에서 술을 건네주며 말했다.

"요즘 절강성에 산적만 보면 패는 미친년들이 있다는 소문인데… 몸 조심하시게."

"하하하!"

개소주가 가당치 않다는 듯 웃었다.

"에이, 산적만 골라 패는 미친년이 세상에 어딨어요?"

개소주는 그러면서 술병을 다시 그 노표사에게 건넸다.

그러는 동안 행사는 순조롭게 진행되어 구양호는 수하들을 돌아보 며 철수를 명했고, 대륙표국의 표사들도 그들의 목적지를 향해 달려가 기 시작했다.

행사에서 돌아온 후 마주친 노표사의 말이 마음에 걸려 나일은 지금 혼자서 곰곰이 생각하고 있었다.

산적만 골라서 때리는 미친년이라······. 불현듯 북궁주희가 떠올랐다.

'그 요녀의 성격상 나를 가만두지는 않을 텐데··· 분명히 그 미친년들은 북궁주희 일행이 분명할 것이다. 안 되겠다 싶으면 형이 있는 사천성 관아로 도망쳐야겠다.'

나일은 이곳도 위험하다는 생각을 했다. 설마 산적만 골라서 때리는 간 큰 짓을 함부로 벌이다니······.

어느덧 나일이 이곳에 온 지 보름이 지났다.

갑자기 망루에서 위급을 알리는 종소리가 들려왔다.

나일은 설거지를 하던 손을 놓고는 이제 제법 산적티나게 방으로 들어가 지급받은 감산도를 들고 망루 쪽으로 가려다가 망루 쪽에서 오는 인영을 보고는 잽싸게 산채 뒤로 돌아가 숨었다.

'아, 설마설마 했는데 드디어··· 저 요녀가 여기까지 찾아왔구나.'

나일의 혼잣말처럼 한산파파와 면사를 쓴 사람이 한 산적의 뒷덜미를 채가지고 산채 안으로 들어서고 있었다.

"당신은 누구요?"

감산왕 구양호는 정중히 포권하며 말했지만 속으로는 행사를 나갔다 불어 터진 찐빵처럼 얼굴 전체에 멍이 시퍼렇게 든 자신의 부하들을 보며 끓어오는 노기를 겨우 참아내고 있는 중이었다. 산채 밥 40년의 경력으로 냉정히 생각했을 때 이런 일을 거림낌없이 자행하고 당당히 정문으로 들어오는 이들은 평범한 이들이 아니라는 것을 직감적으로 느끼고 정중히 말한 것이다.

"흥, 산적 주제에 어디서 말대꾸야? 순순히 데려와라!"

구양호의 물음에 옆에 있던 면사를 쓴 소녀가 서릿발 같은 말투로 말했다.

직감적으로 면사를 쓴 사람이 소녀라는 걸 눈치 채고 구양호가 물었다.

"소저, 무슨 말씀이신지?"

"나일이라고 한심한 산적이 있는데 분명 여기 있을 것이다."

복면인은 주위를 살피며 구양호에게 말했다.

"나일이라니, 그게 누구요?"

구양호는 이게 무슨 소리냐는 듯 말했다.

그러자 곁에 있던 감산귀 마리오가 구양호에게 소곤거렸다.

"보름 전쯤에 새로 온 신입 부원의 이름입니다."

이어서 감산귀 마리오가 구양호에게 전음을 날렸다.

"나일은 자신이 풍귀채 채주의 조카라 하는 바, 신원 확인을 보냈으니 조만간 소식이 올 것입니다. 그러니 일단은 나일을 보호하셔서 이 일로 인해 나 채주의 항의를 받는 일 없게 일의 연유를 한번 들어보고 부르시는 게 나을 듯싶습니다."

"그래?"

감산왕 구양호는 직감적으로 나일이란 놈이 이 소녀에게 큰 죄를 저지르고 산채에 몸을 의탁했다는 것을 알았다.

"그는 나의 부하요. 그가 소저께 무슨 죄를 저질렀소?"

그러자 면사의 여인이 면사를 걷었다. 역시나 드러난 얼굴은 북궁주희였다.

면사를 걷은 얼굴이 얼마나 심하게 맞았는지 붓기는 빠졌지만 멍이 빠지지 않아 그 모습을 본 감산왕 구양호는 웃음을 터뜨리지 않을 수 없었다.

"크하하하하!"

그가 웃자 산채의 산적들이 모두 따라 웃기 시작했다

"크하하하!"

"헉! 도대체 얼마나 맞은 거야?"

그 모습에 울컥 화가 치민 주희는 구양호를 보며 고함을 질렀다.

"어서 빨리 나일을 내놓으란 말이야! 그렇지 않으면 내 이것들을 다 죽여 버릴 거야!"

주희의 안색이 시뻘겋게 변해 멍든 부분이 자색으로 변해가는 것을 보며 겨우 웃음을 참은 구양호가 나섰다.

"우리 복지채는 당당한 녹림칠십이채 중 하나로서 사나이들의 모임이라 자부하는데 사내가 이렇게 어린 소저의 얼굴을 때리다니… 하하… 그런데 분명 이 일에는 그 연유가 있을 테니… 하하… 우선 소저께서는 그 일의 전후사정을 내게 알려주시겠소?"

나름대로 예의를 갖추며 말했지만 주희는 감산왕 구양호를 보며 차갑게 말했다.

"당신은 알 필요 없어요. 그 자식만 데리고 와요."

이에 구양호는 이 소녀가 안하무인(眼下無人)이라 느꼈다.

"지금 소저는 내 부하들을 때리고 아무런 사과도 없이 그저 막무가내(莫無可奈)로 나일을 내놓으라 했소. 한 산채의 채주로서 나의 부하를 보호하는 것은 당연한 일이고, 만약 죽을죄를 저질렀다면 내 응당히 그에게 그만큼의 조치를 취할 수도 있으니 내게 도대체 무슨 일이 있었는지나 말해 보시오."

그때 감산귀 마리오의 전음이 다시 들려왔다.

"아무래도 요즘 산적만 때리고 다닌다는 여인들인 것 같습니다."

"다시 묻겠소. 나일과는 무슨 원한이오? 그리고… 물론 내 부하들을 때린 것의 죄는 내가 직접 묻겠소."

"흥! 그런다고 누가 겁낼 줄 알고? 파파, 저 곰 같은 산적 놈을 때려 줘요."

주희의 말이 끝나자 주희 옆에 서 있던 노파가 손을 쓰기 시작했고, 구양호 또한 자신의 감산도를 바로 세워서는 맞받아가기 시작했다.

구양호는 과연 감산왕이라는 위명답게 사람 등골이 서늘할 정도의 가공할 힘으로 감산도를 크게 휘둘렀다.

한산파파도 그 감산도에 한 대라도 맞았다가는 완전히 조각날 것 같은지라 우선은 살짝 피한 후 맞받아쳐 나가기 시작했다.

노파의 무공은 고수의 반열에 올라 있는 듯 살짝살짝 몸을 돌려 피하는 것이 감산왕보다 한 수 위의 실력이라는 것을 보는 사람들은 금세 알 수 있었다.

이윽고 삼십 초가 지날 무렵 감산왕의 그 큰 도(刀)가 노파의 손에 걸린 채로 잡히고 말했다.

'이런 제기랄, 칼이 손에 잡혔는데 왜 이리 차가운 거지?'

구양호가 속으로 차가운 비명을 질러댈 때였다.

복지채가 있는 산 정상에서 나일의 목소리가 들려왔다.

"이 요녀야, 니가 했듯이 나 역시 너를 때린 것뿐인데 왜 나를 핍박하느냐? 더 이상 산채 식구들을 괴롭히지 말고 나를 잡아봐라!"

나일은 산 정상에서 그렇게 소리치고는 부리나케 주희가 쫓아오지 못하도록 산길로 도망가기 시작했다.

"파파, 저 곰은 놔두고 저놈부터 잡으러 가요."

주희가 다급하게 노파에게 말했다.

나일의 행방을 찾기 위해 얼마나 노력했던가? 지금 중요한 것은 자신에게 그토록 모욕을 주었던 나일을 잡아 복수하는 것이었다.

한산파파는 그런 주희의 말에 감산도를 붙잡고 있던 손을 놓고는 나일이 소리친 산 정상을 향해가려 했다. 하지만 구양호가 그 틈을 놓치지 않고 다시 감산도를 휘둘렀다.

한산파파와 구양호의 싸움이 다시 시작되자 산적들이 모두 달려들려 했다.

과연 용맹하고 단련이 잘 되어 있기로 소문난 복지채다웠다. 한산파파가 빠져나가지 못하도록 산적들은 자신의 목숨을 내던져 가면서 한산파파의 행동 반경을 좁혀 들어갔다.

'이러다가는 그 한심한 산적 놈을 잡기 전에 내 몸이 성치 않겠군.'

한산파파는 내심 흠칫해서 구양호에게 발길질을 하고는 주희를 데리고 도망치려 했다.

주희 역시 상황이 생각보다 훨씬 위급함을 알고는 몸을 빼서 달아나기 시작했다.

나일은 산채에서 벌어지고 있는 상황을 모른 채 죽어라 달리고 있었다.

조금이라도 멀리 가야 그 요녀의 손에서 벗어날 수 있다는 생각 때문인지 한 발 한 발 있는 힘을 다해 뛰어서는 한 시진가량 달려간 후에야 한숨 돌릴 수 있었다.

'휴우, 조금 쉬어야겠다. 이렇게 숲이 울창한데 나를 찾겠어?

나일은 바위에 걸터앉아 주위를 살폈다.

'엥, 그런데 여기는 어디야?'

나일은 죽어라 앞만 보고 도망치느라 자신이 온 곳이 절강성의 어디쯤인지 알 수가 없었다.

"쉬지 않고 가다 보면 민가가 보이겠지."

나일은 그렇게 하루를 꼬박 걸어서야 도착한 곳이 절강성 내에 있는 남해의 작은 바닷가라는 것을 알았다.

"우와, 바다다! 그런데 젠장, 여기서 형한테 어떻게 가지?"

나일이 그렇게 생각에 잠겨 있는데 멀리서 그 요녀와 노파가 두리번거리며 오는 것이 아닌가?

'오, 맙소사! 어떻게 여기까지 찾아왔지?'

나일은 잽싸게 풀숲으로 몸을 돌려 도망치기 시작했다.

그런 나일을 발견한 북궁주희 또한 수풀을 헤치며 나일을 쫓기 시작했다.

"야, 거기 서! 넌 이제 죽었다!"

북궁주희와 한산파파는 밤에 다시 산채로 찾아가서 그놈들을 쓸어버리려 했지만 오늘은 분명 경계가 강화될 것이라 여기고 우선 나일이 도망친 곳을 추적했다.

그리고 나서 주위 형세를 살펴보니 나일이 도망가 봤자 복지채 뒤의 숲만 울창하고 사람의 인적이 끊긴 와룡산(臥龍山)이란 곳으로 가게 되리라는 것을 확신했다.

왜냐하면 복지채의 뒤로는 삼각형의 꼭지점처럼 서서히 줄어드는 대륙의 끝이므로 필연적으로 그곳으로 갈 수밖에 없는 것이다. 그러니 돌아서 그곳에 먼저 간다면 나일이 험한 길을 뚫고 그곳으로 가는 시간과 비슷하리라 예상하고 그곳에서 기다리기로 한 것이다.

　나일은 지금 태풍이 몰아치는 절벽 위에 서 있었다.
　멋있는 바다를 구경하려고 온 것이 아니라 쫓기고 쫓겨서 이렇게 바닷가 위의 절벽 위로 도망칠 수밖에 없었던 것이다.
　"어디 더 도망쳐 보시지?"
　살기 가득한 눈빛으로 북궁주희는 나일을 도망칠 곳이 없는 절벽 위로 몰았다.
　"나한테 잡히는 오늘이 네 제삿날인 줄 알아라!"
　나일은 자신에게 비아냥거리며 다가서는 북궁주희를 보았다. 곧 이어 험난하고 고통스러웠던 주희와 함께 다녔던 여정을 떠올렸다.
　'저 요녀의 손에 잡힐 바에는 차라리 죽는 게 나아.'
　나일은 속이 바짝 타 들어갔다.
　"우선은 니 얼굴을 이렇게 만들어주지."
　주희는 자신의 면사를 벗었다.
　'아, 통쾌하구나. 그래도 저 요녀의 얼굴에 아직 남은 흔적을 보니 가슴속이 후련하구나.'
　그런 마음에 나일이 웃어 젖혔다.
　"크하하하! 하하하!"
　"이게 웃어? 너도 내 꼴을 당해봐야 돼!"
　그렇게 말하며 주먹을 쥐고는 주희가 성큼 나일에게 다가왔다.
　"가만히 있어. 너한테 잡힐 바에는 차라리 죽고 말 테다."
　나일은 차갑게 목소리를 가라앉히고는 비장하게 말했다. 그리고는 파천검을 들어 자신의 목에 들이댔다.

"좋게 말할 때 이리 와라. 더 이상 까불면 진짜로 죽는다. 아니, 안 까불어도 죽기는 마찬가지일 테지. 호호호!"

북궁주희는 비아냥거리며 궁지에 몰린 쥐를 잡는 고양이의 심정으로 나일을 놀렸다.

"안 가. 나 죽을 거니까 건드리지 마라. 어차피 얼마 남지 않은 삶, 조금 빨리 죽을 뿐이야."

주희는 나일이 지금 당장 죽을 것처럼 말하자 우선은 살살 달랬다.

자신이 그동안 나일에게 복수하려는 마음으로 절강성을 얼마나 뒤지고 다녔는데 복수도 못하고 죽어버리면 너무 억울하지 않은가?

"야, 거기서 떨어지면 진짜 죽는단 말야!"

"너한테 맞을 바에야 차라리 죽는 게 나아."

"이쪽으로 와. 죽지 않을 만큼만 때릴게."

북궁주희로서는 많이 양보한 것이다. 안타까웠지만 반만 죽이기로 마음을 다잡았다. 그냥 이대로 나일이 떨어져 자살해 버린다면 손도 못 대보고 죽는 것이다.

"미쳤냐? 그냥 죽을래."

북궁주희는 심각하게 고민했다.

나일의 표정은 진지했다. 그동안의 고생이 수포로 돌아가면 안 된다. 저 나일의 면상에 자신의 주먹이 부딪치는 장면을 얼마나 그려왔던가?

'그래, 좋다. 딱 백 대만 때리지. 하기는 오십 대만 맞아도 죽을 테지만 말이야. 호호.'

속으로 계산하며 북궁주희가 나일을 설득했다.

"좋다, 딱 백 대만 때릴게."

"진짜야?"

나일의 목소리가 점차 누그러지며 되물었다.

"그럼."

주희는 그런 나일을 보며 어색하게 웃었다.

'저 표정을 보아하니 아마 나를 백 대 때리는 도중에 죽일 게 뻔하다.'

이런저런 생각을 정리한 후 나일은 다시 비장하게 말했다.

"정말 너랑 있는 거, 너한테 맞는 거 지긋지긋하다. 그냥 죽고 말겠어."

그 말을 끝으로 나일은 온 힘을 다해 파천검을 주희 쪽으로 던져 버렸다.

　새애앵—

하나 주희는 유연한 동작으로 오히려 검을 잡아 들었다. 날카로운 보검이었건만 주희에게 아무런 위협이 되지 않았다.

"어쭈……."

주희의 얼굴이 일그러짐과 동시에 작심한 듯 나일이 급작스럽게 절벽을 뛰어내렸다.

"파파, 잡아!"

주희가 한산파파에게 소리치며 자신도 나일을 잡으려고 했지만 나일은 이미 바다 속으로 빠져 들어가 버렸다.

"이런 바보, 진짜 백 대만 때리려구 했는데……."

주희는 바다 속으로 사라진 나일을 보며 오열을 터뜨렸다.

자신이 왜 이런 녀석 때문에 울어야 하는지 이유를 모르겠지만 아무런 이유 없이 눈물이 났다.

나일과 만났던 일, 처음 술을 마셨던 일, 그리고 자신의 가슴에서 주머니를 꺼내던 일… 그런 일들이 주마등처럼 스쳐 갔다.

"바보, 바보, 한심한 산적, 내 친구… 한심한 산적……."

주희의 눈 속에서 눈물이 한꺼번에 쏟아져 나왔다.

갑작스레 태풍이 몰아쳤다.

바닷가의 날씨는 변화무쌍하다더니 맑았던 날씨가 갑자기 흐려지면서 파도의 높이가 높아져 갔다. 바다가 나일을 데려간 건지, 아니면 하늘이 나일이 죽음을 슬퍼하는 건지 쉴 새 없이 비가 내리기 시작했다.

"한심한 산적 놈……."

북궁주희는 파천검을 보며 더욱 크게 울었다. 그리고 울다 지쳐서는 끝내 혼절해 버렸다.

며칠 후에야 깨어난 북궁주희는 나일을 자신이 죽였다는 죄책감에 마음이 혼란스런 상태에서 내공을 운기했다. 내공을 운기할 때 가장 위험한 것이 마음의 평정을 잃어버리는 것이다.

북궁주희의 머리 속에 나일의 환영이 보였다.

"이 요녀! 나를 밀어?"

머리 전체에서 피를 흘리며 손을 벌린 채 다가오는 나일의 모습이 환영인 줄은 알지만 차마 모른 척할 수 없는 북궁주희였다.

"아니야… 내 진심이 아니었어. 그건 실수였어."

"어쨌든 너는 나를 죽였어"

나일의 두 손이 주희에 목을 졸라갔다.

"크악!"

북궁주희의 기혈이 엉키기 시작했다.

백회혈에서 역류하던 기가 눈까지 내려왔을 때 누군가가 주희의 등을 강하게 후려쳤다.

주희를 구원한 사람은 한산파파였다. 눈에 넣어도 안 아플 주희의 비명 소리를 듣고는 무언가 잘못됐다는 것을 느끼고 달려와 장심을 후려친 것이다.

"우욱… 내 눈!"

북궁주희는 울컥 검은 피를 토해냈다. 그러나 이미 엉켜 버린 눈 쪽의 기혈로 인해 앞이 보이지 않는 것을 막을 수는 없었다.

주화입마(走火入魔) 중 입마(入魔), 즉 북궁주희는 내공을 수련하던 도중 나일의 환영을 만나 마(魔)에 든 것이었다. 다행히 한산파파의 도움으로 목숨은 건졌지만 두 눈을 잃어버리고 말았다.

제6장

또 한 번의 일생(一生)은

시작되고

황금빛의 세계였다.

그 안에서 인간들의 상상 속에나 존재하는 머리에 뿔이 있고 몸통은 뱀과 같으며 비늘과 날카로운 발톱이 있는 네 다리를 가진 동물이 하늘을 올려다보고 있었다. 용(龍)이라 부르며 신성시하는 그것이다.

엄청난 크기를 자랑하는 용은 곁에 있던 현무(玄武 : 북방을 지키는 상상 속의 동물로 거북이의 껍질에 도마뱀의 얼굴)를 보고 있었다

"이제 곧 녀석이 이리로 오겠군. 슬슬 준비해야겠는걸."

현무도 이제 그가 올 때가 되었다는 것을 알았던지 용을 보며 어서 빨리 마중 가자는 몸짓을 했다.

"잠깐 기다려 봐. 아직 시간이 좀 더 남았단 말이다. 이곳에서의 100년이 그곳의 일 년이니 이제쯤 녀석이 절벽 위에 서 있으니까… 흠, 녀석이 뛰어내리려면 앞으로 족히 서너 시진은 있어야 할 거야. 그동

안에 녀석을 만나면 제자로 만들어야 하니까 어떡하든 최대한 신선 같은 모습으로 신비롭게 접근하는 모습을 좀 연습하고……. 그나저나 신농은 어디 간 거야?'

용은 머리만을 움직여 주위를 둘러보며 누군가를 찾다 포기하곤 이내 전신에서 신비로운 분위기를 내뿜으며 마지막으로 녀석을 제자로 꼬시기 위한 말들을 연습하기 시작했다.

"나는 위대한 존재 드래곤 헬스카이."

근엄하면서도 어딘지 모를 신비로움이 느껴지는 울림이 진동했다.

"그리고 여기서는 천룡(天龍)이란 존재로 수많은 이름을 가지고 있다. 그중 가장 높은 곳에서 보내는 삶이라는 황생(皇生)이란 이름을 가장 좋아하니 너는 그렇게 알고 있거라. 본래 나는 이곳에서 빛의 속도로 만 년을 가야 도달할 수 있는 이계 '미르메다'란 별에서 태어났다. 그곳에서 만 년을 산 내게 신은 이곳에서 삶을 연장할 수 있는 기회를 주었지. 그것은 신이 내게 주신 하나의 선물이었다. 아니, 하나의 거래였지. 신은 호기심이 가득한 내게 새로운 세계를 보여주며 나를 유혹했고, 내게 하나의 조건을 내세웠다. 그리고 나는 신의 힘에 의해 차원을 이동하여 이곳에 도착하게 되었다. 신이 내세운 조건은 나와 비슷한 힘을 가졌던 존재를 봉인시키는 것이었고, 나는 그것을 해결했다. 그 일이 끝난 후 나는 이곳에서 오천 년을 살았다. 물론 내가 원래 있던 곳과 이곳에서의 생활은 많이 달랐다. 끝없은 변화가 계속되는 이곳이 난 아주 마음에 들었다. 난 호기심이 가득한 지고지순한 존재이니……."

마치 누군가와 대화를 나누듯 능숙하게 혼자서 대화를 나누는 목소리는 끊임없이 울렸다.

"차원 이동을 하며 내가 겪은 가장 큰 신체적 변화는 나의 몸속에 응축되어 언제나 내게 힘을 주고 마음의 평안을 주던 드래곤 하트란 요체가 이곳에서는 사람들이 '여의주(如意珠)'라 부르는 작은 원구로 구슬화되어 내 몸속에서 빠져나와 내 입 안에 물려 있게 된 것이다. 아마도 이곳이 예전에 내가 살던 곳의 마나라 부르던 기(氣)의 밀도가 낮아 내 몸속까지 들어오지 못하기 때문인 듯하다. 마나와 접촉이 있어야만 그 거대한 마나를 하나의 흐름으로 생각해서 발휘할 수 있는 내 존재 자체의 중심이 자연스럽게 환경의 변화에 맞춰 이상적으로 변환 것일 테지. 그러나 그 육체적 현상은 마법이라 부르는 나의 능력을 제약하는 요소가 된 것도 사실이다. 생각해 보거라, 몸속에 있어 늘 사용하기 편했던 마나를 제어하던 요체를 마법을 사용하려고 입에 물고 다니는 것이 얼마나 귀찮고 곤혹스런 일인지. 그래서 나는 이곳의 무공이란 것에 관심을 두었다. 내가 봉인했던 그 존재가 사용했던 무공이란 것은 굉장한 것이었지. 무공은 나의 능력을, 여의주를 이용하지 않고도 이 세계에서 자연스럽게 분출시키는 통로가 되었다. 아주 신비하고 놀라운 공부였지. 나는 이것을 널리 퍼뜨리고 싶었다. 그리하여 나는 자연스럽게 강호(江湖)라는 것을 만들었고, 나의 뜻은 그렇게 이어져 왔다. 그렇지만 얼마 뒤에 나의 아버지, 즉 신이라 불리는 존재가 이곳의 인간들에게 과학이란 것을 체계적으로 가르쳐 주었다는 것을 알았다. 나의 예감에 이 과학(科學)이란 것은 인간들에게 편리함을 주겠지만 한편으로 언젠가는 그것 때문에 이 세계가 커다란 혼돈에 빠지리라 생각했다. 또한 지금 이 과학의 발달 추세라면 내가 만들고 지켜봐 온 강호라는 세계도 과학에 밀려 사라지고 말 거란 것이다. 꾸준한 과학의 발달로 인해 무공을 사용하지 않아도 사람들에게 엄청난 피해를 줄 수 있는 그런 가공할 무기를 단추 하나만으로 사용할 수 있는 그런 날이 온다면 누가 무공을 익히려 힘들게 수련하여 강호를 지키겠는가? 나는 그 점이 너무나 안타까웠다. 그렇기에 얼마 남지 않은 나의 일생(一生)에서, 이 세계에서 내가 머문 흔적인 강호가 사라지기 전에 내가 만든 강호에서 무학의 끝을 보고 싶은 마음을 가지게 된 것이다. 너는 이제 내가 지금껏 익힌 모든 것을 인간이란 존재인 네가 모두 익혀 내게 새로운 무공의 끝을 보여주거라.”

목소리의 진동에 짙은 아쉬움이 배어왔다.

“그렇게 열심히 연구하고 수련했지만 신은 나에게 그 끝을 볼 수 있는 힘을 주지는 않았나 보다. 아니, 그것이 나의 한계겠지……. 나는 이곳에서 이미 5,000년을 살아왔다. 이곳도 많이 정들었지만 이제는 내가 있던 곳으로 다시 돌아가 그곳에서 묻혀 자연으로 돌아가고 싶다. 이곳에서 내가 관심을 가지고 배운 것들을 이곳에 있는 생명체에게 모두 물려주고 떠나고 싶었는데 내 앞에 있는 네가 나에게 그런 존재인 것 같구나. 이것이 바로 인연(因緣)이란 것이겠지.”

황생은 목소리를 가다듬으며 현무에게 고개를 돌렸다.

“복희야, 어때? 이 정도면 그럴싸하지? 반드시 제자로 삼아서 그를 통해 진짜 신선 같은 생활과 강호 무학의 끝을 보고야 말 테다.”

황생이 자신의 모습을 용의 모습에서 신선의 모습으로 변화시키며 오른 주먹을 불끈 쥐었다. 때마침 황생에 말이 끝나자 하늘 위에서 봉황(鳳凰)이 날아오더니 황생에게 날개를 퍼득거렸다.

“신농아, 지금 녀석이 떨어지고 있다고?”

봉황의 의사 표현을 알아들은 듯 황생은 나는 듯이, 아니, 실제로 날아서 하늘 위로 오르기 시작했다.

나일은 자신이 천당(天堂)에 왔다고 생각했다.

왜냐하면 자신이 눈을 뜨자 처음으로 마주한 사람은 태상노군(太常老君)이라고 자신을 소개해도 믿을 정도의 위엄있는 풍모에 단정한 도사복(道士服), 그리고 백색 속에 은은히 감도는 청색의 기운이 비치는 머릿결과 수염은 정말 신선이 따로 없었다. 다만 노신선의 귀에 걸린 투명한 귀걸이가 조금 이상해 보였다. 하지만 그것마저도 신선의 풍모에 어울리는 신비함이 돋보인다. 게다가 주위의 풍경은 모두 다 황금빛이었으니 어찌 여기를 천당이라 생각하지 않을 수 있겠는가?

'아버지, 제가 먼저 천당에 와버렸군요. 살아 있을 때 제가 불효한 것들 다 용서해 주십시오.'

나일은 그렇게 묵념하다 흠칫 놀랐다.

'강진 땅의 날건달 망나니, 초절정 행패쟁이, 그리고 미래에 최고의 산적이 되기를 바랬던 자신이 어떻게, 어찌하여 천당에 올 수 있었을까?

아무리 생각해도 자신은 천당에 올 사람이 아니었다. 나일은 저승에 무언가 착오가 있어서 자신이 이곳에 온 것이라 여기고 자신의 입으로는 절대 그 사실을 밝히지 않으리라 속으로 굳게 다짐했다.

그때 노신선이 나일이 깨어난 것을 보고 자애스런 목소리로 말했다.

"아이야, 깨어났느냐?"

정신을 차린 나일은 이게 무슨 소리냐는 듯 물었다.

"여기 천당이 아니었어요?"

"허허허, 이곳은 아직 이승이란다. 그럼 너는 네가 죽어서 천당이라도 온 줄 알았느냐?"

노신선은 근엄한 풍모를 유지하려는 듯 웃음을 멋지게 참아내며 말했다.

"할아버지는 누구세요?"

나일은 그제야 자신이 살았다는 것을 깨닫고 노신선을 향해 물음을 던졌다.

노신선은 그런 나일을 물끄러미 쳐다보았다.

"그전에 너는 왜 스스로의 목숨을 버렸느냐?"

"그것이……."

나일이 말하기 곤란하다는 듯 말을 멈췄다.

"아니다. 어쨌든 한 번 죽기로 마음먹은 사람은 무엇이든 해낼 수 있지."

그리고는 나일의 온몸을 살피며 말했다.

"어떠냐, 나의 제자가 되지 않겠느냐? 세상에서 가장 강한 존재로 만들어주마."

나일은 다짜고짜 자신을 제자로 받아들여 세상에서 가장 강한 존재로 만들어준다는 노신선을 보며 조금 의아한 생각이 들었다.

'왜? 그리고 이곳은 어디지?'

그런 생각을 하는데 갑자기 머리 속이 울렸다. 절벽에서 떨어지며 무언가에 찍혀서 정수리 부분에 깊은 상처가 난 것이다. 아직 그 사실을 알지 못한 나일은 감당하지 못할 고통이 뒤통수에서부터 시작되고 무엇인가를 짓이기는 통증이 몰려오자 끝내 혼절하고 말았다.

황생은 나일을 구해 가지고 오면서도 이미 준비해 두었던 대사를 읊으려고 기회만을 노리고 있었다. 그리고 예정대로 대사를 읊으며 자신의 몸을 변화시켜 나일에게 좀 더 신비한 모습을 보여주어 나일을 자신의 제자로 만드려고 했다. 그런데 나일이 갑자기 쓰러지자 이상한 기분이 들어 나일의 머리를 유심히 관찰했다.

백회혈.

정수리에 중심인 그곳에서 가느다란 핏줄기가 끊임없이 흘러나오는 것이었다.

"마이너리티 힐링!

황생이 나일을 향해 입으로 무언가를 외우자 흘러내리던 피가 멈추고 그곳에 새살이 돋기 시작했다. 황생은 그런 나일을 편하게 눕힌 후 빠르게 되살아나는 살 속으로 의술을 펼칠 때 쓰는 하나의 침을 집어넣고는 휘휘 돌렸다.

"이런… 이런… 변고가……."

황생은 한참을 뒤적거리다가 무언가 연약한 신경에 미세한 부분이 조금 끊긴 사실을 깨달았다. 너무나 미세해서 지금 자신의 능력으로는 고칠 수 없는, 과학이 발달한 후에나 완치가 가능한 부분인지라 탄식을 터뜨릴 수밖에 없었다.

"허허… 마법으로도 어쩔 수가 없는 기억을 상실하다니……."

노신선의 말소리에 나일이 잠에서 깨어났다.

그런데 몸이 너무 피곤해 눈을 비빌 힘도 없어 다시 잠이 들려다가 문득 자신이 왜 이곳에 있는지 생각나지 않음을 깨달았다.

스르륵.

생각해 내려 했지만 도저히 밀려오는 잠을 참을 수 없었다.

꼬박 이틀을 자고 나서야 깨어난 나일은 눈앞에서 자신을 치료하는 노신선을 보았다.

"으윽… 누구세요?"

황생은 나일이 깨어난 것을 보며 다시 나일이 잠들지 않을 것이란 걸 알고는 대답하지 않고 우선 나일이 자고 있던 동안에도 준비했던 대사들을 읊기 위해 몸을 변신시켰다.

"폴리모프."

나일이 졸린 눈을 비비며 바라본 노신선은 몸이 기괴하게 변하더니 전설 속에서나 나오던 용의 모습으로 변하는 것이 아닌가?

길이가 이십 장을 넘는 몸체와 단단하기 그지없는 뿔, 그리고 여의주를 문 모습이었다. 그것은 전설에나 나올 법한 하늘빛이 나는 용들의 신이란 천룡(天龍)의 모습이었다. 그때부터 나일의 머리 속에 황생이 준비했던 대사들이 하나의 울림이 되어 들려오기 시작했다.

나일은 황생의 변신 모습을 보고 처음에는 겁에 질렸지만 그의 말을 듣고 보니 자신을 제자로 받아들이려는 호의적인 의도임을 알 수 있었다.

그런데 문득 도대체 자신이 누구인지, 어떻게 여기까지 오게 되었는지 하는 것들이 자신의 머리 속에 남아 있지 않다는 것을 깨달았다.

"저기… 천룡님, 근데 저는 누구인가요?"

황생은 잠시 나일이 기억을 잃어버렸다는 것을 깜박하고 그동안 준비한 대사를 써먹고 싶은 기분에 혼자서 떠든 것임을 깨달았다. 게다가 오히려 나일의 궁금증에 더욱 부채질했음을 알았다.

"나도 모른다."

"예? 헉!"

나일은 자신을 모른다면서 제자로 삼으려는 황생을 이해할 수가 없었다.

"그런데 어떻게 저를… 왜 제자로 삼으려는 거죠?"

"그것은 너의 신체가 내가 오랫동안 기다려 온 천룡성맥(天龍星脈)이기 때문이다."

"천룡성맥이요? 그게 뭐죠?"

"그게 뭐냐면 말이다……."

황생의 말대로라면 천룡성맥은 원래 드래곤, 아니, 용으로 태어났어야 할 존재가 '이 세상에 용은 존재하지 않는다' 라고 소수의 사람들이 무의식 중에 생각함으로써 용으로 태어나지 못하고 인간으로 태어나게 된 것이었다. 용이라는 존재가 사람들의 상상에 관한 믿음에 의해 유형화되는 존재이기 때문이다. 인간으로 태어난 대부분은 여자 아이로 태어나서 자신 안에 잠재된 용의 기운을 느끼지 못하고 오히려 그것이 병이 되어 보통 사람들보다 일찍 죽게 된다. 하나 원래대로 운명의 법칙에 의해 남자 아이로 태어나면 황생과의 만남 후 그가 용이 되어서 지금껏 세상의 조화를 위해 맡아온 일들을 맡게 된다. 그리고 황생은 신과의 약속대로 이 세계를 떠날 수 있게 된다. 하지만 용이란 존재는 사람들이 용이 존재한다는 믿음을 마음속에 깊이 가져야만 만들어지고 능력을 발휘할 수 있게 되는데, 지금의 사람들은 대다수가 그 믿음이 사라진 상태이기에 황생조차도 용의 힘을 제대로 발휘할 수 없고, 또 현재로서는 나일도 용이 될 수 없다. 현재는 나일이 천룡성맥을 타고난 것도 기적에 가까울 만큼 인간의 믿음이 옅어졌기 때문이다. 하지만 황생은 지금껏 자신을 기다린 시간이 아까워서, 그리고 나일을 통해 이루고자 했던 무공의 경지를 보고 싶은 마음에 자신이 지금껏 이 세계에서 익힌 무공이란 것을 전수하겠다는 것이었다.

"용의 기운이 뭔데요?"

나일의 말에 황생은 나일이 자신의 말발에 넘어가고 있다는 것을 느끼며 속으로 기뻐했다.

"인간에게는 자신의 한계를 규정 짓는 습관 때문에 한계라는 것이 생기지만 용의 기운을 가진다면 무한한 자유로움으로 인간들이 인간의 한계라고 규정 지은 것들을 뛰어넘을 수 있다. 물론 신선이 된 인간들은 자신의 수련으로 한계의 벽을 부숨으로써 신선이 되지만 그것은 몇몇의 운 좋은 인간들일 뿐이고 신선이라고 해봤자 하급 신(神) 정도밖에 되지 않는단다. 그렇지만 용의 기운을 가진 자라면 수련에 의해 태초 신의 힘을 능가하는 힘도 가질 수 있을 것이다."

"내가 그렇게 대단한 몸인가요?"

믿을 수 없다는 듯 나일의 눈동자가 휘둥그레졌다.

"그럴 수도 있다는 것이지 그렇게 된다는 보장은 없다. 아니, 오히려 불가능에 가깝지. 수련하는 방법은 나도 다 알지는 못하니 내가 모르는 부분부터는 너 혼자서 개척해 나가야 한다. 솔직히 네가 남자로 태어난 첫 번째 천룡성맥이다."

"휴우, 그럼 어떤 수련을 쌓아야 하죠?"

나일은 불안한 눈으로 황생의 입을 바라보았다.

"음, 우선은 금강불괴(金剛不壞)가 되어야지."

"금강불괴요?"

"그렇지. 그것이 아니더라도 불로장생하는 방법을 깨달아야지, 나처럼."

"그 방법이 뭔데요?"

나일의 눈빛이 다시금 초롱초롱하게 빛나자 황생은 내심 다 넘어왔다고 생각하며 쾌재를 불렀다.

"너를 지금 정의한다면 인간이기 때문에 그 방법은 내가 만든 무하신공(無瑕神功)을 익히는 게 가장 득이 될 것이다. 그것은 인간이 금강불괴가 되는 가장 빠른 방법이야. 그 후에 깨달음이 수반된다면 무공의 마지막 경지인 반무(反無)에 도달하게 될 것이고, 인간이 관장할 수 없다던 생사와 창조의 권능을 발휘할 수 있을 것이다."

"그래요? 그럼 천룡성맥이라면 반무에 쉽게 오를 수 있나요?"

"무리지. 운과 깨달음이 따라야지, 평범한 인간과 같이……."

황생이 말끝을 흐리자 나일이 조금 이상하다는 투로 반문했다.

"그러면 그냥 인간이랑 똑같잖아요?"

"아니야, 그게 아니지. 인간은 자신의 한계치를 반무의 아래 단계인 무천(武天 : 무가 하늘에 닿다)이라 생각하고 있기 때문에 죽을 때까지 수련해서 운이 좋아 도달한다 해도 무천 이상의 진전은 없단다. 그래서 그 상태에서 우화등선(羽化登仙)한다 해도 신선이 되는 것뿐이지만 넌 그런 평범한 인간과는 달리 천룡성맥을 타고났기 때문에 무천을 넘어 반무(反無 : 무로 되돌아가다)라 불리는 경지까지 도달할 수가 있단다."

"그래요? 그럼 할아버지는요?"

평소라면 노인네라고 불렀을 나일이지만 자신의 기억을 잃어버리고는 어쩐지 어린아이처럼 순해져서 주저없이 '할아버지'라고 노인을 존경하는 명칭을 쓰고 있었다.

"난 단지 천룡 그 자체일 뿐이다. 나의 아버지인 신이라 불리우는 존재가 만든 천룡, 이미 만오천 년을 살아왔지만 앞으로 더 많은 시간이 흘러도 나는 드래곤으로, 천룡으로 남아 있을 수밖에 없지만 너는 아니다. 너는 너의 노력에 의해 나를 뛰어넘을 수 있는 잠재력을 가진 돌연변이라고 할까?'

나일은 지금 자신의 머리 속에 남아 있는 기억이란 것이 없기 때문에 황생의 말이 사실인지 아닌지 분간할 수 없었다. 그리고 어차피 지금 이 상태로 세상에 나간다 해도 평범은커녕 자신의 가족조차도 찾지 못할 것이란 불안감에 황생을 사부로 모시고 수련하기로 마음먹었다.

나일이 드디어 일어서더니 황생에게 절을 하기 시작했다.

한 번, 두 번, 세 번… 아홉 번.

나일의 행동이 무엇인지 아는 황생은 경건한 자세로 절을 받으며 나일이 절을 끝내자 말했다.

"너는 이제 나의 제자가 되었다."

"예, 사부님."

"이제 너는 나의 말을 잘 들으며 수련에 힘써 자신의 한계를 시험해야 할 것이다."

"예, 명심하겠습니다."

"지금 너의 몸을 감싸던 천룡성맥의 금제(禁制)를 내가 지워주겠다. 천룡성맥은 인간 세상에 태어나면서 자신의 혈액을 굳게 만든단다. 스스로가 평범한 인간처럼 살려고 자신을 평범한 인간에게 맞추다 보니 혈액을 굳게 해서 자신의 능력을 감추는 것이지."

나일은 황생이 무슨 말을 하는지 알지 못했지만 무조건 고개를 끄덕였다.

"우선은 너의 몸에 금제를 해제하겠지만 너도 우선은 무공을 익히기 전에 배워둬야 할 것이 있다. 그것이 바로 자신의 몸을 알아야만 익힐 수 있는 의술(醫術)이다. 네가 언젠가 강호로 나갔을 때나 너에게 소중한 존재가 다치게 됐을 때, 그 존재의 목숨이 위태로울 때 그를 치료할수 있다면 얼마나 좋을까 하는 그런 감정을 가지게 될 때가 있을 것이다. 물론 그 존재가 다치기 전에 보호하기 위해 무공을 익히는 것이지만 만약에 다쳤을 경우에는 그 존재를 상처 입기 전의 상태로 돌려놔야 할 것이다. 그것이 바로 의술을 가장 먼저 배워야 하는 이유이다. 더불어 의술을 익힌다면 너는 네 자신의 몸을 잘 알게 될 것이고, 무공을 익히는 데에도 도움이 될 것이다. 이런 의술을 익히기 위해서 우선 마음의 활(活)을 배우거라. 의술을 익히며 활을 깨달은 후에야 무공을 익힐 수 있을 것이다. 원래 무공이란 것이 누군가를 제압하는 것을 기본으로 만들어진 만큼 생명의 소중함, 즉 활(活)에 대한 깨달음을 가진 연후에 배워야 한다. 그것이 무공을 익히기 위한 첫걸음이지."

"예, 사부님 말씀대로 하겠습니다."

대답한 후 나일은 공손히 다시 황생의 말을 경청했다.

"이 사부는 드래곤이라는 존재로 '유희'라 불리는 것을 종종 하고는 했는데, 이 '유희'라는 것은 지금 나의 모습을 지상에 있는 다른 생명체의 모습으로 폴리모프(변화)하여 그 생명체의 일생을 살아가는 것으로, 이 긴 드래곤이라는 생명체의 일생에 새로운 활력을 주는 것이다. 다행히도 내가 가장 최근에 겪었던 '유희'가 바로 의원이었단다. 이름은 불이의선(不理醫仙) 역사해라 불렸지."

—불이의선(不理醫仙) 역사해(歷史海).

오십 년 전에 발간된 무림사기(武林史記)의 기인열전에는 분명 그를 이렇게 기록했다.

불이의선 역사해는 원나라 말기 백련도의 난 때 강호를 횡행하던 전설의 의선(醫仙)으로 화타, 편작과 함께 고금 삼의선(三醫仙)이라 칭함을 받는다.

원래는 공동파의 제자로 무공을 익히다 당시 백련교의 사천왕 중 금모사왕 사손의 호탕한 성품에 반해 사파의 거두인 사손과 의형제의 예를 맺고 그에게 칠상권의 비결을 가르쳐 주었다. 그러나 그것이 공동파 장문의 귀에 들어가 삼십 대의 나이에 공동파에서 배운 모든 것을 두고 쫓겨난다는 단맥참근(斷脈斬筋)의 형을 받았다. 그 후 자신의 무공을 다시 찾기 위해 의술을 파고들어 불세출의 의선이 되었다고 알려진다.

그는 정파의 이름 높은 고수라 해도 그의 성품이 좋지 않다고 여기면 치료를 거절하고, 사파의 대마두라 하여도 성품이 호탕하고 기개가 있다면 그를 다치기 전보다 더 강한 체질의 몸으로 만들어 정파에서 불이(不理: 이치에 맞지 않는)한 의선이라 부르기 시작하면서 불이의선이라 불리게 되었다.

하지만 원나라의 마지막 황제인 순제가 불치의 병에 걸려 관군이 그를 찾아 황제에게 모셔오게 했다. 그러나 황제의 성품이 극히 잔악하고, 그를 치료하는 게 하늘의 뜻이 아님을 알고는 치료하기를 거부하여 옥에 갇혔다. 그 후 황제가 친히 그를 사형시키려고 옥에서 그를 끌어내려 했는데, 이미 그는 옥에서 사라져 버린 후였고 더 이상 세상에 보이지 않았다.

"내가 의술을 펼칠 때 가장 중요하게 여기는 것은 그의 성품이었다. 하늘도 착한 자를 도와준다는 말이 있듯이 악한 자를 치료해 봤자 그는 얼마 가지 않아 다시 죽게 된다. 하늘은 악한 자를 치료하는 것을 활(活)이라 여기지 않는 듯하다. 내가 치료한 것이 모두 물거품되는 것이 하늘의 이치(理致)이니… 게다가 만약 그가 예전처럼 다시 살아나서 더 많은 사람이 죽어가고 고통받을 것이니 그를 살렸어도 그것은 진정한 활(活)이 아니란다. 이해할 수 있겠느냐, 활이라는 것에 대해서?"

"조금 이해할 수는 있겠는데요. 무조건 생명을 살리는 것만이 활이 아니라는 것을요."

"허허… 녀석, 보기보다 똑똑하구나."

황생은 나일의 말에 흡족한 표정을 지으며 나일의 머리를 쓰다듬었다.

"너의 금제를 해제하기 위해선 다른 사람의 혈액을 받아 너의 몸속 혈액을 밀어내어야 한다. 너의 심장 좌측에서 혈액을 밀어주어 다른 사람의 피로 우심실을 채워 넣으면서 너의 혈액을 굳게 하는 혈구들이 붙어 있는 심실을 잘라내야 한다. 아주 복잡하게 세심한 작업이 필요하지. 하지만 그것은 인간이 너의 금제를 구하는 유일한 방법이고 나는 드래곤이라는 존재, 비록 지금 그 능력이 현격히 줄어들었지만 잘 보거라. 나의 마법이라는 능력으로 그저 말로써 고쳐 주마."

퓨어즈 인디어턴 힐링(순수한 자신의 몸으로 돌아가라).

"이제 너의 몸을 괴롭히던 두통 따위는 이미 사라지고 너는 태어났을 때의 원래 몸으로 돌아왔단다. 이 사부의 말이 믿기지 않을 테지만 지금 내가 사용한 것은 마법이란 것으로 무공의 고수가 자신의 진기로써 추궁과혈(推宮過穴)하는 것과 비슷한 원리이다. 무공의 고수가 자신의 진기를 운용함으로써 상대를 치료하는 것에 비해 이것은 자연 속에 널리 퍼져 있는 마나를 변화시켜 너의 몸 전체를 기로써 정화시킨 것이란다.”

“일어나 보거라.”

나일은 자신의 몸이 많이 변화했다는 것을 깨달았다.

정신을 차린 후부터 무언가에 휩싸여 흐리멍덩했던 머리 속이 상쾌함으로 가득 찼다. 당연히 기분이 좋아 펄쩍펄쩍 뛰었고, 그런 나일을 보며 황생도 함박 웃으며 말했다.

“이것이 내가 예전에 살던 미르메다란 별에 발전했던 마법이다. 참 신기하지 않느냐? 하지만 이것을 인간이 익히기에는 이곳의 환경이 너무 조악스럽구나. 어차피 무공을 익혀 그 끝에 도달한다면 모든 것은 만류귀종(萬流歸宗), 하나로 귀일될지니 너무 부러워하지 말거라. 너는 우선 무공을 익히기 전에 활(活)을 배워야 할 것이니 앞으로 이곳에서 의서를 탐독하며 생명을 아끼는 마음, 그리고 어떤 것이 소중한가를 구분할 수 있어야 하며, 그것을 길렀을 때에야 나는 무공을 전수할 것이다.”

“예, 제자 명심하겠습니다.”

“참, 그리고 너의 이름은 기억나느냐?”

나일이 고개를 가로젓자 황생은 고개를 갸우뚱거렸다.

“지금 너는 머리 뒤의 뇌하수체에 상처를 입어 기억의 사슬이 끊어져 버렸는데 이것은 나의 의술과 마법, 모든 것을 동원해도 원래대로 복원시킬 수가 없구나. 이를 어쩌지? 지금부터 너를 그냥… 그래, 편의

상 태초부터 가장 존경받는 존재인 태양을 그린 문자 일(日)이라 부르마. 마음에 드느냐?"

황생이 나일의 본래 이름이 무엇인지 모르는 것은 아니다. 하나 알려줘 봤자 알지 못하는 기억에 대한 미련만이 남을 뿐⋯⋯. 그리하여 곰곰이 생각하다가 원래 이름인 일(一)과 같은 음인 일(日)로 이름을 지어준 것이다.

나일은 자신의 이름이 해라는 뜻을 가진 일이라 이름 짓자 뜻이 마음에 들어 사부를 보며 긍정의 고갯짓을 했다.

"그래, 이제부터는 나의 제자 일(日)이다."

그때부터 얼마나 시간이 흘렀을까. 한 이십 년? 아니, 어쩌면 그보다 더 오래 흘렀는지 모르겠다.

이곳에서 생활한 지 보름이 되어서부터 사부는 내게 본색을 드러내기 시작했다.

활이라⋯⋯.

그렇다. 사부처럼 게으른 사람의 의복을 세탁하고, 그런 사람에게 과일을 따다 바치고, 밥을 지어 먹이고, 신선의 풍모를 풍기면서도 어찌나 이가 많은지⋯⋯.

그 이를 잡아 방생하는 것, 그것도 활(活)이라 부르면 나일 역시 할 말은 없다. 그리고 차마 창피해서 말하지 않으려 했지만, 사부의 애완조(愛玩鳥) 신농과 애완구(愛玩龜) 복희가 싸놓은 똥 치우는 일과 목욕시키고 산책시키는 것도 활(活)이라 하니 처음에 순진하고 순수했던 자신도 점점 성격이 더럽게 변해가는 걸 느꼈다. 아마도 환경의 영향이리라.

의술이라…….

사부는 백약의 으뜸은 술이라고 부르짖으며 의술은 가르쳐 주지도 않고 시시때때로 갖가지의 과일을 발효시켜 술 만드는 방법만을 가르쳐 주었다. 그리고는 그것을 익숙하게 익히라는 뜻인지 자신이 담근 술을 잽싸게 퍼먹기만 하는 사부를 지켜볼 뿐이다. 술 담그는 법이 과연 의술과 관련이 있을까? 그런 자신의 불만을 아는지 모르는지 사부는 항상 이런 말을 입에 달고 있었다.

"드래곤이란 존재는 너무나 생각할 것이 많아 움직이는 시간을 아까워해 게으르게 보일 때도 있단다. 그리고 자신감의 표현으로 조금 잘난 척하는 것처럼 보일 수도 있지. 하나 드래곤의 말과 행동에는 깊은 이유가 있다."

그렇게 말하고 사부는 가끔 내가 싫은 눈빛을 보내거나 거부의 몸짓을 보낼 때면 나에게 자신이 얼마나 나를 아끼는지를 강조하며 이것도 수행의 일종이라 우기는 것이었다. 그것마저 내가 받아들이지 않으면 활(活)을 배우는 자세가 글러먹었다며 우선 사(死)부터 가르쳐 주겠다고 어울리지 않게 길길이 날뛰며 구타를 하고는 했다. 그래서 이제는 그저 제자가 아닌 하인으로 사부의 곁에 머문단 마음가짐으로 하루하루를 보내고 있다.

십오 년쯤 지났을 때, 가끔 사부가 바깥 세상을 드나드는 문을 발견하고 '드디어 이곳을 빠져나갈 수 있겠구나' 하는 벅찬 감격에 발을 들여놓은 적이 있었다. 갑자기 자신을 둘러싸고 있던 무거운 대기들이 모두 사라진 듯 훌훌 날아갈 수 있을 만큼 몸이 가볍게 느껴졌다. 하지만 정작 문에 반쯤 걸친 발은 움직이지 않고 눈앞에 보이는 것은 그저 어둠뿐이지 않은가?

그렇게 그 상태로 며칠이 지났을까?

사부가 내게 오더니 껄껄 웃었다.

"어떠냐, 몸은 날아갈 듯한데 이상하게 움직이지 않지? 하하하!"

"사부, 빨리 나를 꺼내줘요!"

몸이 굳어 있어서 어서 빨리 벗어나고 싶었다.

"우리가 생활하고 있는 이곳 공기의 무게는 바깥 세상 공기의 백 배가 넘는단다. 네가 여기 오던 그날부터 이곳의 공기는 조금씩 무거워져 지금은 천 근의 무게는 나가게 될 것이다. 그래서 너는 비록 활을 배우느라 무공을 익히지는 않았지만 지금 너의 신체는 금강불괴처럼 단단해졌고, 그래서 너의 몸은 그렇듯 가벼워져 온몸에 기운이 충만한 거란다. 하지만 네가 들어온 이 문은 나 이외에는 안에서든 밖에서든 누구도 들어오고 나갈 수 없다. 기문둔갑이란 것이지."

나일은 사부가 무엇인가를 회상하는 듯한 눈빛을 보이자 사부가 자기 자랑이라는 최면에 빠지려는 것임을 알았다. 사부와 함께 보내며 겪은 시간 동안의 경험에 비추어볼 때 사부가 저 최면에 빠지면 두 시진은 꼼짝없이 혼자서 말하고 혼자 감탄한다. 그리고 듣고 있는 자신은 아무것도 하지 못하고 통나무처럼 사부의 이야기를 듣고 있게 만드는 무서운 마법이었다.

"내가 이곳에 아버지의 부름으로 왔을 때, 그러니까 그 당시 치우천왕이라 불리던 백호(白虎 : 사신도에 나와 있는 모습은 용과 비슷하지만 온통 흰색을 띤 모습으로 대흉을 상징한다)가 신이 되려는 생각에 결국 미쳐 버려서 이 세계를 파멸로 몰고 가려던 때였단다. 그래서 내가 그를 막기 위해 미르메다에서 아버지와의 거래로 오게 됐지. 내가 치우천왕을 막기 위한 '유희'는 황제(皇帝)라는 인간이었다. 탁록(涿鹿)에서 치우천왕과 싸우게 되었을 때였다. 그때 치우천왕은 삼황(三皇)의 하나인 수인으로서 차원의 문을 열어 자신을 백호로서 규정되게 만든 그 한계를 부수어 무언가의 권능을 얻으려 했다. 그 때문에 신(神)이 이 세계에 내린 단 하나의 전능한 힘의 권위인 '니벨룽겐의 반지'라 불리우는 것을 찾아다녔다. 그리고 마침내 동해의 바다 끝 대륙에서 그 물건을 가져와 자신의 힘으로 만들 요량으로 그 반지를 끼게 되었다. 하나 신이 내린 그 반지에는 힘이 너무나 크기 때문에 그 한계를 신이 직접 규정짓거나 스스로가 자신의 한계를 규정한 존재가 반지를 끼게 되면 그 존재 자체가 자신을 파멸로 몰아넣으려는 속성이 있었다. 그 힘이 큰만큼 반지 자체에도 가공할 저주가 걸려 있었던 것이지."

"사부님, 우선 저를 꺼내주신 후 말씀하시면 안 될까요?"

나일의 간절한 부탁에도 불구하고 황생은 한 번 건 최면에 푹 빠져 나일의 말을 무시하고 회상에 젖은 듯한 모습으로 이야기를 계속해 나갔다.

"미친 치우천왕은 온 대륙을 부수며 스스로를 파멸로 몰고 갔지. 신은 인간을 보살펴야 할 그가 오히려 인간을 파멸시키는 것을 염려했다. 하나 그와 비슷한 권능을 지닌 존재들은 자신들만의 삶을 영위할 뿐 인간에 대해 관심을 가지고 있지 않았다. 그래서 나를 이곳으로 데려와 '황제'라는 인간으로 그의 파괴를 끝내달라고 부탁했다. 미친 치우천왕도 자신의 본모습을 드러내지 않고 인간의 모습으로 살육을 하고 있었거든. 한번 마주쳐 보자 그와 나의 힘은 엇비슷했지만 광기에 찬 그를 봉인하기에는 힘이 부쳤다. 그래서 나는 나와 비슷한 권능을 지닌 존재를 찾아서 힘을 모았단다. 나 혼자만으로 그를 소멸시키기에는 신이 그에게 백호라 규정 짓고 내린 힘이 너무나 엄청났기에 이미 세상을 등져 산속에서, 그리고 바다 속에서 유유자적 살고 있던 존재에게 도움을 요청했다. 그들이 치우천왕 수인과 함께 삼황이라 불리는 두 명으로 지금 이곳 무릉도원에 살고 있는 봉황(鳳凰) 신농과 현무(玄武) 복희이다. 그때 당시 현무는 광성자(廣成子)라는 이름으로 바다 속에서 은거하고 있는 것을 내가 찾아가 도움을 구했고, 봉황은 백호와 나의 싸움이 치열해져 세상이 어둠에 휩싸이자 달이라는 여신의 모습으로 나를 도왔지. 싸움이 격렬해지고 급기야 우리는 인간의 모습이 아닌 본래 우리의 모습으로 돌아가 치우천왕과 싸우게 되었으니, 셋이 자신의 모든 힘을 다 짜내어, 아니, 그가 어쩌면 그러기를 마음속에서 원했는지도 모르지. 아무튼 그를 하나의 칼 속에 봉인시킬 수 있었다. 후에 그 싸우는 모습을 본 사람들은 우리들이 각 방위를 점한 후 서방의 백호를 공격하는 우리의 모습을 사방의 바위에 그려놓았는데 그것이 사신도다. 그때 힘의 소모로 인해 복희와 신농은 자신의 본래 모습 그대로 인간의 모습을 할 수 없게 되었고, 그들의 마법 능력과 정령 부리는 능력조차 치우천왕이 가진 니벨룽겐의 반지에 흡수되어 오천 년 동안 이 모습으로 살아오게 된 것이지. 참, 그때 치우천왕을 봉인할 때 마법의 힘과 정령의 힘들을 모아서 가두었는데 그것이 둔갑의 시초가 되었고, 시간이 흘러 우왕이 치수(治水)를 할 때 구천현녀로서 유희를 즐기다 그에게 물의 정령 부리는 방법을 가르쳐 주니 그것이 기문의 유래가 되어 지금에 이르러서는 그 둘을 합쳐서 기문둔갑(奇門遁甲)이라 부른단다."

거기까지 얘기하고 나서야 사부가 이야기를 마치고 최면에서 깨려는 듯 눈빛이 정상으로 돌아오자 나일은 사부가 곧 풀어주리라 기대했다. 하지만 황생의 눈빛이 다시 회상에 젖어가더니 자신의 이야기를 꿋꿋이 다시 이어 나갔다.

"그렇지만 그때까지의 기문둔갑은 정령과의 친화력이 있는 자이거나 내가 만들어준 부적에 의한 힘으로써 발현되는 것이었지만 인간의 마음속에 정령이란 존재의 믿음이 없어지고 과학이란 문명의 발달을 추구하게 되자 어느 사이엔가 정령은 소멸되어 가기 시작했다. 그리고 지금에 와서는 완전히 사라져 버렸단다. 그래서 안타까운 마음에 나는 그 정령의 기운을 빌려 그것을 하나의 학문으로서 발전시키고 싶었고 강호에 하나의 뿌리가 되기를 바랬단다. 그래서 그것을 가지고 오래 연구하고 있던 바, 드디어 정령이 아닌 다른 것으로, 즉 돌멩이나 나뭇가지, 불, 물, 금속의 배열과 조합으로 정령을 부른 것과 같은 효과를 낼 수 있게 되었단다. 그것은 대자연의 기운을 잠시 흐트러뜨리는 것으로써 태극(太極)의 모양을 본떠서 펼쳐 보니 자연스러운 태초의 혼돈(混沌)을 야기시킬 수 있었고, 팔괘(八卦)의 변환을 본뜨니 만물의 생동하는 과정을 볼 수 있었단다. 그리고 그것을 주역(周易)의 방위(方位)와 사상(四象)과 오행(五行)에 대입시켜 보니 이는 곧 그 방위마다의 고유 지기에 의한 상충과 보완, 파괴와 변환이 퍼지게 되는 것임을 알았단다. 이것은 대개의 인간이라면 그 진 속 방위의 흐름을 꿰뚫어야만 빠져나올 수 있다. 하지만 단련이 높은 경지에 이른 소수의 인간이나 나와 같은 존재라면 스스로의 기로 상충되는 기운을 정화시켜서 빠져나오는 것도 가능하다는 것을 알게 됐단다."

황생이 말을 마쳤지만 나일은 아직도 황생의 눈빛이 여전히 회상에 빠져 있다는 것을 알아챘다.

'유우~ 언제쯤이나 끝나려나.'

경험상 저 정도의 눈빛이면 앞으로 족히 한 시진은 이야기가 지속된다는 것을 알기에 나일은 그 시간만이라도 빨리 흘러가기를 바라며 황생의 이야기를 재촉했다.

"사부님, 빨리 얘기하시죠."

"흐응… 재촉하지 마라."

황생은 자신의 말을 끊는 나일을 째려본 후 다시 자기 최면에 빨려들어갔다.

"아무튼 나는 이 방법을 강호에 전하기 위해 '유희'를 떠나기로 마음먹었다. 이 레어에서 나온 후 내가 사는 이 산을 와룡산(臥龍山)이라 이름 지었는데, 즉 용이 누워서 쉬는 곳, 나의 집이란 뜻이었다. 이 와룡산에 초가집을 짓고 살며 하늘의 기운을 살피던 중 나는 그 시대에 '유비'란 인물의 성품이 어짊을 알았다. 하지만 그가 그 시대를 풍미하는 영웅(英雄)이 될 수는 있어도 그 시대를 평정하는 절대자(絶對者)가 될 수 없음도 예감했다. 하늘이 어진 사람만을 무조건 도와주는 것은 아니었다. 그러나 그의 간곡함을 끌려 이른바 삼고초려(三顧草廬)라 불리는 그의 행동에 강호로 나와 그를 도왔단다. 그리고 봉절(奉節)의 어복포(魚腹浦)에서 돌과 시냇물, 나무와 칼, 그리고 햇불을 이용하여 유비를 쫓던 오의 육손을 혼비백산하게 만들었지. 그때 참 즐거웠었는데……."

황생은 자기 최면에 걸린 그 상태로 무엇이 웃긴지 한참을 웃어댄 후 다시 말을 이어갔다.

"그것이 바로 팔진도(八陣圖)란다. 사실 그때 사용한 방법들은 오래전 전국시대 때 귀곡자란 인물로 유희를 즐기며 생각했던 방법을 응용

또 한 번의 일생(一生)은 시작되고 147

한 것으로써 팔진도의 특징은 시간이 멈춘 듯한 느낌을 가지게 되는 것이란다. 제자야, 너는 그것이 얼마나 두렵고 무서운 것인 줄 아느냐?"

잠시 최면에서 빠져나온 듯 나일을 향해 물어오는 질문에 어서 빨리 이야기가 끝나기만을 바라는 나일은 대답하는 시간을 아끼려고 고개를 가로저었다.

황생이 그런 나일을 못마땅한 눈길로 쳐다보았다.

"흠, 인간의 정신력으로는 버티기 힘든 일일 게야. 나는 그것을 시험해 본 것이란다. 그 후 육손이 백석 가까이에도 오지 않은 것을 보면 너무나도 가공할 무학의 한 갈래가 만들어진 것이지. 하하하!"

나일은 정말 이제쯤이면 사부의 자기 최면이 깨지고 자기 자랑이 멈출 줄 알았다. 그런데 사부는 오늘 날이라도 잡았는지 나일이 궁금해하지 않는 숨겨진 이야기까지 하기 시작했다.

"언젠가 시간이 너무 안 가서 뒤늦게 역(逆)으로 펼쳐 놓은 채 신농과 바둑을 두고 있었는데 역으로 펼치기 전의 시간 사이로 나뭇꾼 하나가 들어왔던 거야. 그 나뭇꾼은 바둑을 지켜보았고, 나는 대수롭지 않게 생각했었지. 그러다 그 진을 역으로 펼쳐 놓은 것을 깨닫고 황급히 돌려보냈지만 이미 백 년의 시간이 흘러 버린 후였지. 그 나뭇꾼은 자신이 보낸 하룻밤이 어느새 백 년의 시간이 흘러 세상에 자신을 아는 사람이 아무도 없을 알고는 목을 매달려고 했단다. 나는 미안한 마음에 따라갔다가 그의 그런 모습을 보고는 구해주었고, 그에게 이 진의 묘리를 가르치며 '유희'를 했는데 그때의 내 이름이 무천대협 황생이었다. 그 나뭇꾼은 내가 가르쳐 준 재주로 인간 세상의 가난하고 천대받는 이들을 끌어모아 하오문(下午門)이라는 집단을 만들어 여생을 보냈는데… 그래, 그의 이름이 사마단이었지."

황생은 자기 자랑이라는 회상의 늪에 빠져서 나일은 안중에도 두지 않고 가만히 무언가를 생각하고 있었다. 그런 사부의 모습을 보고 이미 시간적으로 네 시진은 충분히 지났으리라 생각한 나일은 사부를 원래의 상태로 돌리기 위해 소리를 질러야만 했다.

"사부님, 정신 차리세요! 이야기 끝났으면 저 좀 풀어주세요!"

나일의 말에 정신이 들었는지 황생이 눈을 빛냈다.

"사랑하는 제자야, 오늘은 조금만 더 참아다오. 아직 끝나려면 멀었다."

그리고는 정신 차린 눈을 다시 뿌옇게 흐리며 자기 자랑 최면에 걸려들어 가면서 나일에게 말했다.

"시간을 돌리는 것은 신(神)만이 가능하지만 그 시간의 흐름을 빠르게 하거나 느리게 하는 것은 나의 능력으로도 가능한 것이다. 나는 이것을 일컬어 혼원팔진도(混元八陣圖)라 이름 지었다. 너는 지금 발이 움직여지지 않는다 여기겠지만… 그곳에서 한 달쯤 있었다면 너의 발은 일 척 정도 움직였을 게야. 그리고 지금 이곳을 중심으로 사방 십 리까지는 그것이 펼쳐진 바, 아무도 이곳으로 들어오지 못한다. 오직 너만이 인간으로서 나와 함께 이곳에 있을 수 있게 된 것이지. 하지만 걱정하지 마라. 백 년의 시간을 보낸 후 나간다 해도 인간의 시간은 고작 일 년의 시간이 흘렀을 터이니 염려하지 않아도 된다."

드디어 말이 끝났는지 사부가 기침을 하면서 나일의 몸을 사부의 레어, 즉 무릉도원 쪽으로 끌어당기고는 나일의 몸 구석구석 만졌다.

"사부, 왜 이래요, 징그럽게?"

나일이 묘한 기분에 소리치자 황생은 그런 나일의 머리를 때렸다.

아픈 진동도 한 달쯤 걸려 전달된다면 좋을 것을, 그 아픔은 그렇지 않았다.

"흠, 이만하면 너의 신체가 무하신공을 익히기에 적합하게 된 것 같구나."

황생이 나일의 몸에서 손을 떼었다.

"이 무하신공은 단전의 크기를 우선 크게 만든단다. 그 후에 일정 경지에 오르면 단전 자체를 없애고 자연의 기를 그대로 너의 몸이 이용할 수 있는 통로로 만드는 게 이 무공의 비결이다."

나일이 여전히 자신의 몸을 감추며 자신에게서 떨어지려 하자 황생은 그런 나일을 억지로 잡아 앉혔다.

"자, 이렇게 가부좌를 틀어서 앉아봐라."

황생이 시범을 보이자 나일도 마지못해 황생의 자세를 따라서 가부좌를 틀었다.

"이곳의 기(氣)의 흐름은 바깥 세상보다 더 힘차게 응축되어 있단다. 더구나 공기의 무게가 무겁고 속세의 더러움이 없기 때문에 이곳의 환경은 무공을 익히기에 매우 적합하지. 너는 오늘부터 이곳에서 기의 흐름이 느껴질 때까지 무하신공의 요결을 운용하거라."

"사부, 근데… 무공에 대해 배운 적이 없는데요."

나일의 물음에 황생은 '아직 내가 그 이야기를 안 했나' 하는 기쁜 표정을 지었다.

그 모습을 본 나일이 황생의 입이 벌어지는 것을 제지하려는 듯 먼저 말을 꺼냈다.

"오늘은 너무 늦었으니 내일 물어볼게요, 사부님. 사부님이 너무 피곤하시잖아요."

그러나 황생은 이왕 오늘 입을 많이 쓴 김에 자신의 유식을 더 자랑하려는 듯 나일에게 그럴 필요 없다는 의미로 손을 흔들었다.

"사랑하는 제자야, 이 스승의 가르침은 제자의 물음에 언제나 즉석에서 답변할 정도로 준비되어 있으니 아무 걱정 말고 앉거라. 얘기가 좀 길어질 것 같구나."

나일의 얼굴이 울상으로 변하든 말든 황생은 다시 나일에게 자신의 유식함을 드러내기로 결정했다.

그것은 스승으로서의 의무이니까.

"인간이라는 존재… 아니, 정확히 말해서 강호의 인간이란 존재는 이 세상에 존재하는 모든 무공을 크게 정(正)과 사(邪)의 두 가지 무공으로 나눴단다. 쓸데없는 짓이기는 하지만 나누기 좋아하는 인간들이 그들 나름대로의 가치로 그렇게 무공을 나눈 것이지. 정(正)은 달마가 역근세수경(易筋洗髓經)을 서쪽에서 중원의 소림사로 가지고 오면서 시작되었다. 그래서 원래 정(正)은 소림사에 그 기원을 두면서 성장한 불가(佛家)의 무술이다. 더불어 고대부터 무위자연(無爲自然)과 안빈낙도(安貧樂道)를 꿈꾸며 신선이 되는 방법을 연구한 무당과 곤륜의 도가(道家) 계통의 무술들이 시작되면서 그 세를 불려 나갔다. 그들은 자신들의 무공을 정종의 무학이라 부르며 스스로를 정파(正派)라 칭하고는 그 외의 무공을 익히는 이들을 사파라 불렀단다. 그리고 사(邪)는 정파인들이 자신들을 그렇게 부르는 것이 정파인의 우월 의식, 즉 자신들이 힘이 없어 사(邪)라 불린다고 생각했다. 그래서 언젠가 자신들이 무림의 주축이 될 날을 기다리며 그때가 되면 정(正)이 사(邪)가 되고, 사(邪)가 정(正)이 될 것이라 믿어왔다. 지금은 단지 힘이 없기 때문에 자신들을 사(邪)로 매도한 오만한 이들을 누를 날만을 기다리고 있는 것이지. 아무튼 아직 그 둘의 상황이 바뀐 적은 없고 일반적으로 구분할 때는 불가와 도가 계열의 정파 문파들은 대부분 협의(俠義)를 제일로 치고 사파라 불리는 문파들은 거의가 패력(覇力)을 숭상하니 일반적으로는 무엇을 숭상하느냐에 따라 구분하고 있다. 하나 인간이 아닌 나의 관점으로 볼 때 정파의 구분도, 사파의 구분도 옳지 않다고 여긴다. 정과 사는 불필요한 나눔이라 생각된다. 그저 그런 것은 무림인들이 자신의 편을 나누는 것뿐이라고 생각이 들지만 그 시간이 길어지면서 무공의 특성이 달라진 것은 사실이다."

무언가를 가르친다는 숭고한 의식에 휩싸여 황생의 입에서는 급기야 침을 튀기 시작했다.

"정과 사의 무공은 익히는 방법에 따라 외공과 내공으로 또다시 나뉘어진단다. 물론 이것조차도 세분화하기 좋아하는 인간들이 만든 것이지만 아주 쓸모 없지는 않다. 맨 처음의 무술은 짐승들을 의인화시켜서 그것의 행동을 흉내 내고 모방하는 데서 시작되었다. 달마가 서쪽에서 가지고 왔다던 무공조차도 말이다. 그것은 아직 강호가 이루어지지 않은 상태에서 자기 자신을 지키기 위해 일어난 자연스런 행동들이었다. 인간들은 그것에 계속 덧붙이고 변화를 주어 몸 밖에서 무기나 자신의 신체 일부분을 무기처럼 사용할 수 있도록 단련시킴으로써 무술을 완성했으니, 이들을 통틀어 외공(外功)이라 한다."

나일은 황생의 앞에서 연신 얼굴 근육을 움직여 댔다. 황생의 입에서 쉴 새 없이 쏟아지는 말과 함께 봄비 같은 촉촉한 침들이 나일의 얼굴을 덮어가서 얼굴 모공을 간질이고 있기 때문이다.

"반면에 내공(內功)은 단전호흡(丹田呼吸)이나 숨을 뱉고 쉬는 법을 일컫는 토납술(吐納術)로부터 비롯되었다. 자연의 기운을 자신의 몸 안에 쌓아 그 기운을 이용하는 방법인데 바로 정파라 불리는 이들이 사파와 구분하는 가장 오래된 특징 중 하나이지. 그렇기에 내공의 역사는 외공보다는 짧다고 할 수 있겠다. 내공이 얼마나 신비한 힘인 줄 아느냐?"

황생은 나일의 대답을 기다리지도 않고 무언가 생각에 잠긴 표정으로 하늘을 올려다봤다.

'아, 찜찜해. 빨리 좀 끝내주지.'

속으로 연신 궁시렁대면서도 나일은 더 나은 자신의 안위를 위해 최대한 궁금하다는 표정을 지어 보였다. 어차피 빨리 끝내달라고 직설적으로 이야기해도 못 들은 척하고 괜히 폭력까지 행사할 것이 뻔한지라 비굴하지만 나일이 취한 최선의 행동이었다.

"흠… 많이 궁금한가 보구나. 그럼 다시 이야기를 들려주마. 어린 시절부터 오랜 기간을 두고 토납을 반복하면 몸속에 보이지 않는 자연으로부터 받아들인 무형의 힘이 쌓이게 되고, 그 무형의 힘을 권이나 장, 또는 검에 실어 내보내는 무술을 내공이라 한다. 그 보이지 않는 힘이 어느 정도 쌓이게 되면 몸 안을 일주천(一周天)시키며 더욱 그 힘을 증폭시켜 그것이 쌓이는 속도를 증가시키게 된다. 이때 그 힘을 어떤 순서로, 어떤 혈도로 보내느냐에 따라 위력도 달라지고 내공이 쌓이는 속도도 달라지기에 각 문파에서는 다양한 내공심법을 개발하였다."

나일의 눈이 서서히 감기기 시작했다. 솔직히 나일 자신도 오늘은 오래 버티고 있다고 생각하던 차였다. 그리고 그 장면은 황생의 눈에 곧바로 포착됐다.

'어쭈, 요놈 봐. 그래 슬슬 졸 때 됐다 이거지.'

따악.

황생은 자신이 이야기하는데도 편하게 앉아서 졸기 시작하는 나일의 머리를 큼지막한 주먹을 들어 때렸다.

"졸지 마라! 사부의 가르침을 가슴속에 깊이 새겨야지."

황생의 호통 소리에 나일은 짐짓 정신 차렸다는 표정을 보이기는 했지만 아직까지도 졸린 것이 사실이었다. 그런 나일의 마음을 아는지 모르는지 황생은 다시 쉴 새 없이 입을 놀렸다.

"우선은 내공의 수련에 대해 설명하마. 내공을 익히는 데 있어서 흔히 공력이라 부르는 내공의 깊이는 시간의 흐름과 거의 비슷하게 깊어진다. 그렇기에 다른 사람의 진신내공(眞身內功)을 얻거나 영약을 복용하지 않고서는 대부분의 경우 밤낮을 가리지 않고 수련해도 고수에 이르려면 사십 세가 넘어야 가능하다. 그리고 적어도 절정의 고수가 되려면 일 갑자의 내공이 필요하기에 육십 세가 넘어야 가능하지. 물론 타고난 신력(神力)으로 외공(外功)을 쉽게 익히는 자들도 있지만 내공이 받쳐지지 않고서는 일류고수는 되어도 절정고수에 들어가기가 매우 어렵다. 이런 고수라 불리는 이들은 그 수도 적지만 대개는 특별한 곳에서 배출된다. 그곳이 바로 명문(名門)이라 불리는 곳이다. 정파 속에서도 역사가 오래되고 특별한 명성을 지닌 곳을 명문이나 명가(名家)라고 부른다. 정파의 인물들은 자신의 문파가 이 명문이라는 이름을 얻기 위해 오늘도 무공을 수련하고 있다. 그들은 대부분 도가나 불가의 갈래이거나 그 갈래에서 다시 갈라져 나와 일가를 이룬 곳으로 뛰어난 고수들을 많이 배출했다. 그리고 강호에서 명가라 이름이 붙은 곳에는 저마다 독특한 내공심법을 바탕으로 절기라 부를 만한 것들을 갖추고 있다는 사실이다. 인간이 처음 외공을 만들었듯 명가의 사람 또한 내려오는 절기를 더욱 계승, 발전시켜서 다른 누구도 그들을 존경하지 않을 수 없도록 절기로 승화시켰기에 명가의 칭호가 주어진 것이다.”

황생은 목소리를 가다듬으면서 넌지시 나일의 졸린 얼굴을 바라보았다.

'쯔쯔, 이놈이 또 졸려고 하네…….'

마음속으로 목소리의 고저를 높여서 나일이 듣기에 자장가 같은 목소리에 힘을 주었다.

'아, 깜짝이야!'

그 음색에 놀란 나일도 다시 한 번 피곤한 기색을 얼굴에서 지우며 황생의 눈에 눈동자를 맞춰 나갔다.

“…정파의 큰 뿌리를 이루는 근간이 바로 이 명가들이다. 그리고 그 명가들에 곁가지처럼 달린 군소방파의 숫자는 그 수를 헤아릴 수 없다. 그 지위의 차이 때문에 명가의 제자들은 은연중에 군소방파를 무시한다. 강호는 적자생존의 원칙이 어느 곳보다 철저히 지켜지는 곳이다. 대부분의 경우 군소방파들은 내가무공보다는 외가무공을 익히고 가르친다. 그 이유는 뛰어난 내공비급도 없고, 명문과는 달리 내력의 습득으로 고수가 되는 것보다 외공의 수련으로 고수가 되는 게 빠르다는 생각 때문에 외공을 가르치는 것이다. 이런 군소방파가 명가가 될 경우는 천 분의 일, 아니, 만 분의 일도 되지 않는다. 그리고 지금 세상에 이름을 떨치는 세가들은 바로 그 만 분지 일의 경우에서 벗어나기 위해 내공을 열심히 연구한 집단이다. 그러니 정파의 무공을 이해하려면 우선은 이름을 떨치고 있는 명가의 무공을 이해하는 편이 빠를 것이다. 내공도 단점이 있다. 곧바로 실전에서 위력을 발휘하기 위해서는 적어도 이십 년의 수련이 있어야 한다는 것이다. 그래서 명가(名家)의 경우

몇몇의 후계자에게 진신내공(眞身內功)을 전수하거나 영약을 섭취시켜 빠른 속도로 내공을 쌓게 만드는데 이것을 개정대법(開頂大法)이라 통칭한단다. 그들에게는 각 명가의 진산절기들이 교육되었고, 다른 제자들과는 달리 특별 취급을 받는단다. 명가라 하여도 그들이 아닌 다른 제자들의 경우 당연히 내공 부분에서 상당한 취약함을 드러내기 때문에 그 초식을 펼칠 때의 위력은 천양지차다. 얼마나 차이가 나는지 명가라 하여도 평범한 제자들의 경우에는 이십 년의 내공을 갖추기 전까지는 웬만큼 외공에 조예가 있는 군소방파의 제자에게 밀리기도 한다. 그런 그들이 고수의 반열에 오르는 것은 어려운 일이지만 명가의 선택받은 소수에게는 그것이 비교적 쉬운 일임은 당연한 일이다. 대부분 정파의 최정예 고수들은 그래서 명가에서도 선택받은 소수이다. 그 선택받은 소수 중에도 특출한 경지까지 연마한 고수들을 일컬어 흔히 사람들은 '삼경의 고수'라 부르고 있다. 그들은 내공의 깊이와 돈오(頓悟)의 차이에 따라서 무공 또한 차이가 있지만 삼경에만 든다면 적수를 찾기 어렵다고 하겠다."

따악!

지칠 대로 지쳐 풀려 버렸던 나일의 눈이 맞기 전과 마찬가지로 정기가 바짝 돌자 황생은 흐뭇한 표정을 지으며 말했다.

"졸고 있는 줄 알았지. 하긴 내 이야기가 얼마나 재미있는데… 그럼 계속하마."

미안한 기색도 없이 황생은 자신의 유식함을 드러내는 데 급급한 듯, 또 다른 한편으로는 스스로가 자신의 유식함에 취해서 이야기를 계속해 나갔다.

"제일경(第一境)은 초경(初境)이다. 흔히 범인을 뛰어넘어 현묘한 경지에 이르렀다는, 즉 현경(玄境)을 일컬음이지. 이 경지에 오르기 위해서는 음(陰)과 양(陽)의 조화인 월(月)과 일(日)을 화합시키고 화(火), 수(水), 목(木), 금(金), 토(土)의 오기(五氣)를 골고루 몸 안에 이루어낸 오기조원(五氣朝元)을 깨달아야 한다. 이 경지에 이르면 온몸이 무공을 시전하기에 최적의 상태로 바뀌는 환골탈태(換骨脫胎)를 경험한다. 제자야, 네가 이 현경의 경지에 오른다면 내가 만들어둔 팔진도를 뚫지는 못하겠지만 너 스스로 오기(五氣)의 흐름을 배열하여 너만의 팔진도를 만들어낼 수는 있을 것이다. 알겠느냐?"

"예, 알겠습니다"

졸리고 지루한 것을 티 내지 않으려고 나일은 목청껏 사부에게 다 이해했다는 모습을 취했다. 한마디로 잘 듣고 있으니 빨리 끝내달라는 의미이건만 황생은 여전히 눈치 채지 못한 듯했다.

"그래, 흐음… 좋은 모습이야. 간만에 제자가 대견해 보이는구나. 그럼 계속 이야기를 들려주마. 제이경(第二境)은 진경(眞境)이라 부른다. 삼경의 입문이라 할 수 있는 초경을 뛰어넘어 무(武)의 끝에 도달하였다 하여 흔히 무천(武天)이라 부르는 상태다. 현경에서 무천의 경지에 도달하는 중간 과정에는 몸에 만독이 침범하지 못하는 만독불침(萬毒不侵)이 되며, 겉으로 전혀 정기가 드러나지 않는 반박귀진(反樸歸眞)의 상태를 지나게 된다. 또한 나이가 연로한 사람이 이 경지를 통과한다면 머리가 다시 검어지고 치아가 새로 나는 반로환동(反老還童)을 경험하며 몸에서 뿜어 나오는 예기만으로 살아 있는 사람을 죽일 수 있다. 그 과정의 마지막 지점인 등봉조극(登峰造極)을 이루게 됨으로써 무천에 도달하게 된다. 이 경지, 즉 무천이 바로 인간들이 오를 수 있는 한계라 생각하는 최고점이지. 그리고 그 다음이 바로……."

"삼경(三境)이군요?"

나일이 아는 척하며 자신의 말을 자르자 황생의 입술이 바르르 떨렸다.

"사랑하는 제자야, 너는 무공에 대해 좀 아느냐? 좋다, 제삼경이 무엇이냐?"

"그것까지는 모르는데요."

나일이 고개를 가로젓자 황생이 흥분하며 나일을 구타하기 시작했다.

"이놈아, 쥐뿔도 모르는 게 어디서 감히 사부의 말을 잘라! 니가 나보다 유식해? 세상에 나보다 유식한 존재가 있으면 나와 보라 그래. 근데 감히 네가 나의 말을 자르고 내가 할 말을 해버려?"

자신이 하려는 얘기를, 즉 자신의 유식함을 드러내려는 그 순간에 끼어든 제자의 모습이 못마땅했는지 황생은 마땅히 이럴 때는 매로써 가르침을 내려야 하지만 매가 없는 관계로 주먹을 휘두르며 씩씩대며 화를 풀었다.

"잘못했어요, 다시는 말 자르지 않을게요."

나일이 겨우 싹싹 빈 후에야 황생의 교육(?)은 끝났다.

"제대로 앉아서 내 말을 경청해라."

황생의 말에 괜히 사부의 말을 맞장구치다가 장구채에 맞은 꼴이 된 나일은 지친 몸을 이끌고 자리에 앉았다.

"자, 이제 다시 이야기를 시작하는데 졸거나 내 말을 자르면 그에 대한 벌을 즉각 내릴 것이야."

나일은 맞는 것보다 사부의 기나긴, 끝없이 나오는 이야기를 듣는게 차라리 나을 거란 생각으로 절대 맞을 짓을 하지 않으리라 굳게 다짐했다.

"어디까지 했지?"

나일을 바라보며 황생이 물었지만 나일은 사부의 의도를 파악하지 못했다. 괜히 대답했다가 말을 끊었다면서 또다시 주먹을 휘두르고도 충분한 존재가 바로 황생이니… 나일은 과연 대답을 해야 하나 말아야 하나 망설였다.

나일의 그 같은 고충도 모르고 다시 한 번 황생은 나일에게 주먹으로 가르침을 내렸다.

"이 하나밖에 없는 제자야, 스승이 말하면 어디까지 이야기했는지 알아둬야 할 것 아니냐? 너 졸았지? 솔직히 얘기해 봐."

사부의 주먹에 나일은 너무 지쳐서 이제는 자신의 몸이 자신의 몸이 아닌 듯 느껴졌다.

'더 맞다가는 정말 탈진해서 죽겠구나.'

이런 생각이 눈앞에 스치자 나일은 더 이상 참지 못하고 황생의 주먹을 피해 몸을 날렸다.

"사부, 내가 삼경이라고 했다가 맞아서 그냥 조용히 들으려고만 했는데 왜 또 때리는 거예요?"

그제야 황생도 지금까지 나일이 졸지 않고 자신의 말이 어디서 끝났는지 기억하고 있음을 알았다. 하나 황생은 자신이 조금 심했다는 생각을 애써 무시했다. 오히려 나일에게 성큼 다가가서는 행패를 부렸다.

"제자야, 어디 스승이 사랑의 매를 대는데 피하느냐?"

퍽퍽! 퍽!

"윽! 사부, 제가 무조건… 잘못했어요!"

황생은 그제야 나일의 목을 감았던 팔을 풀고는 용언으로 자신 쪽으로 바람을 불게 캐스팅을 했다. 그 모습이 나일의 눈에는 바람에 흩날리는 신선처럼 보이는 풍모였다.

"마지막 제삼경(第三境)은 죽지도, 늙지도 않는 불로불사(不老不死)의 신화경(神話境)이다. 인간을 벗어나 자연과 우주만물의 법칙을 깨닫고 스스로가 하나의 우주로서 존재하게 된다는 신화경! 누구도 그 근처조차도 접근조차 하지 못했기에 무수한 상상만이 가득한 세계. 나마저도 말이다. 흔히 반무(反無)라 부르는 이 경지에 도달하면 혹자는 다시 아무것도 없는 상태로 돌아간다고 한다. 하지만 그것을 실제로 경험해 본 사람, 아니, 존재는 없다. 인간을 떠난 나와 같은 존재들마저도 말이다. 그리고 내가 너에게서 볼 수 있기를 바라는 그 경지가 바로 반무이다."

황생은 알았다는 몸짓으로 고개를 끄덕이는 나일을 보며 과연 자신이 가르친 것들이 나일의 머리 속에 들어 있는지를 알아보기 위해 질문했다.

"두 번째 경지가 뭐라고?"

"그러니까……."

우물쭈물거리며 예상치 못한 자신의 질문에 당황하는 제자를 교육시키려는 목적으로 황생의 손이 나일의 뒤통수를 향해가려는 찰나 나일이 입을 열었다.

"무천이요!"

황생은 겨우 생각해 낸 듯 간신히 가슴을 쓸어 내리는 나일을 보며 탐탁지 않았지만 이렇게 졸지 않고 듣고 있는 것만으로도 평상시의 나일이 아니라는 생각에 나일의 뒤통수를 향하던 손을 거둬들이며 좀 더 쉬운 질문을 던졌다.

"내가 예전에 강호를 유람할 때 쓰던 별호가 뭐라고?"

'무슨 무 자랑 대협이란 글자는 생각나는데… 그게 뭐더라?'

황생은 한참 기억의 창고를 짜내는 나일을 보며 설마 하니 그걸 모르겠는가 하며 느긋한 마음으로 기다렸다.

'지긋지긋하도록 얘기했으니 그 정도는 기억하고 있겠지.'

이것은 자신이 말하면 어김없이 졸던 나일을 기억 못한 황생만의 착각이었다.

"제자야, 모르겠느냐?"

"무……."

"그래, 무 뭐……?"

"무… 대협!"

"뭐라고?"

"무… 대협이요."

무와 대협 사이의 기억나지 않는 단어를 대충 얼버무리는 나일이었다.

"제자야, 정확하게 발음해라. 한 번만 더 그 따위 소리 내면 죽을 줄 알아라."

황생은 자신의 애간장을 녹일 듯이 중얼거리는 나일의 말투가 마음에 들지 않아 소리를 버럭 질렀다.

'제길, 사부가 눈치 챘구나. 에이, 틀려도 맞고 이렇게 얼버무려도 맞는 거 찍어야겠다.'

나일은 속으로 그렇게 결정하자 오히려 마음이 편해졌다.

"무공 대협!"

딱!

"무지 대협!"

딱딱!

"무림 대협!"

딱딱딱!

"무명 대협!"

퍽퍽! 퍼버벅! 꽈쾅! 쿵더쿵!

나일이 앉았던 자리에 한바탕 주먹이 날아들었다. 스승의 명호조차 제대로 기억하지 못한 나일을 징계하는 의미로 황생이 몸을 날려 나일을 구타하기 시작한 것이다.

"헉헉! 좋다, 다시 한 번 묻자. 내 별호가 뭐라고?"

'우씨, 강호로 유희를 나갔던 이름이 얼마나 많은데 비슷하게나마 기억했으면 된 거 아니야?'

속으로 이런 말들을 되뇌였지만 밖으로 나오지는 않았다.

'아, 맞다. 사부는 용이잖아!'

"무룡 대협!"

다시 한 번 황생의 손길에 몸을 맡긴 나일이 정신을 차리자 황생이 질렸다는 표정으로 자신이 꺼낸 질문의 답을 들려주었다.

"똑똑히 들어둬라. 바로 무. 천. 대. 협. 이다."

황생은 나일의 귓가에 내공을 실어 한 글자 한 글자 또박또박 들려주었다.

'내가 저놈에게 또 질문을 하나 봐라.'

그래도 아직 자신의 유식을 충분히 과시하지 못한 것에 미련이 남았던지 황생은 다시 나일을 끓어앉히고는 주저리주저리 입을 열었다.

"자, 그럼 이번에는 사파의 무공에 대해 이야기를 들려주마. 사파는 달마가 전래한 무공 대신 중원에서 자연스럽게 발생한 무술과 먼 옛날부터 전해 내려오는 종교적인 색채를 띤 주술과 같은 것에서 전래되어 왔다. 그렇기에 토납의 방법에 있어서 정파와는 다른 방법이 될 수밖에 없었지. 대부분 사파의 경우 녹림(綠林)이나 살수 단체 등 무공을 익히는 인물들의 숫자는 정파보다 오히려 많다. 그러나 대부분이 역사가 짧다. 그들의 경우 내공의 심득이 정파보다 떨어지므로 그것을 만회하기 위해 경험적인 측면, 즉 실전을 중시한다. 그렇기에 경험을 통해서 무공 성장을 이룩하는 데 중점을 두는 한편 새로운 신무기와 목숨을 건 괴이무쌍한 초식들을 개발하는 데 온 힘을 쏟고 있다. 이를테면 사파는 본신의 힘보다는 그 외의 것에서 능력을 보충하여 위력을 발휘한다."

그러다가 황생은 갑자기 나일을 쳐다보며 툭 던지듯 물었다.

"혹시 마교라는 이름을 들어본 적이 있느냐?"

도리도리.

하기사 기억을 모두 잃어버린 나일이 마교라는 이름을 들어본 적이 있을 리가 없었다.

"흐음… 사파 안에서도 완전히 다른 길을 가고 있는 방파가 하나가 있다. 그들은 자신들만의 대단히 높은 경지에 무공을 완성했는데 그들을 무림인들은 마교(魔敎)라 부른다. 사실 마교라는 이름은 정파가 부르는 한 종교 단체를 의미한다. 그 단체는 천마교, 태평교, 백련교, 명교, 아수라교 등 명칭만 바뀌었을 뿐 교의 시조를 치우천왕 천마, 또는 백호이자 삼황오제 중의 하나인 수인이라는 인물을 모시는 집단을 통칭한다. 이 마교라는 집단엔 머리가 좋은 이들이 많았고, 오랜 역사와 전통에 따라 각종 내가심법이 개발하는 데 부단한 노력을 기울였다. 하나 아직까지도 천마가 남긴 천마경을 뛰어넘는 심득을 남긴 이는 아직 없다. 그래서 결국 그들은 무공을 익힐 때 치우천왕 천마가 남긴 속성으로 내공을 쌓는 기술 중에서 가장 빠른 성취도를 이룰 수 있는 역천대법(逆天大法)을 기본으로 한다. 운기조식을 할 때 내공을 몸에서 자연의 흐름대로가 아닌, 일주천시키는 방향을 반대로 한다면 대단히 속성으로 내공을 쌓게 된다는 것을 치우천왕은 깨달았던 것이다. 그리고 그는 미치기 전에 천마경이라는 것을 만들고 그 안에 적었는데 마교는 이 역천대법을 기반으로 수많은 고수들을 배출했다. 세월이 흐르면서 역천대법을 응용한 많은 내공심법들이 개발되었고, 그에 따른 패도적인 많은 무공들이 개발되어 정파와 마교의 다툼 속에 쓰여졌지. 정파의 뿌리가 명문이라고 한다면 사파의 전부를 마교라 해도 과언은 아닐 것이다. 크윽……."

거기까지 얘기하고 나서야 황생은 자신이 지금 얼마나 오랫동안 얘기하고 있었는가를 깨달았다. 말을 많이 해서 목이 컬컬해져 온 것이다.

"사랑하는 제자야."

"예, 존경하는 사부님."

자신의 말에 까불지 않고 대답하는 나일을 흐뭇하게 바라본 황생은 헛기침을 두어 번 한 후 물었다.

"내 이야기가 재미있지?"

'우씨, 재미는 무슨 개뿔이나 재미, 맞지 않으려고 듣는 거지.'

사실을 얘기했다가는 돌아오는 것이 뻔한지라 나일은 늘 하던 방법을 취했다.

"사부님의 말씀은 재밌고, 언제나 그렇듯이 저에게 금과옥조(金科玉條)가 됩니다."

"흠, 그렇지. 그 재미있는 얘기를 계속하고 싶은데 목이 좀 컬컬하네?"

'홍! 난 또 뭐라고. 목마르시다 이거지?'

"그렇다면 제자가 빨리 물을 떠오도록 허락해 주십시오."

"흐음, 그래. 그렇게 하거라."

'역시 때려야 빠릇빠릇 눈치도 빨라진단 말이야?'

쏜살같이 먹을 물을 대령한 나일이 다시 자리에 앉자 황생은 고개를 끄덕이며 하던 얘기를 마저 이었다. 나일도 오늘은 된통 걸린 날이라고 생각한 듯 모든 것을 체념한 표정으로 다시 바닥에 주저앉았다.

"마교의 내공심법이 속성으로 내공을 쌓는 데 좋지만 그만큼 주화입마(走火入魔)에 걸리기 쉽다. 이것은 당연한 일이다. 위험을 감수함으로써 얻게 되는 반사 이익이지. '내공을 빠르게 쌓아 빨리 고수가 된다'라는 생각은 엄청난 유혹이다. 게다가 주화입마를 피해 내공을 쌓았더라도 마교의 무공에는 사람을 난폭하게 만드는 마기가 서려 있다. 그래서 초절정 이상의 고수들은 마교의 무공을 한눈에 알아볼 수 있다. 이것은 폭공(爆功)의 위험으로까지 문제가 이어진다. 이렇게 위험을 무릅쓰고 내공을 높인다 해도 마교의 무공은 몸속의 기를 역으로 일주천시키는 방법을 기본으로 해 자연과 인체의 조화가 깨지기 때문에 결국에는 몸이 늙어 내공을 통제할 수 없는 정도가 되거나 싸움에서 목숨을 위협받을 정도의 상처를 입게 되면 정파의 내공일 경우에는 진기가 자신의 몸을 보호하려는 데 반해 마교의 진기는 시전자의 몸을 빠져나가려 한다. 통제가 불가능해졌을 때에야 자연과 조화를 이루려고 하는 것이지. 결국 몸은 형체를 알아볼 수 없게 터져 버리고 말거나 스스로 고통을 참지 못해 자결을 하게 되는 것이지. 물론 폭공이 마교인 모두에게 일어나는 것은 아니다. 마교의 내공심법을 절정 이상으로 익힌 자에게만 일어난다. 그리고 가장 큰 문제는 일정 수준 이상 무공을 쌓았을 때 강철 벽에 막힌 것처럼 무공이 더 이상 진보하지 않는다는 데에 있다. 정파인의 경우에도 현경에 들어설 때 이러한 경우를 겪게 되지만 현경의 벽이 조금씩 조금씩 시간의 흐름으로 수련에 의해 자신이 진보하는 것을 느끼며 허물 수 있는 모래 벽이라면 마교의 이것은 아무리 수련해도 앞으로 더 나아가지 않는 강철 벽과 같다. 그래서 이것을 마교의 고수들은 '암흑의 장막'이라 불렀다. 그리고 그 벽을 뚫으면 마(魔)의 정점(頂点)이라 불리는 극마지체(極魔之體)를 이룬다. 하지만 확률적으로 현경에 비해서 열 배는 어려운 일이다."

"너라면 어느 것을 익히겠느냐?"

황생이 말을 멈추고 나일을 빤히 바라보며 물어보자 아무 생각 없던 나일도 정파의 무공과 마교의 무공을 비교했다.

'빨리 고수가 되니까 마교의 무공이 좋을 듯도 한데 단점이 너무 많고, 정파의 무공은 어느 천년에 익혀 고수가 된단 말인가? 어렵다, 어려워.'

속으로 고개를 절레절레 젓다가 맨 처음 사부를 마주쳤을 때 사부가 만든 무공이 있다고 한 것에 생각이 미쳤다.

"저는 사부님께서 가르쳐 주시는 무공을 익힐 것입니다."

아마도 이보다 황생을 기쁘게 할 말은 없을 것이다.

"흠. 그래, 그래야 내 제자지."

황생은 오랜만에 나일의 뒤통수를 주먹이 아닌 손바닥으로 자애롭게 쓰다듬었다.

"매일 이러면 오죽 좋겠냐. 아무튼 운이 좋거나 끈질긴 집념으로 암흑의 장막을 걷었을 때 정파에 삼경의 경지가 있듯이 마교에서도 그들이 익히기를 염원하는 경지에 들어설 수 있다. 흔히 극마지체(極魔之體)를 이뤘다고 하는 신체를 가지는 것이지."

"사부님, 그것은 정파에서 말하는 현경과 비슷한 건가요?"

나일이 미쳤는지 황생에게 질문까지 하자 황생은 그런 나일을 놀랍다는 눈길로 바라본 후 고개를 끄덕였다.

"그렇지. 아마도 무공의 수위를 따지자면 현경과 비슷할 것이야. 아니 더 어렵게 비슷한 경지에 올랐어도 현경에 비하면 다소 손색이 있다. 왜냐하면 마교의 무공 특성상 일어나는 마기를 숨길 수는 있어도 없어지는 못한 상태이기 때문이다. 그래서 중요한 순간 마기에 의해 이성을 잃을 수 있다. 또 질문 있느냐?"

황생도 미친 척 나일에게 자애스럽게 묻자 나일이 고개를 가로저었다.

"……"

"흐흠, 그 다음이 흔히 말하는 천마(天魔)의 경지다. 마인들이 오를 수 있는 최고의 경지이지. 천마의 경지에 이르기 위해서는 우선 몸에 만독이 침범하지 못하는 만독불침(萬毒不侵)이 되어야 한다.

원래 은연중에 몸에서 뿜어 나오는 마기는 극마의 경지에서 최대가 되었다가 차츰 안으로 갈무리되어 사라지며 천마의 경지에 이르면 몸 안으로 마기가 완전히 갈무리되어 겉으로 전혀 마기가 드러나지 않고 자신의 몸속에서도 마기를 감출 수가 있다고 한다. 거기다가 스스로가 원한다면 완전히 마기를 없앨 수도 있지. 게다가 모든 마인(魔人)

이 두려워하는 폭공이 없어진다. 그래서 마(魔)가 하늘에 닿아 폭공이 사라졌다 하기에 천마지체(天魔之體)라 불린다. 이것은 정파 무천의 경지와 비교되기도 한다. 천마의 경지에 이르면 그 무한대의 마력(魔力)으로 하늘조차도 쪼갤 수 있다고 전해진다. 이것을 이룬 이가 무림사에 단 한 명 있으니, 그가 바로 마교의 시조 치우천왕이다. 마교인은 이 치우천왕이 이루었던 경지를 천마라 불렀으며, 본래의 이름인 치우천왕이라는 이름은 잊혀지고 무공의 경지인 천마라는 이름이 대신 남게 되었다. 지금에 이르러서는 천마라는 뜻이 마교인이 꿈에 그리는 무공의 경지와 마교의 시조 치우천왕을 뜻하는 두 가지 의미를 가지게 되었다. 치우천왕은 그 자신이 신이 만든 위대한 존재 백호였기에 그 뛰어남으로 천마의 경지에 오르기는 했지만 그 경지를 뛰어넘기 위해서 손대서는 안 될 '니벨룽겐의 반지'를 갖게 되었고, 결국 파멸했지."

"사부님, 그 정도의 경지에 오른 존재가 부족한 것이 뭐가 있어서 그랬나요?"

나일의 물음에 황생도 자세한 이유를 모르는듯 고개를 저었다.

"나 역시 그가 니벨룽겐의 반지를 착용한 후, 즉 미친 후에야 이곳에 왔기에 정확한 이유는 모르겠지만 추측컨대 인간의 정(情)에 관련된 것이라 여겨진다……."

나일은 고개를 흔드는 황생이 신기했다. 황생이 모르는 것도 있단 말인가?

하나 그런 것을 가지고 놀리거나 비꼬아봤자 손해 보는 것은 자신뿐이라는 것을 인지하고는 다른 곳으로 말을 돌리기 위해 쓸데없는 질문을 던졌다.

"흠, 그럼 사부님이 올랐던 무천의 경지와 천마의 경지 둘 중 어느 게 더 높나요?"

나일의 질문에 한참을 자신과 오래전 보았던 치우천왕의 무위를 비교하던 황생이 대답하기 어렵다는 듯이 고심하는 표정을 지었다.

"지금이라면 무공을 사용하여 직접적으로 겨뤘을 때 내가 치우천왕을 어렵지만 이길 수 있다."

"정말이요? 그런데 왜 그때는 떼거지로 덤벼서 겨우 이겼나요?"

퍽!

"이 녀석이 말을 해도……."

황생은 제법 길게 자신의 마음에 드는 착실한 제자 흉내를 내던 나일이었지만 결국 본색을 드러낸 말실수를 꼬투리 삼아 갈겨댔다.

"그때야 그랬지. 내가 이곳에 와서 무공이라는 것을 잘 모른 상태였을 때니까. 그렇지만 지금은 무천의 경지를 접한 상태이니 설혹 그가 살아와서 일 대 일 대결을 벌인다 해도 나에게는 무공 말고도 신에 근접한 또 다른 능력이 있기에 이길 자신이 있다. 그가 도마(道魔)의 경지에 오르지 않은 이상."

"도마의 경지는 어떤 건데요?"

"천마 다음으로 부르는 것이 도마의 경지다. 정파의 신화경과 같은 경지로서 도(道)를 이룬 마(魔)란 뜻이다. 지고무상의 도(道)로 마(魔)라 불리지만 마가 아니고, 도라 불리지만 도가 아님으로써 생사로 초월하고, 설령 신이라 할지라도 그에 거역할 수 있고, 그 자신이 또 하나의 신으로서 존재하는 새로운 세계를 만들 수 있다. 군이 표현하자면 창조경(創造境)이라 부를 수 있겠지. 이 경지에 이르면 천마지체는 아마도 신마지체(神魔之體)를 이루리라 추측된다. 그렇지만 지금에 이르러서는

마교인조차도 그 명칭을 알지 못하는데, 그 이유는 치우천왕 천마조차
도 오르지 못했던 경지이기에 마교에서도 이 경지는 잊혀진 지 오래되
었단다.

황생의 주위로는 내내 바람이 불어와 그의 머리카락과 옷깃을 적당
히 흩날려 주었고, 그 바람을 타고 자기 도취에 빠진 황생이 나일을 불
렀다.

"사랑하는 제자야, 너는 반무(反無)나 도마(道魔)의 경지를 믿느냐?
나는 인간들이 떠들어댄 그 말을 믿는단다. 많은 인간들이 말하고 믿
는다면 그것은 우주의 법칙에 따라 언젠가는 모습을 나타내는 바, 그것
은 실재하게 된다는 것이 만오천 년을 살아오면서 경험으로 느낀 점이
란다. 인간의 발전이라는 것은 무서워 하나에 끊임없이 달려들어 그것
의 신비를 벗긴다면 인간은 만 년이 흐른 후 어쩌면 자신의 한계를 좀
더 높게 잡아서 삼경을 넘는 더 뛰어나고 새로운 경지를 꿈꿀지도 모
른다."

황생은 나일이 자신을 쳐다보는 눈빛이 아직도 뚜렷함을 느꼈다.
그 모습에 나일이 자신의 말에 심취했다 여기고는 다시 말을 이어갔
다.

"노자는 도덕경의 첫 구절에 도가도(道可道) 비상도(非常道)라 하였
다. 도를 도라 하면 그것은 도가 아니라는 말이다."

황생은 노자의 이 말에 심취했는지, 아니면 제자에게 멋지게 보이려
고 그러는지 고개를 들어 눈빛을 몽롱하게 바꾸어 나일의 등 뒤편으로
고정했다.

"사실 어떤 학문이나 그것이 음악이든 글 공부든, 그리고 무공이
든 그 끝은 있지 않다. 무공을 예로 들자면 무공의 깊이가 더해지면서

막연히 사람들이 생각하는 궁극(窮極)의 경지일 뿐, 정확히 말해서 끝에 도달할 수는 없단다. 하지만 그 경지에 아직 도달한 인간이 없기에 그것을 끝이라 생각할 뿐이란다. 나는 그것을 너를 통해 더 먼 곳을 보고 싶은 것이다. 인간 스스로가 자신의 발에 건 족쇄, 한계라는 것이 너에게는 없으니 이제부터는 무공을 익혀 새로운 길을 만들며 나에게 그곳의 이야기를 해주거라.”

“사부님, 저… 그런데… 무공은 언제쯤 배우게 되나요?”

나일의 말에 황생이 얼굴을 찡그렸다.

“…무공을 내가 아직 안 가르쳤냐?”

“존경하는 사부님, 이곳에 온 지 족히 이십 년은 된 듯한데 무공의 무(武) 자도 구경을 못해봤어요.”

“그럼 지금껏 뭘 했는데?”

황생의 물음에 나일은 기가 찼다.

'그동안 사부 수발드랴, 기르는 새새끼랑 거북이새끼 뒤치다꺼리했죠' 라는 말이 목구멍까지 나왔지만 그래 봤자 돌아오는 것은 사랑의 주먹뿐인 것을⋯⋯.

“의술책도 보고 무공 서적도 간간이 봤는데 무슨 말인지 몰라 익히지는 않았습니다.”

'아뿔싸!'

나일의 말에 그동안 자신이 제자가 생겼다는 마음에 귀찮은 일만 시키고 본래의 의도인 무공 전수는 까맣게 잊고 있었다는 것을 그제야 깨달은 것이다.

“그래, 나도 네가 무공을 익히기에 적합한 마음가짐을 가졌다고 느꼈으니 내일부터 당장 무공을 가르쳐 주마.”

"정말이요? 감사합니다, 사부님."

하지만 나일의 마음속에는 어서 빨리 무공을 익혀 이 지긋지긋한 무릉도원을 빠져나가고 싶은 일념뿐이었다.

제7장
무공을 이상한 방법으로 배우다

무릉도원에서 사부가 무공을 가르쳐 주겠다고 한 지 어느덧 일 년이 흘렀다.

그동안 나일이 한 일은 황생의 말을 빌리자면 '몸의 기초를 닦는 체력 만들기'였지만 나일이 경험한 것은 '주워온 하인, 마음에 들지 않는 부분 두들겨 패서 고쳐 놓기'였다

나일은 오늘도 무릉도원 내의 연못에서 복희의 등 껍질을 닦으며 지난 일 년 동안의 일들을 돌이켜 보았다.

무공을 익히기로 한 그 역사적인 첫날, 나일은 재수없게도 사부가 아끼던 도자기를 깨뜨렸다.

당연히 이어질 구타를 기다리며 온몸을 둥글게 말려고 하는데 사부는 안면 근육을 씰룩이며 조금 떨리는 듯한 음성이었지만 분명 자애스

러운 눈빛이었다.

"괜찮다. 그럴 수도 있지. 다음부터 조심하면 되지."

사부가 어딘지 모르게 변했다는 것을 깨달았지만 지금껏 당해온 게 있기에 나일은 눈치를 볼 수밖에 없었다.

"정말 괜찮아요?"

"녀석, 그까짓 것 가지고… 허허……."

황생은 긴장이 풀린 나일을 향해 웃어 보였다.

"자, 오늘부터 무공을 배우기로 했지?"

나일은 사부의 기분이 괜찮아 보여 자신도 모르게 고개를 끄덕였다. 하나 이때 눈치 챘어야 했다. 무공을 배우는 것이 일반적인 풍월로 들었던 그런 방식이 아니라는 것을…….

"그럼 우선 무공을 익히기에 적당한 몸으로 만들어야겠다."

"저의 체질은 이미 무공을 익히기 적합하게 됐다면서요?"

나일의 말에 꿀 먹은 벙어리처럼 할 말을 찾지 못해 당황한 모습을 보이던 황생은 이내 자애스러운 웃음으로 얼버무렸다.

"허허, 그것은 기본적인 것을 말한 것이지. 지금부터 하는 체질 개선은 무공을 익힐 때 더 빨리 익힐 수 있도록 도와줄 것이다."

사부의 말에 나일은 희미한 잔상처럼 떠오르는 것이 있었던지 입가에 함박웃음을 지었다.

"그럼 벌모세수(伐毛洗髓)를 저에게 내려주시는 건가요?"

나일은 사부의 말에 당연히 자신의 몸에 사부의 내공으로 개정대법(開頂大法) 같은 것을 시술하리란 기대감에 웃었던 것이다. 그러나 곧 이어진 사부의 행동이 앞으로 일어날 악몽 같은 나날의 전주곡이라는 것은 미처 몰랐다.

"벌모세수?"

어리둥절한 표정의 사부를 보며 나일이 설명을 덧붙였다.

"개정대법 중에 벌모세수 같은 것이요. 몸을 무공 익히는 데 적합한 체질로 만들어준다고 하셨잖아요."

그제야 황생은 나일이 어떤 말도 안 되는 꿈을 꾸고 있는지 눈치 챘다.

"어, 맞아. 개정대법의 한 종류지. 암, 그렇고말고."

겸연쩍게 웃으며, 어떻게 보면 자신이 할 행동이 개정대법과 비슷하다고 자위하며 황생은 제자에게 가까이 오라는 손짓을 보냈다.

"저는 이렇게 앉아 있어야 하나요? 아니면 편한 자세로 누워 있을까요?"

나일은 최대한 이쁘게 굴어야겠다고 생각했는지 시키지도 않은 가부좌 자세로 사부의 다음 말을 기다렸다.

"편할 대로 하려무나."

이 순간까지도 황생의 어조는 그 신선 같은 풍모와 어울려 자애롭게 들렸다.

"자, 그럼 시작하겠다. 제자야, 근데 이것을 시전하는 도중에 움직이면 안 되니까 내가 너의 혈도를 점해야 하는데 괜찮겠느냐?"

'아, 사부가 개정대법을 펼칠 때 고통을 수반한다더니 내가 고통을 못 참고 비명을 지를까 봐 신경을 쓰는구나.'

"제자가 사부님의 뜻에 따르는 것은 당연한 도리이지요."

사부의 배려에 깊이 감동한 나일과 제자를 아끼는 사부와의 대화는 황생의 다음 말 한마디 이후로 더 이상 이어지지 않았다.

"자, 그럼 간다."

'감히 내가 가장 아끼는 백제의 명도공 왕인이 만든 자기를 깼단 말이지? 이놈!'

황생은 나일을 눕힌 후 혈도를 점함과 동시에 달려들어 전신을 골고루 패기 시작했다. 그동안 외부 사람을 보지 못한 지 오래되었을 텐데도 마치 매일 사람을 때려본 것처럼, 아니, 고문해 왔던 것처럼 물 흐르듯이 자연스러운 구타를 순식간에 끝낸 후 또다시 나일을 뒤로 눕힌 채 한 번 더 확실하게 나일의 온몸을 짓밟았다. 그런 후에야 황생은 나일의 막힌 혈도를 풀어줬다.

"사랑하는 제자야, 살아 있느냐?"

이미 정신이 혼미해져 실신하기 일보 직전인 나일이 어떻게 그 말에 대답할 수 있으랴.

"제자야, 대답하거라."

황생이 나일의 배를 발로 걷어차자 나일의 몸이 일 장 가까이 떴다가 땅으로 다시 떨어졌다.

"끄으응~"

잃어가던 정신이 강렬한 육체의 고통 속에 겨우 깨어났지만 나일의 입속에서는 제대로 된 비명조차 나오지 않았다.

"설마 이 정도로 죽는 건 아니겠지? 빨랑 대답해 봐."

"끄으응~"

나일의 입에서 비명 소리만 새어 나오자 황생은 그런 나일의 몸을 훑어보았다.

"자, 오늘은 첫날이고 하니 이쯤 해둘까?"

황생은 죽을 둥 살 둥 하는 나일의 몸 가까이에 손바닥을 뻗었다.

힐링 미네소타(충만한 기운이여, 회복되라)!

"엄살 그만 부리고 일어나!"

나일은 방금 전의 상황이 꿈이라고 느껴졌다.

그럴 수밖에 없는 것이, 고통이 머리 속을 가득 채웠는데 사부의 말 한마디에 온몸이 상쾌하고 맞아서 으스러졌던 몸도 원래의 상태로 되돌아가 언제 맞았냐는 듯 고통이 느껴지지 않았기 때문이다. 그렇다면 자신이 꿈이라도 꾼 것일까? 꿈이라면 너무 생생한 꿈이었다. 하나 이것은 꿈이 아니다라고 자신의 뇌가 말하고 있었다.

그래서 일단 상쾌하긴 하지만 아직도 아픈 것 같은 옆구리를 부여잡고 일어났다.

"윽, 윽!"

간신히 온몸을 일으켜 세우는 나일을 보며 황생이 피식 웃었다.

"너, 어디 아프냐?"

"사부가 방금… 어라, 하나도 안 아프네?"

나일은 순간 자신이 졸았는지에 대해 심각하게 고민하기 시작했다.

그런데 아무리 생각해도 자신이 존 것에 대한 기억은 없고, 조금씩 자신의 정신에 대한 회의만이 밀려오기 시작했다.

"사부님, 제가 졸았나요?"

겸연쩍게 웃는 나일을 보며 황생은 어처구니없다는 듯, 아니, 황당하다는 듯 웃음을 터뜨렸다.

"허허허."

그러자 나일도 무안한지라 따라 웃었다.

"하하하!"

"왜 웃느냐?"

나일이 웃는 것이 웃긴지 황생이 물었다.

"존경하는 사부님을 닮아보려고 따라 웃은 것이지요."

"이런 미친놈."

또다시 뒤통수를 향해가는 황생의 손바닥을 보며 나일은 얼른 피했다.

"어쭈?"

엉겁결에 피한 것에 대한 보복일까?

황생은 다시 나일의 혈도를 점한 후 방금 전 했던 일을 똑같이 반복했다.

힐링 미네소타!

분명 나일에게 황생이 지껄인 이 말은 축복의 언어였다.

그 죽을 것 같던 지독한 고통이 태양에 눈 녹듯 거짓말처럼 사라지니 더 이상의 축복이 어디 있겠는가?

"사부, 도대체 왜 이러시는 거예요?"

이제는 현재 자신이 겪은 일이 꿈이 아니었다는 것을 깨달았다. 그래서 나일의 입에서는 그 연유를 묻는 질문이 다급하게 흘러나왔다. 그 이유를 알아야 고쳐서 다시는 이런 고통을 당하지 않을 게 아닌가? 반면 황생은 그런 나일을 보며 신선 같은 풍모로 콧구멍에 손가락을 집어넣은 채 느긋하게 말했다.

"이게 내 방식의 개정대법이야."

"네에?"

나일이 놀란 비명을 토해냈다.

이렇게 어이없을 수가! 개정대법이라면 자신의 내공을 남의 몸속에 집어넣어 육체의 혈맥을 따라 일주천시켜 인체의 체질을 내공을 익힐 때 빠르게 익힐 수 있도록 막혀 있는 혈맥을 뚫어주든가, 금침 같은 것으로 인체의 막힌 부위를 뚫은 후 영약을 먹이거나, 영약을 달인 탕 속에 몸을 담그는 것이라고 굳게 믿고 있었는데 지금의 상황은 나일에게 구타라고 느껴질 뿐이었다.

"이게 무슨 개정대법이에요?"

"무슨 말이 그렇게 많아! 그냥 이 사부를 믿고 따르면 그것으로 충분하지."

"그래도……."

또다시 황생표 개정대법을 당할까 봐 조심스러웠지만 나일의 말속 여운에는 불만이 섞여 있는 듯했다. 그러자 다시 황생의 손가락이 들렸다.

"아닙니다! 무조건 따르겠습니다! 죽으라면 죽는 시늉이 아니라 진짜로 죽을게요."

한 번 더 당하면 육체는 멀쩡할지 몰라도 정신은 말짱할 수 없으리라 생각한 나일은 황생의 도포 자락을 잡고는 늘어졌다.

"놔라!"

"잘못했어요, 한 번만 봐주세요."

"안 놓을래?"

"차라리 죽여요!"

나일의 모습이 어쩌나 처절한지 그 모습에 황생도 손가락을 늘어뜨렸다.

"사랑하는 제자야."

"예, 존경하는 사부님."

울면서도 한순간의 틈을 보이지 않으려는 듯 재빨리 대답한 나일을 황생이 일으켜 세웠다.

"네가 알고 있는 개정대법이 이 사부의 방법과는 많이 다르지?"

'많이 다르지. 이게 개정대법이라면 누가 개정대법을 받겠나. 분명 도자기를 깨뜨려서 화풀이하는 게 뻔해.'

하나 나일은 고개만 끄덕일 뿐이었다.

"저… 개정대법 안 받으면 안 될까요?"

"요 녀석이!"

다시 주먹을 쥐는 황생을 보며 나일이 움츠러들자 황생은 그런 나일이 안쓰러웠나 보다.

"사랑하는 제자야, 많이 아팠느냐?"

'어떻게 대답해야 사부의 마음에 들까?'

나일이 황생의 눈치를 살폈다.

'한 번만 더 구타당하면 차라리 죽겠다고 할까? 아니면 눈 딱 감고 하나도 안 아프다고 할까?'

대답을 선택하는 시간이 길어진 나일의 머리를 황생이 쓰다듬었다.

"사실대로 얘기하거라."

나일은 긴 고민 끝에 교묘한 절충안을 생각해 내었다.

"조금 아프던데요. 헤헤."

그에 어울리는 비굴한 웃음까지 쌍으로 덧붙인 나일의 모습에 많이 아팠을 것이란 걸 알고 있는 황생이 웃음을 터뜨렸다.

"허허. 다행이구나, 조금 아플 뿐이라니. 다음엔 좀 더 세게 하마."

"사부, 다음… 세계……."

황생의 말에 정신적 타격을 입은 나일은 말을 더듬은 후 그 충격에 실신 일보 직전까지 갔지만 운 나쁘게도 쓰러지는 나일의 뒤통수를 황생이 허공을 격하고 끌어당기는 시늉을 하자 거짓말처럼 몸이 땅에 붙은 듯 우뚝 선 모습이 되었다.

"제자야, 정신 차리거라."

황생은 한동안 공황 상태에 빠진 나일을 다독인 후 나일이 정신을 차린 듯하자 자애스런 목소리로 말했다.

"내 지금과 같은 일을 벌인 것에는 당연히 그 이유가 있다. 너도 알다시피 세상에서, 아니, 고금을 통틀어서 나보더 더 대단한……."

이렇게 시작해서 황생은 한바탕 자기 자랑을 늘어놓기 시작해 어느새 조는 듯 보이는 나일의 뒤통수까지 후려갈긴 후에야 다시 한 번 목청을 가다듬었다.

"그러니까 결론적으로 말해서… 이 위대한 사부가 왜 이런 방법을 택했는지 아느냐?"

'그걸 내가 어떻게 알아? 알았으면 그전에 먼저 목숨을 끊었겠지.'

"혹시… 내공이나 영약이 아까워서……."

이런 말을 하면 맞을 것이라는 걸 알았지만 오늘은 나일 자신이 생각해도 많이 맞아서 그런지 생각했던 바가 그대로 입 밖으로 나와 버렸다.

"이놈!"

나일의 말에 부드러워졌던 어조는 간데없었다. 당연히 발작하듯이 주먹을 들어 올렸고, 이에 나일이 다시 실신하려 하자 황생은 다시 태도를 변화시켜 노기를 품었던 목소리를 다시 부드러운 어조로, 나일을 향해 들었던 주먹은 그대로 펴서 나일의 머리를 쓰다듬으며 헛기침을 했다.

"일반적인 개정대법은 그 한계가 있단다. 바로 인간이 만든 자신의 족쇄야."

"무슨 소리예요?"

사부가 자신의 실수를 눈감아주자, 아니, 자신이 실신하려는 모습을 보이니 화를 참자, 그것을 믿고 맞을까 봐 벌렁대던 가슴을 진정시킨 후 차분한 어조로 물었다.

"다른 사람의 내공이나 영약에 의지한 개정대법은 물론 효과는 있지만 좀 더 앞을 내다보는 사람에게는 독(毒)이 될 수 있단다."

"어째서요?"

나일이 사부가 이야기할 때 호기심을 드러내는 경우가 드문지라 황생은 왜 그렇게 되는지를 사랑하는 제자에게 들려주었다.

"내공이나 영약에 의지한 개정대법은 자신의 의지가 반영되지 못한다. 그래서 수련에 의한 심득을 얻는 데 방해가 될 수 있지. 잘못하면 덤도 되지 못할 수가 있단다."

"왜요?"

나일이 간단하게 질문을 하면 역시 황생은 세상에서 제일 유식한 존재답게 길게 대답해 주었다.

"분명 개정대법을 받으면 내공을 빨리 익힐 수 있는 효과를 보지만 무공이라는 것이 원래 뼈를 깎는 각고의 노력의 산물인데 무공을 익히기 시작하면서부터 그러한 '맛'을 알게 되면 본질적으로 아주 높은 무공 경지를 바라보는 사람에게는 한계를 초월하는 과정에 부정적인 영향을 미치는 것이다. 물론 개정대법을 받은 후 엄청난 시련을 노력으로 극복하면 될 것 아니냐고 생각하겠지만 항상 잘 닦여진 길만 다니던 말이 산길이나 논두렁 같은 곳을 가려 하겠느냐? 길이란 잘 닦여진 곳이라는 인식을 가진 말에게는 산길이나 논두렁은 길이 아닌 것이다. 그래서 그 혜택을 받지 않은 자보다 한계를 뛰어넘는 데 더 힘이 드는 것이다. 이해하겠느냐, 이 사부가 제자를 생각하는 마음을?"

나일로서는 황생의 말이 자신을 때린 것에 대한 변명으로밖에 들리지 않았지만 자신이 할 수 있는 방법이 전무한지라 수긍하는 모습을 보일 수밖에 없었다.

'죽이기야 하겠어? 그리고 다시 멀쩡해지잖아?'

황생은 나일이 수긍한 듯 보이자 자신의 달변이 설득에 성공한 것이라 여기며 한숨을 돌렸다.

사실 나일에게 말하지 않은 것이 있는데, 나일이 생각한 방법들이 인간에게는 무공을 쉽고 빠르게 높이는 유용한 방법인 것임에는 틀림없다. 그러나 그 방법을 사용하기 위해서는 나일의 말대로 아까운 영약과 자신의 내공이 소모되어야 하는데 그것들을 사용한다 하더라도 지금 나일의 몸에는 거의 도움이 되지 않을 것이다. 지금 이 방법도 보름 전에야 떠오른, 그 효용이 증명되지 않은, 임상 실험도 거치지 않은 방법이었기에 나일의 몸에 많은 도움이 되리라 생각진 않았다.

하지만 그래도 이 방법에 대한 약간의 확신은 있었다.

죽기 직전까지 맞다 보면 적어도 삶에 대한 의지를 키우는 데에는 적잖은 도움을 줄 것이라는 게 그것이다.

나일이 정신적 충격에서 벗어났을 때, 그러니까 사부가 자신의 몸을 망가뜨리고 멀쩡하게 다시 고쳐 놓는 데 이골이 나서 '그러려니' 생각하고 맞을 때쯤 됐을 때에야 사부는 웬만큼 무공을 익히기에 적합한 체질이 되었다며 본격적인 무공 수련에 들어갔다.

"자, 저쯤에 가서 서 있거라."

황생은 일단 연못 쪽으로 나일을 끌고 가서는 물에서 십 장쯤 떨어진 곳을 가리켰다.

"왜요, 사부님?"

무언가 불길한 예감이 잠깐 나일의 머리 속을 스쳐 갔다.

"가라면 가!"

왜 사부가 평소와 다른 행동을 시키면 무언가 불길한 기분이 드는걸까? 하는 생각에 나일은 잠시 망설였지만 그냥 있다가 사부의 개정대법을 당하는 것보다는 나을 것이란 생각에 무성한 잎을 자랑하는 오동나무 근처로 갔다.

"거기 말고 옆으로."

황생은 나일을 오동나무에서 벗어나 연못을 등지고 자신을 바라보는 형태로 만들었다.

"사부, 혹시 이번에는 물속에서 개정대법을 펼치려고요?"

나일은 사부가 요즘 자신이 운명을 받아들이며 '이것은 꿈이야. 조금 후에는 멀쩡하게 될 거야'라고 암시를 걸고 있다는 것을 눈치 채고 색다르게 고통을 더 증진시키는 방법으로 숨도 못 쉬게 물속에서 개정대법을 펼치려는 줄 알고 지레 겁을 먹기 시작했다.

"사부, 정말 너무한 거 아니에요? 또 어떻게 때리려구요? 그냥 하던대로 하죠?"

"좀 조용히 해라."

나일의 불평을 한 귀로 듣고 한 귀로 흘려 버리며 시끄럽다고 황생이 버럭 소리를 질렀다.

"거기 가만히 있거라. 그리고 지금부터 내가 하는 얘기를 잘 들어라."

"사부님, 무조건 제자가 잘못했습니다."

나일은 물속에서 맞는다면 그대로 숨 막혀 죽을 것이라 생각했다. 급한 마음에 나일은 무릎을 꿇으며 두 손을 모아 자신이 무얼 잘못했는지도 모른 채 우선 빌기부터 시작했다.

"나원 참, 제자야, 이 사부는 너를 사랑한단다."

'거짓말! 이게 사랑이면 미워하면 도대체 어떻게 되는 거야?'

감히 그런 말은 입 밖에 내지는 않았지만…….

"무공에 있어 삼대요소가 있지. 그게 무엇인 줄 아느냐?"

"잘 모르겠는데요."

뜬금없는 질문에도 송구스러워 어쩔 줄 모르겠다는 나일을 보며 황생은 이제 제법 나일이 눈치 파악할 줄 아는구나란 생각에 마음이 흐뭇해졌다.

"무공을 익힐 때 내공과 초식보다도 기본이 되는 세 가지를 꼽으라면 너는 무얼 꼽겠느냐?"

사부가 묻자 열심히 하는 모습을 보이는 것만이 살길이라 생각한 나일은 나름대로 머리를 굴려 대답했다.

"우선은 맷집, 그리고 사부님처럼 무공에 뛰어난 재능, 그리고 사부님을 공경하는 태도, 이 세 가지가 아닐까요? 존경합니다, 사부님."

원래 자기 칭찬에 약한 사부라는 것을 알고 부린 나일의 술수였다.

그러나 평소와는 다르게 사부가 흐뭇한 기분을 억지로 누르며 차가운 눈길로 자신을 쳐다보자 속으로 궁시렁댔다.

'아닌가? 아니면 말지 왜 저렇게 금방이라도 잡아먹을 듯 무섭게 쳐다본다냐?'

잔뜩 겁을 먹은 나일을 보며 황생은 조금 더 나일을 긴장시키기 위해 일부러 드래곤 피어(살기)를 약간 담아 말했다.

"너의 말이 아주 틀린 것은 아니지만 더욱 기초적인 것이 있는데, 그것이 바로 속도와 힘, 그리고 인내와 노력하는 마음가짐을 들 수 있다."

"네, 잘 알겠습니다."

'무슨 소리를 하는 거야? 또 나한테 무슨 짓을 하려고……. 아, 도대체 오늘 당하는 것은 무엇이란 말인가.'

무거운 마음을 억누르며 나일은 착잡한 표정으로 황생을 쳐다봤다.

"자, 오늘부터는 그 세 가지 중에 하나인 속도를 가르치겠다."

"준비 됐느냐?"

"무슨 준비요? 아직 안 됐어요."

사부의 꿍꿍이가 무엇인지 알지 못하는 나일은 시간을 벌려고 손사래를 쳤지만 황생은 그런 나일을 무시하며 자신의 손바닥을 나일을 향해 뻗었다.

"파이어 볼!"

외침과 동시에 사람 몸통만한 크기의 불덩이가 사부의 손에서 나오자 나일은 우선 살아보겠다는 마음에 물속으로 뛰어들었다.

"제자야, 이리 나오거라."

"왜요, 사부? 사부의 손에서 나온 그 불덩이에 맞으면 불타 죽는단 말이에요."

"맞을래, 나올래?"

분위기가 험악해지자 당연히 나일로서는 백기를 들고 물가로 기어 나올 수밖에 없었다.

"뒤로는 절대 가지 마라. 이것이 너에게 주는 나의 마지막 충고다."

'무슨 소리야, 제자를 불로 태워 죽이려 들면서……."

나일이 속으로 궁시렁대는 것을 모른 채 황생이 말을 이었다.

"그동안 나한테 불만이 많았지?"

"제자가 감히 어찌……."

말꼬리를 흐리며 상당한 불만을 가지고 있는 듯한 나일의 태도에 황생은 제대로 된 제자를 만들어보겠다는 의지를 불태웠다.

"이 불덩이를 피해 내 곁으로 와서 나를 때리거라."

"제가 어떻게요?"

사부가 하는 말이 진심인가 의심하면서 나일은 일단 거부해 보았다.

"이것들을 피할 수 있다면, 그래서 나한테 접근할 수 있다면 내가 고이 맞아주겠단 말이다."

"진짜요?"

진지한 사부의 말에 혹해 성급하게 내심을 드러낸 나일이 곧 이어 자신의 실수를 책망하며 입을 가렸지만 이미 황생은 그 말을 들은 후였다.

'저놈이 진짜로 불만을 가졌구나. 그래, 내가 본때를 보여주지. 불만을 가진 제자의 최후를……. 내가 이 세상에 사부의 위상을 바로 세우리라.'

"나는 드래곤이라는 맹세의 상징. 나의 권위의 힘은 내 말속에서 나오니 거짓말을 하면 내 힘이 사라진다는 것을 알고 있겠지?"

'아싸, 맞다. 사부가 그런 말을 한 적이 있는데 진짜인 것 같구나. 이 기회에 한번 복수(?)를 해봐? 그래, 죽더라도 도전해 보는 거야. 그리고 방금 그 불덩이 정도는 재빨리 옆으로 구르며 피한 후 달려들면 쉽게 돌파할 수 있어.'

나일이 마음속으로 비장한 각오를 다질 때 사부의 목소리가 들려왔다.

"자, 그럼 시작하겠다."

"예, 알겠습니다."

"좋든 싫든 성공할 때까지 계속해야 될 거야."

'금방 끝내 드리겠습니다.'

나일의 이런 생각을 하는 동시에 황생이 손바닥을 펼쳤다.

"자, 간다! 파이어 볼!"

세상에나! 이번에 나일을 향해 날아든 불덩이는 그 숫자를 헤아릴 수 없을 만큼 많았고, 그 범위 또한 나일을 중심으로 삼 장을 다 덮었다. 화염덩어리를 피해서 가는 것은 고사하고 도저히 움직일 엄두도 나지 않았다.

'살.려.줘.요!'

절박하게 나일이 황생을 보며 구원해 달라는 눈길을 순간적으로 보냈지만 황생은 못 본 척 묵묵히 그 화염덩어리를 맞고 온몸이 불덩어리가 되어가는 나일에게 계속적으로 화염덩어리들을 선물했다.

펑! 펑! 펑! 퍼퍼펑! 풍덩!

자의에 의해서가 아니라 이번에는 타의에 의해서 연못에 빠진 나일이 다시금 연못가로 올라서자 한밤 유성우(流星雨)를 연상시키는 많은 화염들이 다시 나일을 향해 날아들었고, 나일은 화염을 맞으며 연못으로 나가떨어지는 중간에 기절하고 말았다.

"복희야, 그놈을 꺼내와라."

황생은 끔찍한 장면을 생생히 목격한 애완구 복희에게 나일을 꺼내올 것을 명령했다.

복희가 꺼내온 나일의 온몸은 화염 자국으로 덮여 있었다.

그 모습이 통쾌한지 황생은 그런 나일의 뺨을 때려 정신을 차리게 하면서도 회복 마법을 사용하지 않고 나일이 고통 속에 신음하도록 내버려 두면서 그 장면을 즐겼다.

나일은 정신이 든 후 머리를 굴려대기 시작했다.

'도대체 이 사태를 어떻게 해결한단 말이냐?'

암만 미워도 자신을 때린 후에는 회복 마법을 즉시 걸어주곤 하던 사부였는데…….

'우씨, 더럽게 아프네. 완전히 통구이 되는 줄 알았다니까. 그나마 연못 물이 시원해서 다행이지 맘대로 맞아준다고 했을 때부터 예상했어야 하는데. 그렇다면 계획을 전면 수정해야겠다. 가만, 그래, 그렇게 하면 되겠구나. 살을 주고 뼈를 깎는다. 이 방법이라면 더 이상 통구이는 되지 않겠지.'

나일은 자신의 천재적인 머리에 감탄한 후 고통에 신음하며 더 이상 당하지 않겠다 결심하고 일찌감치 잠자리에 들었다.

나일은 방에서 거동해 본 후 분명 사부가 회복 마법을 걸어주지 않았는데도 자신의 몸이 상처를 자연 치유해 가는 속도가 빨라진 것에 경악을 금치 못했다.

'젠장, 며칠 누워 있으려고 했더니. 이게 사람 몸이야? 금방 나았잖아?'

제자의 몸 상태를 확인한 사부에 의해 나일은 울며 겨자 먹기로 그 다음날 다시 연못가에서 황생이 던지는 화염구를 피해야만 하는 시간을 갖게 됐다.

"존경하는 사부님, 제자가 할 말이 있습니다."

"그래, 말해 보아라."

"제자가 하루 누워 있는 동안 사부님께 공양을 제대로 못한 것 같아서 정말 송구스럽습니다."

"그래서?"

사실 황생으로서도 이것 때문에 많은 갈등을 했다.

나일이 누워 있는 동안 잔심부름시킬 사람이 없어서 얼마나 불편했던가? 그렇다고 아파서 누워 있는 제자를 시킬 수도 없고, 화풀이로 때릴 수도 없어서 은근히 손이 가려운 참이었다.

"제가 아직 정상적인 몸이 아니라 자칫 사부님께서 실수하셔서 너무 강하게 가르치다가 제 몸이 그것을 감당하지 못할까 두렵습니다."

지금 나일이 한 말을 쉽게 풀어 쓰면 이런 뜻이다.

'지금 나 아프니까 적당히 하죠. 만약에 또 다치면 이번에는 꽤 오래 누워 있을 테니 그동안 사부도 꽤나 고생할 거예요' 였다.

"흑……."

자신의 약점인 천성적 게으름으로 인한 '자질구레한 일 제자에게 시키기'를 이용한 나일의 전술이었다.

"알았다. 자, 그럼 간다."

황생은 나일이 맞아도 그리 큰 상처를 입지 않도록 우선은 주먹만한 화염 열 개만을 날렸다.

"으악!"

자지러지는 이 비명은 나일의 것이었다.

목숨을 포기했는지 그전보다 훨씬 느리게 날아가는 적은 수의 화염 일곱 개를 충분히 피할 수 있었을 텐데도 나일은 몸을 일부러 던지다시피 해서 화염 모두를 자신의 몸에 적중시킨 것이다.

풍덩!

놀란 황생이 나일의 몸을 능공섭물(綾空攝物)을 일으켜 자신 쪽으로 건져 내왔다.

"제자야, 정신 차려라. 왜 피하지 않은 것이냐?"

황생이 나일에게 회복 마법을 걸려 할 때 나일이 쓰러진 채 황성의 도포 자락에 손을 대며 말했다.

"하하, 사부님, 사부님 몸에 손을 댔으니 이제 이거 안 해도 되죠? 화염은 정말 싫어……."

그 말을 끝으로 다시 나일은 정신을 잃었다.

힐링 워터페이드(몸이여, 회복하고 정상을 넘는 수분이여, 배출돼라)!

나일이 결국 성공한 방법은 이랬다.

우선 말로써 황생에게 자신을 심하게 공격하지 못하도록 압박을 준 후 날아오는 화염들을 미리 물로 적셔둔 등짝 부분으로 받아내며 위중한 상세를 입은 것처럼 연기한다. 그 후 사부가 자신을 연못에서 끌어냈을 때 사부의 몸에 손을 대는 것이었다. 나일은 아무리 머리를 짜내도 그 방법만이 지옥의 불길 같은 그 불덩어리들에게서 빠져나올 수 있는 유일한 방법이라고 생각했다.

그리고 결국 그 방법은 성공을 거두었다.

"정신이 드느냐?"

안쓰러운 모습으로 사부가 자신을 보자 죄책감이 든 나일이 고개를 수그렸다.

"그래, 다행이구나. 그렇게도 불덩이가 싫었던 게냐?"

싫은 게 불덩이 하나뿐이겠는가만은 나일은 그것 하나만이라도 피해보자는 생각으로 고개를 끄덕거렸다.

"휴우, 내가 왜 이 방법을 썼는 줄 아느냐?"

나일이 심하게 다치면 항상 '내가 왜 이 방법을 썼는 줄 아느냐' 라고 되묻는 황생에게 나일이 고개를 가로저어 보이자 황생은 나일의 머리칼을 쓰다듬으며 말했다.

"내가 전에 얘기했다시피 속도란 것을 가르쳐 주려는 것이었다. 이 속도를 빠르게 하기 위해서는 필연적으로 신법(身法)을 익혀야 하는데, 나는 자연스럽게 네가 그것을 익히게 하려던 것뿐이었단다."

'거짓말! 그것뿐이었는데 이 제자가 죽음을 각오하기까지 했겠어요?'

하마터면 이런 말을 흘릴 뻔한 나일을 보며 황생은 여전히 안타까운 표정을 지으며 혀를 찼다.

"쯔쯔쯔… 아무튼 이제는 약속대로 화염은 쓰지 않겠다. 어서 방에 가서 쉬거라."

그 다음날.

어제의 사건 후 사부가 걸어준 마법 덕분에 멀쩡해진 나일은 사건이 벌어진 연못으로 다시 추락하고 있었다. 그런 나일이 죽든지 말든지 멀리서 황생의 목소리는 어제의 일은 잊은 듯 활기가 넘쳤다.

"아이스 볼!"

덕분에 나일의 움직임이 빨라진 것은 당연한 결과였다.

어느새 나일의 기초가 제법 튼튼해졌다 여긴 황생이 오랜만에 자신의 유식을 자랑할 이론 수업을 할 요량으로 나일을 자신의 앞에 앉혔다.

"너도 웬만큼 소질이 있구나. 그럼 이제 무하신공을 익히도록 하자꾸나."

"정말이요?"

이제야 무공다운 무공을 제대로 배우겠구나 하는 생각에 나일이 되물었다.

"그렇단다. 좋으냐?"

"그럼요, 당연히 좋죠. 헤헤."

사부의 마음이 틀어질까 적이 두려운 나일이 조심스럽게 사부의 비위를 맞춰 나갔다.

"자, 전에 무공에는 외공과 내공으로 이루어져 있다고 얘기했지?"

'젠장할, 사부의 비위를 맞춰야 하는데 사부가 이야기만 하면 왜 그렇게 졸리는 건지.'

"예, 그렇사옵니다."

졸린 눈을 비비며 나일이 대답하자 황생은 그런 나일이 눈을 감지 못하게 부분 마취 마법을 걸었다.

헬싱스티온 아이즈(눈이여, 감기지 말아라)!

그런 후 드디어 그 길고 긴 자신의 기억 속의 지식들을 꺼내기 시작
했다.

"오늘은 왜 무하신공을 익혀야 하는지에 관해서 이야기해 주마. 무
공을 익힌다고 치자. 그렇지만 내공이 아무리 중요하다고 해도 이 내
공만 익혀서 고수가 될 수 있다면 무림인들이 다 방바닥이나 동굴 속
에서 내공만 쌓지 초식이란 걸 필요로 하겠느냐?"

사부의 말을 듣고 보니 맞는 얘기인지라 나일은 고개를 끄덕였다.

"네가 천하무적(天下無敵)이란 글씨를 쓴다고 치자. 우선은 붓과 종
이, 먹, 벼루 등의 문방사우(文房四友)가 있어야 글씨를 쓸 것이 아니
냐?"

"그렇죠."

당연한 물음이라 나일의 대답도 당연했다.

"무공의 기본이 되는 것은 내공이다. 문방사우를 내공이라 생각하
면 무림인들이 뛰어난 비급을 얻기 위해 죽음을 불사하는 이유가 조
금은 이해가 갈 것이다. 뛰어난 내공이 있어야만 좋은 무공을 익힐
수 있는 것이라 할 수 있지. 즉, 좋은 문방사우가 있다면 그 자체만으
로도 웬만큼 글씨를 잘 쓰는 것처럼 사람들에게 보여질 수가 있거든.
사람들은 고가의 명품이라면 사용하지 않더라도 그것을 가진 자에게
꿀려서 한 수 접어주고 들어가니까. 그런데 이 문방사우만 있다고 글
씨를 잘 쓸 수 있는가? 물론 쓸 수야 있지. 대충 지렁이 그리듯. 그렇
지만 왕희지와 같은 글씨의 대가가 되고 싶다면 붓을 잡는 연습부터

해서 기초적인 손놀림을 만들어야 한다. 그것이 바로 지금껏 내가 널 때리고 화염을 날리고, 얼음을 날렸던 이유란다. 무공을 익힌다 해도 기본 체력이 없으면 높은 경지에 오를 수 없단다. 그리고 무공의 초식이란 것은 바로 글씨의 서법(書法)으로 비유할 수 있지. 기초에서는 붓 잡는 법, 먹 가는 법을 배운 후에 붓을 들어 다른 유명한 대가의 서체를 모방하여 글씨를 쓰면서 필력을 높이고, 천부의 자질과 노력에 의해서 더 높은 경지의 글씨를 스스로 연마하여 쓸 수가 있게 되겠지. 여기서 그 붓을 쓰는 방법, 즉 서법은 무공에서의 초식으로 볼 수가 있다는 거다. 초식 얘기가 나왔으니까 들려주는 건데, 항간에 무초식(無招式)이 유초식(有招式)을 이긴다는 문구가 나왔었는데 그건 반 엉터리에 일 초의 무공도 모르는, 강호에서 입으로만 먹고 사는 사람들이 퍼뜨린 이야기다. 무초식, 즉 초식 없이 상대의 약점을 보고 대응한다는 것 또한 후발제선(後發制先)이란 초식에서 나온 것인데, 이 묘리를 터득하기 위해서는 수많은 초식을 익히고 습득한 후 초식의 빈틈을 보는 눈이 생기면서 또다시 생기는 감각적인 초식일 뿐이다. 그런데 여러 엉터리 재담가들은 그 속을 자세히 들여다보지는 않고 무초식이 최고라느니, 내공만 높으면 초식 따위는 몰라도 이긴다는 등의 헛소리를 늘어놓는데 기가 찰 노릇이지. 초식은 길이야. 그 길을 검이 가고 있는 것인데 그 검보다 빠른 지름길을 아는 것이 무초식이라 불리는 초식의 길이야. 이것은 어느 정도 경지에 이르면 저절로 알게 되는 것이니 신경 쓸 사항은 아니지. 중요한 것은 어느 하나만 죽어라고 수련해 봤자라는 얘기다. 내공과 초식, 그리고 내공이 다 떨어진 후에 빛을 발하는 기초 체력이 조화를 이루어야 한다는 것이지."

황생은 숨 쉴 틈 없이 나일에게 장황히 이야기를 늘어놓은 후 목이 컬컬한지 옆에 있는 물 한 사발을 그대로 비웠다.

"그렇다면 좋은 초식이란 어떤 것인가? 사람들이 명문세가나 명문파의 비급을 왜 이리도 탐 내는가에 대해서 우선 생각해 봐야 한다. 강호에 떠도는 하류의 무사들이 그토록 꿈에 그리는 명가의 비급(秘笈)이 과연 보통의 비급과 무엇이 다르기에 그토록 귀한 대접을 받는단 말인가? 또, 일류초식과 삼류초식의 차이점은 어디에 있는가? 먼저 그것에 대한 해답을 얘기해 주마. 물론 명가의 비급 속에는 초식뿐만 아니라 내력을 운용하는 절세의 내공 운기법 또한 수록되어 있다. 이 비급은 그 내공 운기법에 맞게 초식이 수록되어 있다. 무슨 뜻인 줄 알겠느냐?"

도리도리.

나일의 고개가 너무 쉽게 가로저어지자 황생은 한순간 나일을 쨰려보고는 긴 숨을 토해냈다.

"휴우… 하기사 금방 이해할 수 있는 성질의 것은 아니지. 좋다, 쉽게 설명하자면 초식에는 흐름이라는 것이 있다. 물론 삼류건달의 주먹질에도 흐름이 있긴 하지만 말 그대로 명문의 그것과는 격이 다르다. 삼류건달이 상대를 맞이하여 싸울 때 '현재'를 생각하며 주먹질을 한다면 명문의 초식은 '다음'을 생각하며 펼쳐진다고 이야기할 수 있다. 명문의 초식은 비급에 수록된 내공과 조화되어 엄청난 위력을 보이면서 상대가 펼친 초식에 적중하지 않더라도 다음 초식에서도 상대를 위급한 지경으로 몰아넣을 수 있게 선수를 잡아 나갈 수 있고, 그 흐름이 유연하여 시종일관 주도권을 잡고 싸움에 임할 수 있도록 한 반면 삼류초식이나 누구에게나 다 알려진 초식의 경우에는 이미 다음 초식의 흐름을 상대방이 알고 미리 대응 방안을 생각하고 있기에 그 파훼법 또한 연구된 상태일 수 있다. 이럴 경우, 일류의 초식과 삼류의 초식이 붙게 될 때 일류의 초식이 백이면 백 이길 것은 불문가지(不問可知)이다. 한마디로 요약하자면 지금 펼쳐진 초식 다음의 상황을 어떻게 만드느냐가 좋고 나쁜 초식을 구별하는 가장 간단한 방법이며, 두 번째로 초식이 일류의 것이라 할지라도 그 초식을 숙련되게 수련한 상태와 시전자의 내공에 의해서 펼쳐진 초식의 위력이 드러나게 되는데 일류의 초식일수록 깊은 내공을 요구한다. 그 이유는 평범한 초식의 경우 '횡소천군'과 비슷한 초식을 사용한다면 대략 한두 번 검을 휘두른 후 끝이 나지만 명문의 초식인 경우 '횡소천군' 식으로 검으로 휘두른다면 그 후에 제이동작, 제삼동작에서 상대의 다음 행동을 예측하거나 상대의 다음 행동을 제한함으로써 종극에는 상대가 피할 수 없도록 치밀하고 복잡한 검로의 심득을 적어놓았기 때문이다. 그렇기에 더 높은 경지에 오른 고수일수록 심득의 경지는 상상을 초월한 안배를 해놓았기에 무림인들은 보물에 대한 욕심은 참을 수 있지만 일류의 비급이라면 목숨을 내던지더라도 차지하기 위해 검을 든다. 물론 이 일류보다 더 뛰어난 엄청난 위력의 비급이 있는데, 그것은 또한 뛰어난 내공과 초식이 조화를 이루어 각골난망한 노력의 결과물로서 인세엔 드물기에 그런 경우는 논외로 치고 말이다."

황생의 목소리가 점점 높아갔다.

"…바로 내가 지금부터 너에게 전수하려는 무하신공이 바로 이 논외로 칠 수 있는 무공일 뿐만 아니라 무림 역사상 가장 강하고 유식한 존재인 바로 나, 황생이 저술한 것이다. 아마 너는 고금을 통틀어 가장 운이 좋은 제자일 것이다."

어찌나 황생의 목소리에 자부심이 깊이 깃들어 있는지 부들부들 떨려왔기에 나일은 슬금슬금 졸다가 황생의 마지막 말을 듣고는 깨어날 수밖에 없었다.

'결론은 사부 자랑이잖아?'

그날 이후로 나일은 황생에게 무하신공의 요결과 초식을 배워 나갔지만 황생이 바랬던 만큼의 뚜렷한 진전은 보이지 않았다.

그 후 한 50년쯤 지났을 때였다.

사부를 위해 살신성인(殺身成仁)의 자세로 살아가던 어느 날, 나일은 가만히 앉아서 무하신공을 운용하고 있었다.

돌연 단전에 안개 같은 것이 모여서 이슬이 맺히는 듯한 느낌에 사부에게 달려갔다.

"사부님, 제 몸속에 드디어 내기(內氣)가 모입니다!"

기뻐하는 나일을 보며 황생이 말했다.

"어린애라도 삼 년이면 할 수 있는 것을… 이 한심한 놈아, 겨우 그것 하는 데 오십 년이 걸리다니……. 에이, 이왕 온 김에 등이나 긁어라."

겉으로는 그렇게 말했지만 사실 황생은 놀랐다.

'벌써 내기를 모으다니, 이곳의 공기는 밖보다 만 배나 무거워서 바위보다도 더 응축되어 있는데 그것을 모았단 말인가? 이곳에서 오십 년 만에 내기를 모았단 말인가? 족히 백 년은 보낼 줄 알았는데…….'

신농과 복희가 황생의 애완조와 애완구로 전락한 것은 아주 오래되었다.

치우천왕 수인과의 일전 후 힘을 모두 치우천왕에게 봉인당한 후 황생과 함께 이곳에 들어와 산 직후부터 황생은 힘없는 그들을 자신의 애완 동물 취급하기 시작했다.

처음에는 기분이 더러웠지만 어쩌겠는가? 힘이 없는 것을……

더러워도 황생의 기분을 맞춰주었는데 백 년 전부터 이곳에 들어와 살기 시작한 저 황생의 제자는 자신들이 잊고 있던 희망이라는 단어를 떠올리게 해주었다.

무소불위(無所不爲)의 권력자 황생.

그에게 가끔 개기다가 맞고는 있지만 실력이 성장하는 속도가 어찌나 빠른지 신농이 보기에는 백 년 안에 저 건방지고 오만한 황생을 따라잡을 수 있을 것 같이 보였다.

이제는 저 황생의 제자 일(日)의 시대가 도래할 것이다.

그래서 결심했다.

그에게 충성을 다하자.

천룡과 백호, 그리고 현무와 어깨를 나란히 하던 때에는 신의 권능을 부여받아 세상에 두려울 것이 없던 봉황이었건만 시간의 흐름 속에 성정(性情)도 변해서, 이제는 무릉도원의 실권을 파악하고 미래의 권력자가 될 나일과 더 긴밀한 관계를 맺기 위해 애교를 부리기 시작한 것이다.

봉황은 무릉도원을 날면서 연못가를 내려다보고 있었다.

다음 세대의 권력을 휘두를, 황생의 하인이자 제자인 일(日)이 연못가에서 복희의 등 껍질을 닦아주고 있었다.

'마음도 곱지. 저 황생만큼 게으른 거북이를 매일 저렇게 목욕시켜 주니.'

봉황은 아직까지 복희에게 옛일에 대한 원망도 남아 있고, 게다가 이제는 복희마저 자신을 참새 취급하는 것이 분해서 사사건건 속으로 복희의 욕을 해댔다.

'그때 저 거북이 놈이 수인의 손에서 반지를 빼내지 않고 그냥 그대로 처음부터 봉인시키려 했으면 내가 지금 이 꼴로 있지는 않았을 텐데……. 쩝.'

봉황은 그때의 일들을 머리 속에 떠올리며 나일의 곁으로 날아갔다.

치우천왕 수인의 힘이 강하기는 했지만 그와 동급의 존재인 천룡, 봉황, 현무가 힘을 합쳤기에 본래는 탈진에 이르기는 했지만 그때만 해도 가지고 있던 능력을 상실하지는 않았었다.

니벨룽겐의 반지와 당시 페르시아에서 들어온 종교인 파교(坡敎)에서 나온 무공을 독창적으로 발전시켜 익힌 백호의 힘이 그들 개개인보다 강한 덕에 성한 곳이 없을 만큼 사투를 벌였고, 그들은 천신만고 끝에 승리를 얻었다.

그리고 백호를 제압한 후 천룡이 소멸되지 않은 백호의 영혼을 한 자루의 칼에 봉인시키려고 하나의 도형을 그리기 시작했다. 그러나 모두들 그것에 신경 쓰던 차에 현무는 백호가 손가락에 낀 반지를 보고 있었다. 그 반지가 현무의 영역인 바다 속에서 찾아낸 것이라는 소문이 퍼져 있던 터라 욕심 많은 현무가 그 반지를 빼내려고 백호의 손에서 니벨룽겐의 반지를 슬쩍 벗겨내려 할 때 재앙이 시작됐고, 다급한 현무가 비명성을 토했다.

"빨리 나를 떼어내 줘!"

반지는 마치 살아 있는 거머리같이 현무의 몸에 닿은 후에 현무의 힘을 빨아들이고 있었다.

그러나 얼떨결에 현무를 구하려고 그의 몸에 손을 댄 순간 자신의 권능도 반지 속으로 흡수되는 것이 아닌가?

다행히 천룡의 봉인 의식이 그 순간 발휘되어 자신들까지 봉인되지는 않았지만 정말 아찔한 순간이었다.

그래도 권능을 잃어버린 그 순간 이렇게 원래의 모습만이 남고 말았으니…….

그것이 거북이와 참새의 사이가 좋지 않게 된 이유였다.

복희의 생각도 신농과 같았다.

황생의 제자는 우리에게 없는 미래가 있었다.

가능성이 있다는 말이다.

황생의 말을 들어보니 황생 자신도 오르지 못한 경지에 닿을 수 있는 유일한 존재라 하니…….

그리고 저 녀석은 이 무릉도원의 작업자이다.

황생이 관리를 한다면 저 녀석은 황생이 시킨 자질구레한 일들을 모두 처리하는 실무자였다.

자신의 목욕 및 배설한 똥도 다 저 녀석의 손에 의해 치워지고 있다.

저 녀석의 기분이 나쁜 날, 사부에게 맞은 다음날 같은 경우에는 황생에게 당한 화풀이를 우리의 식량 배급 중단으로 풀기도 하기 때문에 일단은 직접적인 권력의 핵심이라 할 수 있다.

그래서 저렇게 신농이 어깨에 내려앉아 가당치 않은 애교를 부리는 것이다.

그렇지만 복희는 신농의 말대로 '눈치없고 게으른 거북이새끼'이기 때문에 귀여운 척 애교를 떠는 신농처럼 낯간지러운 짓은 도저히 못하겠다는 듯 신농을 향해 비웃음을 흘려줄 뿐이다.

잠깐 하늘을 올려보다가 문득 누군가가 그리워졌다.

그것이 자신의 가족인지, 아니면 친구인지 모르겠지만, 아니, 기억할 수 없는 신세가 되었지만 누군가와 이야기가 하고 싶어졌다.

하지만 이곳에는 자신과 이야기를 나눌 사람이 없다.

신농은 새고 복희는 거북이요 사부는 용이니…….

물론 사부는 용이지만 말을 할 수 있는 존재이긴 하다.

그러나 결코 이야기하고 싶은 상대는 아니다.

걷잡을 수 없이 밀려오는 외로움…….

그래서 나일은 땅바닥에 털썩 주저앉은 후 주위에 있던 나뭇가지를 들어 땅바닥에 글을 써 내려갔다.

마치 자기 자신에게 이야기하듯이…

기억이 날 듯하면서 언제인지 모를 저 먼 어둠 속에서 늘 짓궂은 웃음을 흘리는 자신의 모습에게…….

이곳에 온 지 얼마나 흘렀는지 모르겠다.

매일 하는 것은 똑같다.

사부의 수발, 기타 그 비슷한 것들과 무공 수련.

이곳에 오기 전 나는 과연 무엇을 하던 사람이기에 사부의 제자가 된 것일까?

아마도 죄가 많은 사람일 것이라 생각된다.

그것도 사소한 죄가 아니라 강간, 살인 같은 중범죄를 수도 없이 저지른……

그렇지 않다면 내가 이런 일을 겪을 리 없지 않은가?

나는 지금 벌을 받고 있는 것이다.

그나저나 언제쯤 무공을 다 익힐까?

언제쯤이나 사부의 마수(魔手)에서 벗어날 수 있을까?

오늘도 사부가 시킨 복희의 목욕을 위해 연못에 갔다가 잠시 시간이 나서 물놀이를 하다 사부한테 혼이 났다.

그 이유는 그야말로 하찮은 것이었다.

식사 시간이 지났는데 밥 차릴 준비도 안 한다고.

당연히 말로써 혼내는 게 아니라 주먹을 날려서 지금 내 얼굴은 부풀어 올랐다.

붓기나 빠지면 때릴 것이지, 이렇게 매일 맞으니 붓기가 빠질 생각을 않는다.

하루 빨리 무공을 익혀서 사부를 이길 수 있을 때가 왔으면 좋겠다.

그때가 되면……

나일은 잠시 주먹을 허공에다 대고 사부가 자신에게 했던 행동들을 똑같이 펼쳐 보았다.

마치 철천지 원수를 만나서 죽을 때까지 때리는 것처럼 길고도 길게 손과 발을 놀렸다.

그래도 분이 안 풀리는지 쓰러진 상대를 이리저리 차는 시늉까지 해 보였다.

그리고는 땅바닥에 다시 주저앉아 나뭇가지로 끄적였다.

딱 한 번만 이래봤으면 좋겠다.

그날이 올까?

참, 그리고 봉황이 아무래도 암놈인 것 같다.

이놈이 요사이 내 어깨 위에서만 놀려고 한다.

그렇다 보니 가끔 어깨 위에 똥도 싸곤 한다.

미치겠다, 처음엔 안 그랬는데.

요즘은 내 잘생긴 얼굴에 반했는지,

아니면 이 녀석도 나를 우습게 보고 나를 괴롭히기로 한 것인지 나한테서 떨어질 생각을 않는다.

길들여 놓아야겠다.

사부가 보지 않을 때 사부가 나에게 행했던 그 교육으로써 이놈을 길들여야겠다.

죽지 않을 만큼…….

나일이 황생의 가르침에 따라 열심히 무공 수련하기를 칠십 년쯤 되던 때, 무릉도원(武陵桃源)이라 부르는 그곳의 아침은 어김없이 밝아왔다.

봉황이 모처럼 나일의 어깨를 떠나 자신의 자태를 뽐내며 날아다니고, 게으른 현무는 그런 봉황의 모습을 연못가에서 물끄러미 바라보며 물장구칠 준비를 하고 있었다. 꽃들은 제각각의 빛깔과 향기를 나일에게 자랑했고, 나일은 그런 꽃들이 사랑스러운 듯 다듬어주고, 잘 자라게 오줌도 갈겨주며 그야말로 백여 년 동안 꾸준히 해오던 일들을—사부의 잔심부름, 새 똥과 거북이 똥 치우고 목욕시키기—한 후 무료함을 달래며 무공 연마하러 연못가에 가부좌를 틀고 앉았다.

나일은 좌망(坐忘 : 조용히 앉아 우리를 구속하는 일체를 잊어버리는 것)과 심재(心齋 : 마음을 비워서 깨끗이 하는 것)를 취함으로써 물아일체(物我一體 : 일체를 잊고 마음을 비울 때 절대 평등의 경지에 있는 도(道)가 마음에 모이게 됨)에 들려고 하였다.

머리 속으로는 사부에게 들은 구결을 암송했다.

天地一指也
천지는 한 손가락이오.
萬物一馬也
만물은 하나의 말이다.
天地與我竝生
천지와 나는 함께 생겨났다.
而萬物與我爲一
만물과 나는 하나가 된다.
…….
…無用之用
사람은 모두 유용(有用)의 용(用)만을 알고 무용(無用)의 용을 모른다.
쓸모없는 것이 도리어 크게 쓰여질 수 있으니…….
無何有之鄕

있는 것이란 아무것도 없는 것이다.

무위자연(無爲自然)의 도가 행해질 때 도래하는 생사가 없고, 시비가 없으며 지식도, 마음도, 하는 것도 없는 마음의 상태를 가져야 한다.

이제 자연과 함께 무하유의 경지에서 소요하고 피아의 대립을 떠나 만물과 하나가 되어 끝이 없는 지도가 되어야 한다.

무위의 입장에서 편안하고 고요하게, 시원하고 깨끗하게 만물과 조화된 채 유유자적해 보아야 한다.

이렇게 하면 마음이 외물에 의해 움직여지지 않고 공허해지며 따라서 마음은 자연을 따라 움직일 뿐 이쪽에서 사물을 향해가는 일이 없고 마음이 가 다다르는 데도 알지 못한다.

어느 순간인가 자연스럽게 나일을 감싸고 돌던 연기가 머리 위에서 다섯 개의 환을 그리더니 나일의 겉, 즉 몸의 때들이 벗겨지면서 온몸의 근육들이 골격에 맞춰 뒤틀리더니 다시 자리를 잡아가고… 다시 뒤틀리고… 그런 현상들이 자연스럽게 일어나는 것이 아닌가? 나일은 그 현상이 너무 신비로워서 예전에 황생에게 맞고 나서 한 번의 주문으로 멀쩡해졌던 일처럼 자신이 꿈을 꾸고 있다고 여겼다.

하나 일련의 현상들로 인해 나일은 눈을 떴을 때 지난 백 년간의 아침과는 분명히 다른, 전에 없이 상쾌한 기분으로 가득했다.

"아, 개운하다."

나일은 자신에게 일어난 일을 알지 못하고 호숫가로 가서 현무를 목욕시키려 했다.

"복희야, 이놈아. 너두 목욕을 해야 개운하지."

나일의 말에 평소에도 말을 잘 안 듣던 영물이며 나일의 전혀 사랑스럽지 않은 애완구로 전락한 현무는 나일의 변한 모습을 보고 뒷걸음 질쳐 호수의 중심으로 도망갔다.

갑자기 자신을 피해 애완구가 도망치자 오늘을 백 년에 한 번 오는 그날이라는 말도 되지 않는 이유를 붙여 애완구의 사생활을 침해하지 않으려 자신도 귀찮은 현무의 목욕을 걸렀다.

그러면서 나일은 옷을 벗고 목욕을 하려 했다.

"제길, 현무도 암컷이었나?"

호수에 손을 담가 시원한 물을 얼굴에 끼얹으려 하는데 물속에서 자신을 보는 다른 사람을 보곤 놀라서 소리쳤다.

"누구요? 사부님인가요?"

혹시 사부가 자신이 밥을 차려주지 않자 놀래키려고 변신해서 온 것인지도 모른다는 생각에 물에 비친 모습을 움켜쥐는데 그만 그 모습이 사라져 버렸다.

그런데 손을 물속에서 빼자 다시 나타났다.

어딘지 모를 익숙한 모습이라는 것.

그제야 자신의 모습과 비슷한 모습이라는 것을 느낄 수 있었다.

자신이었다.

피부가 새하얘지고 기생오라비처럼 미끈한 얼굴 피부와 날렵한 몸매를 가진 사람.

그것은 분명 지금까지의 자신과는 다른 모습이었지만 어쨌든 조금씩 뜯어보면 그것은 자신이었다.

어딘지 모르게 멋있었지만…

예전의 자신은 아니었지만…

자신의 얼굴을 꼬집는데…….

"와아~"

물 위에 비친 모습 역시 얼굴에 손을 대고 있는 것을 보면 틀림없는 자신이었다.

"나잖아?"

물속에 사람이 있는 것이 아니라 자신의 모습이 비친 것이란 걸 확인하고는 이게 무슨 일인가 하는 걱정에 사부에게 달려가는데 그제야 나일은 자신의 온몸에 기운이 예전보다 훨씬 힘차게 느껴진다는 사실을 깨달았다.

"내 그동안 만오천 년을 살아오면서… 그 축적된 지식과 경험에 의하면 정파의 무공에서 말하는 현경의 초입에 들어선 것이다. 바로 환골탈태(換骨脫胎)지."

사부 황생은 나일을 보며 마치 의원이 환자에게 병명을 알려주는 듯 이야기했다

"에이, 취약(脆弱)한 놈! 이제야 현경에 도달하다니……. 쯔쯔."

황생은 겉으로는 이렇게 이야기했지만 속으로는 자신도 놀라워하고 있었다.

이곳이 비록 공력을 쌓기에 좋은 환경과 수련하는 데 여건이 좋다지만 현경이란 최소한 2갑자—120년—의 내공이 있어야 할 뿐 아니라 깨달음을 동반해야만 오를 수 있는 경지였다.

그런데 멍청하게 보이기만 하는 나일이 깨달음을 얻었다니…….

그것도 겨우 내공을 쌓은 지 칠십 년의 수련으로 깨달음을 얻다니 놀랄 수밖에 없었다.

자신도 2갑자의 내공을 모은 후에야 겨우 깨달음을 얻었는데…….

사실 오랜 시간을 놓고 봤을 때 나일의 재능은 형편없다고 생각했다.

그렇게 형편없는 것은 아니지만 자신의 기대치에는 아주 많이 모자랐다. 그런데 잊고 있을 만하면 한 단계씩 발전하는 모습을 보이니 그때마다 흐뭇한 마음이 들었다.

황생은 대견스러운 마음을 애써 감추며 나일에게 옷을 집어 던지더니, 이왕 목욕한 것 빨래나 하라며 다시 호숫가로 내몰았다.

나일의 하루는 식사 준비에서 시작해서 빨래, 사부의 보물 창고 청소, 무공 수련을 중심으로 돌아간다. 그리고 시간이 남으면 사부한테 무공 이외의 것에 대해 가르침을 받는데, 지금까지는 의술과 도박을 배웠고 지금은 바둑을 배우고 있는 중이었다.

물론 사부가 귀찮아하는 기색이 있으면 나일은 알아서 신농이랑 두었다.

이놈의 애완조가 얼마나 머리가 좋은지 사람인 자신보다도 바둑을 잘 둔다.

한 번은 신농과 사부가 바둑 두는 것을 보았는데 호각지세(互角之勢)를 이룰 정도로 신농이 부리로 돌을 물어서 놓으며 실수하는 걸 못 봤다.

어느덧 나일도 바둑을 배운 지 육십 년이 넘은 후부터는 바둑의 깊은 맛을 알게 되었다.

물론 아직 사부한테는 물론 신농에게도 두 점을 깔고도 이기지 못하
지만……

무릉도원에 지어진 풍림정(風林亭).

이곳에는 옥으로 만든 바둑판과 조가비로 만들어진 바둑알이 항시
준비된, 이른바 바둑 전용 정자였다.

이 점 접바둑.

"사부, 이제 이기면 맞두고 둘 수 있겠네요?"

"아서라, 그건 너무 큰 꿈이다."

"그건 두고 봐야죠."

"거 말 많네. 바둑을 입으로 두냐?"

나일은 바둑판에 앉아 사부에게 인사를 하면서 신농을 향해 눈을 찡
그렸다. 그리고 황생과 마주 보고 앉아서 바둑을 두기 시작했다.

나일이 두 점을 깔고 두기는 하지만 이제 나일도 만만히 볼 상대가
아니기에 황생으로서도 예전과는 다르게 바둑판에 집중하고 있었다.

그 둘이 지금 건곤일척(乾坤一擲)의 승부를 겨루고 있는 것이다.

중반이 다 되어가면서 서서히 승부가 황생에게 미세하게 기울어가
고 있었다.

그렇지만 나일의 얼굴에는 초조함이 없었다.

피강자보(彼强自保).

상대가 강한 곳에선 내 편의 돌을 잘 보살피라는 말이다.

형세가 조금 불리하게 느껴진다고 해서 상대편 병사가 많은 곳에 마
구 뛰어들어 간다거나 내 돌에 약점이 많은데도 불구하고 싸움을 벌인

다거나 하는 것은 패국으로 가는 지름길이 될 뿐이라는 것을 알려주는 말이다.

불리할수록 참고 기다리는 자세가 필요하다. 꾹 참고 기다리다 보면 언젠가 기회는 찾아오는 법이니까.

현재 바둑이 불리해진 것은 내가 실수를 했기 때문이다.

그러나 상대도 언젠가는 실수를 할 것이다.

이것은 '손님이 실수하기를 기다리는 것'과는 다르다.

내 쪽에서 되지도 않을 수를 두면서 요행을 바라는 것은 손님의 실수를 기다리는 것이지만 불리하더라도 침착하게 정수를 두어가면서 기회를 잡는 것은 인내하는 것이다. 그리고 바둑에서는 대개 인내심이 강한 자가 이기게 되는 것이란 걸 나일도 알고 있었다.

어쩌면 오지 않을 수 있는 기회일지라도 나일은 그 기회를 기다리고 있는 것이었다.

"단수입니다."

움찔.

황생이 짐짓 무섭다는 시늉으로 몸을 떨었다.

"그래, 너는 단수다. 단순한 놈."

그런데 사부의 실수를 기다리고 있는 동안 나일은 자신이 실수한 것을 알아챘다.

착각한 것이었다.

사부가 자신의 우하귀 집으로 던진 돌은 자신의 시선을 우하귀에 묶어두려고 버린 돌인 것이었다.

'하수는 돌을 아끼고 고수는 돌을 버린다' 라는 말을 잠시 잊고서 철벽 같은 방어에만 신경을 쓴 결과였다.

'이놈아, 속았지?'

황생은 돌을 든 후 나일에게 회심의 미소를 지어 보였다.

이제 자신의 돌을 바둑판의 천원(天元) 부근에 두면 이 승부는 돌이킬 수 없게 되는 것이었다.

"자, 졌으니 술이나 준비해 둬라."

느긋하게 말하는 황생이 보지 못하게 나일은 자신의 어깨에 앉은 신농에게 한쪽 눈을 찡그렸다.

'이번에야말로 비장의 수가 있다고요. 잘 움직여라, 신농. 못하면 내일 밥은 없다.'

자신이 밥을 주는 실무자라는 것을 내세워 회유한 신농을 이용한 계책이었다.

그리고 그 순간, 그러니까 황생의 돌이 천원 부근 한 치 위에 있던 그때 나일의 어깨 위에 있던 신농이 바둑돌을 든 황생의 손을 부리로 공격했다.

"어, 신농? 왜 그래?"

부지불식간에 당한 공격이라 황생은 펄쩍 놀라며 바둑돌을 떨어뜨리고 말았다.

쨍그랑!

정말 재수없게도 황생이 떨어뜨린 바둑돌은 우상귀에 간신히 살아나갈 수 있게 만들어놓은 두 집 중 한 집을 막아버린 것이었다(바둑에서는 두 집이 나야 산다).

"하하하! 사부, 왜 자살을 하는 거예요?"

나일은 황생의 손을 공격한 후 자신의 어깨에 앉은 사랑스러운 신농의 털을 쓰다듬었다.

"야, 이놈아! 이건 반칙이야!"

"왜요?"

"이건 분명히 너의 사주를 받은 신농이 벌인 범행이잖아!"

"증거 있어요? 증인 있어요?"

나일이 오리발을 내놓자 심증은 확실하지만 물증이 없는 황생은 말발로 밀고 나가야겠다고 생각했다.

"이놈아, 좋다. 단도직입적으로 말하마. 한 수만 물러줘라. 너도 많이 그랬잖아."

"에이, 그런 게 어딨어요? 낙장불입(落張不入)이라는 말도 몰라요?"

"좋다, 그럼 네가 이겼다고 치고 술만이라도 주면 안 되냐?"

"내가 이겼는데 술을 왜 줘야 하죠?"

점점 건방져 가는 나일을 보며 불쾌해진 황생은 해서는 안 될 짓을 머리 속에 생각했다.

텔레포트 스토이닝(바둑돌아, 저리로 사라졌다 나타나라)!

"좋다. 그렇다 이거지? 나도 그럼 끝까지 두는 수밖에."

황생은 말을 마치고 나일에게 끝까지 둘 것을 종용했다.

"크크크, 세 살 먹은 어린애도 이 판은 이기겠어요."

사부를 최대한 약 올리던 나일은 다시 바둑판으로 시선을 돌렸다. 그러다가 방금 자신이 수를 써서 망가뜨린 황생의 대마는 살아나고, 자신에게는 돌이킬 수 없는 치명적인 지점에 바둑돌이 놓여 있는 것을 발견했다.

"어, 어떻게……?

넋이 빠진 나일을 보며 황생은 그런 자신의 제자를 비웃었다.

"허허허, 어서 두지 않고 뭐 하느냐? 설마 벌써 술을 가지러 간 건 아니겠지?"

"이건 반칙이에요!"

"뭐가?"

"분명히 이 바둑돌이 저쪽에 있었는데?"

말을 제대로 잇지 못하는 나일을 두고 황생은 나일이 담가둔 과두주 생각에 벌써 침을 흘리고 있었다.

나일도 사람인지라 음식물을 섭취하고 빨래를 하는 건 그렇다 쳐도 사부의 보물 창고를 청소하는 것은 정말이지 왜 하는지 이유를 몰랐다.

사부는 '보물도 닦아줘서 빛을 내야 보물이다' 라는 지론으로 삼천 년 이상 쌓아둔 보물을 십이 구역으로 나눠 한 구역당 한 달씩 그렇게 벌써 일백 회씩나 나일은 반복해서 청소하고 있었다.

아무도 구경 올 사람은 없다. 사부 자신도 기분 좋을 때나 나일이 빚 어둔 술을 먹었을 때만 찾는 황량하다면 황량한 보물 창고.

그 크기만 만 걸음에 이르는 둘레의 보물 창고가 처음에는 신기하고 아름다워 감탄을 금치 못했는데 이제는 청소만 하다 보니 보물을 만지 며 일일이 먼지를 털어주는 것도 지겹게 느껴질 정도였다.

"젠장, 오지도 않으면서 청소는 꼬박꼬박 시키고……. 에이, 잠이나 잘까?"

나일은 이내 고개를 흔들었다.

사부가 어쩌다 한 번 오는 그날이 오늘이라면… 이라는 상상을 하자 온몸에 전율이 일었다.

그 결과는 생각하기도 싫었다.

나일이 그날의 담당 구역인 무기고에서 검들을 닦을 때였다.
한참 검을 닦다가 팔이 아파서 가부좌를 틀고 앉았다.
사부 황생의 레어에서도 가장 큰 석실인 이곳에서 검을 닦느라 소진한 기운을 보충하려고 무하신공을 운기했다.
한데 운기를 하자 머리 속에서 빠져나온 기의 결정체가 자신에 머리 위에 머물지 않고 벽 속에서 밀려오는 약한 바람에 밀려가는 것이 아닌가?
'이상하다? 분명 여기는 막힌 벽인데……?'
나일은 이상하단 생각에 힘을 모아 벽을 한 대 쳤다.
쾅!
그냥 어느 정도 단단한가 확인만 하려는 것이었는데 예상외로 벽에 구멍이 뚫려 버리는 것이 아닌가? 벽이 너무도 약했던 것이었다.

황생은 '느긋이 눈 좀 붙일까' 하고는 누우려는데 자신이 마법을 걸어둔 비밀 석실에서 위급을 알리는 신호가 들려오자 정신이 퍼뜩 들었다.
의아한 마음에 자신이 그곳에 마법을 걸어둔 지 삼천 년이 지났다는 것을 기억해 내고 이유도 알아낼 겸, 오랜만에 그 비밀 석실 구경도 할 겸 나일이 청소하고 있는 무기고로 몸을 날렸다.

"우와, 치사한 사부. 진짜로 좋은 건 여기 다 모아났구나."
무너진 벽을 넘어서 작은 공간이 보이자 나일은 그곳에 발을 들여놓았다가 무기고에서 보았던 허다한 무기들보다 이곳에 있는 무기들이 보석도 더 많이 박혀 있고 무기의 빛깔도 고운 것을 알아챈 것이다.

"여어, 가운데 꽂혀 있는 이 칼은 정말 멋진데?"

공간 중앙에 돌을 뚫고 꽂혀 있는 칼을 집어 들었다.

"봉마도(封魔刀)!"

나일은 칼에 새겨진 이름을 읊으며 감탄했다.

"정말 대단한데? 봉마도라… 마(魔)를 봉한 칼이란 뜻인데… 이름은 이상하지만 칼의 모습은 대단하구나."

봉마도는 칼의 재질이 무엇으로 만들어졌는지 몰라도 불투명한 흰 색이었다.

도폭이 3척이고 도신이 2척이 넘는 장대함에 칼의 전면에 여의주 대신 손에 반지를 낀 용이 하늘로 비상하는 듯한 그림이 선명하게 그려져 있었다.

"누가 그렸을까? 마치 지금이라도 승천할 듯하구나."

그 순간 나타난 황생은 나일이 지금 자신이 가지고 있는 물건 중에서 가장 위험하고 가장 비싼 보물인 봉마도를 가지고 있는 것을 보고는 얼른 빼앗으려 했다.

"사부님 오셨습니까?"

나일도 사부가 이미 왔다는 것을 알고는 먼저 변명거리를 생각했다.

제대로 변명을 못하면 하라는 청소는 않고 어질렀다며 그 다음은……

"그러니까… 제가 어떻게 여기를 발견……."

다짜고짜 황생이 자신의 손에서 봉마도를 빼앗으려는 찰나 나일의 몸속으로 무엇인가가 들어오기 시작했다.

"사부, 뭐예요, 이거?"

"이놈아, 함부로 이 도에 손을 대면 어떡해! 빨리 손을 떼라."

"손이 안 떼어져요."

"그럼 우선 무하신공의 무하북명으로 도에서 나오는 기운들을 흡수해라. 그동안 내가 이 저주받은 봉마도를 재봉인시킬 테니."

"알았어요."

무하신공 무하북명(無瑕北溟).

세상에 모든 기운을 받아들여 나의 것으로 만든다.

"끄윽! 사부, 한계예요. 더 이상은 못 받아들인단 말이에요!"

고통을 참기 힘든지 나일의 입에서 비명이 토해져 나오기 시작했다.

"이런 한심한 제자 같으니라고. 좀만 참아봐. 다 됐다."

패럴라이즈 드 웨일블리자드(봉인된 존재여, 모든 동작을 멈추고 다시 그대로 잠 들어라)!

황생이 그 말을 끝내고는 크게 숨을 몰아쉬었다.

"휴우, 칼을 놓고 나 좀 일으켜 주거라."

힘이 모자란 듯 휘청이는 황생의 몸을 붙잡으며 나일이 물었다.

"도대체 이 칼이 무엇이길래 이런 현상이 나타나는 거예요?"

황생은 아직도 정신을 차리지 못한 듯 털썩 주저앉았다.

"이놈아, 왜 시키지도 않은 짓을 해?"

"그냥 발견한 김에 닦으려고 한 거예요."

"그 도가 무슨 도(刀)인 줄 알아?"

"모르니까 물어보죠."

모르니까 묻는다는데 무슨 말이 더 필요한가? 황생은 한숨을 내쉬며 나일의 물음에 대답해 주었다.

"휴우, 아무튼 조금만 늦어서 그놈의 봉인이 풀려 깨어나 이곳을 빠져나갔다면 생각만 해도 끔찍하다. 이 세계가 한 번 더 뒤집어져 난리가 났을 게야."

"예에……."

나일이 놀란 표정을 짓자 황생은 그 모습이 얄미워 때리려고 나일의 뒤통수를 향해 손을 뻗었지만 실행은 못하고 힘이 빠진 듯 팔을 서서히 거둬들였다.

"예전에 이야기한 적 있었지? 치우천왕 천마를 나와 신농, 복희가 봉인했다고. 그 천마의 영혼이 봉인된 장소가 바로 이 도(刀)란다. 지금 상태를 보아하니 삼천 년 동안 잊고 지냈건만 봉인해 둔 치우천왕의 힘은 이렇게 부근의 모든 기물을 삭아뜨리는구나."

황생은 주위를 둘러보며 말했다.

"그렇게 위험한 도였어요?"

나일이 봉마도의 이쪽저쪽을 살피며 황생에게 물었다.

"그럼 이 도에 그려진 용이 치우천왕인가요?"

"그렇지. 용처럼 보이지만 그것은 용이 아니라 백호라는 것이야. 이 백호는 신이 처음에 만든 세 가지 존재 중 우두머리였지만 얻을 수 없는 것에 욕심을 내어서 이렇게 된 것이야."

황생의 말에 나일이 불안한 듯 흠칫 손을 떨었다.

"사부, 근데 이렇게 하면 이 도는 안전한 거죠?"

"아마 한 1,000년간은 안전할 텐데… 왜?"

"저… 이 도 저 주세요."

따악!

안전하다는 말에 칼의 겉모습이 너무나 마음에 들어 나일은 맞을 것을 알면서도 떼를 썼다.

"왜 때려요?"

"안 돼, 그게 얼마나 위험한 건데."

"사부가 직접 봉인했으니 안전할 것 아니에요."

"그래도 안 돼."

혹시 모를 위험을 생각하며 황생은 결단코 주지 않으려 했지만 그 이유는 다른 데 있었다.

'이 검이 얼마나 비싼 건데……. 이건 미스릴이라는 황금보다 백배나 비싼 광석으로 만든 거란 말야.'

"여기 깔린 게 보물인데 이까짓 것 사랑하는 제자 주면 안 돼요?"

"그래, 여기 깔린 게 보물이니까 다른 보물을 주마. 그건 놔라."

"싫어요."

황생은 주변에 널브러져 있는 검을 들어 보였다.

"이게 바로 장인 구야자가 만든 절세보검이다. 그 유명한 전설의 용천검(龍泉劍)이야. 들어는 봤지?"

황생은 용천검을 휘둘러 곁에 있던 다른 검날을 쳤다.

챙!

오히려 용천검의 검날이 나가 버리자 나일은 사부가 자신한테 가짜를 주려 한다고 여기고 소리쳤다.

"뭐예요? 그게 전설의 용천검이면 다른 검의 날을 잘랐어야지 왜 지가 잘라져요?"

"에구……."

황생도 왜 그런가 하고 용천검으로 내려쳤던 검을 들여다 봤다.

"이건 무생검(無生劍)이잖아?"

"무생검이 뭔데요?"

"그러니까 이 검이 바로 연금술의 모든 것을 조합해서 내가 귀곡자란 인물로 '유희'를 즐길 때 만든 건데… 이 속에 내 뼈가 들어 있다."

황생이 무생검을 또 다른 검에 대고 휘두르자 다른 검이 박살났다

"봤지? 그럼 그렇지, 이게 어떤 건데. 자, 제자야, 이것 줄게 그것 내려놔라."

"싫어요. 뭔가 사기성이 짙어."

"이놈, 그건 위험한 물건이야. 그냥 이것 가져라. 이것보다 날카로운 검은 세상에 없어."

"싫어요. 난 검(劍)보다는 도(刀)가 좋아요. 특히 이 도(刀)가 마음에 들어요. 대신 이것 주면 삼 일 동안 매일 다른 반찬으로 식사 준비 할게요. 과두주 매일 한 잔 반이랑."

"진짜냐?"

황생은 어차피 봉인이 되어 있으니 천 년간은 안전하리라 생각하며 그만 싸움을 끝내기 위해 협상에 들어갔다.

저 도를 들고는 이곳을 나갈 수 없도록 심혈를 기울여 혼원팔진도를 펼쳐 놓았으니 결코 자신의 손 안에서 벗어나 다른 곳으로 갈 수 없는 도라는 데 생각이 미친 것이다.

"과두주 매일 한 병."

"우씨~"

나일은 이미 그것까지 계산에 두었던 터라 겉으로는 싫은 척했지만 속으로는 기뻐하며 봉마도를 쓰다듬었다.

"좋아요. 이제 이거 내 거예요."

환골탈태를 경험하고 삼십 년여가 흐른 후 나일은 아침부터 사부와 무공을 겨뤘다.

사부는 무생검으로, 나일은 봉마도로 무공의 초식을 겨루고 잠시 쉬던 중 나일은 놀라운 광경을 접하고는 소리를 질렀다.

나일의 몸으로 신농이 달려드는 것이 아닌가?

신농은 몸 전체에 점차 불이 붙더니 전설 속에 나오는 불사조의 형상을 닮아갔다.

"신농이 왜 저래요?"

황생도 그 모습을 보면서 침음을 삼켰다.

'아니, 봉황이 불사조가 되다니… 벌써 죽을 때가 된 것일까?'

새들의 황제요 영물이며, 세상에 잠깐 몸을 비추면 길조라고 사람들이 떠들어대는 봉황은 사람들에게 주작(朱雀)이라고도 불리는데, 지금은 자신의 힘의 속성인 화기를 몸으로 이전시킬 수 없어 예전의 그 붉은 빛을 내뿜을 수 없었다.

이 봉황은 만 년의 수명을 가지고 있는데 자신이 죽을 때가 되면 몸에 불이 붙게 되어 불사조가 되는 게 숙명이다. 세상에 알려지기로 불사조는 죽지 않는 새로 알려졌지만, 사실은 봉황이 죽으면서 지금껏 가슴속에 키워왔던 자연의 대기를 담은 내단이 죽을 때가 되었을 때 몸의 노쇠를 견디지 못하고 다시 자연으로 흩어지려고 불로써 나뉘어 세상에 뿌려지면서 분해되어 곳곳으로 흩어지는 것이다. 그 불꽃은 땅이

나 물속으로 흡수되지만 간혹 영기가 강한 물건에 들러붙게 되는데, 산삼이나 조금 오래 묵은 뱀에게 흡수되어지면 천년인형삼(千年人形蔘)이나 교룡(蛟龍)으로 변화시켜 그 존재에 천 년을 더 살아갈 수 있는 힘을 주게 된다.

지금 봉황은 그 기운들이 흩어지려 할 때 자신의 마지막 친구였던 나일에게 자신의 내단을 넘겨주려고 나일에게 달려든 것이었다.

"이게 미쳤나?"

나일은 현경에 도달한 자신의 무공으로 그 불사조를 피했고, 겨우 다섯 개의 불꽃으로 변한 불사조는 나일의 몸에 단 한 개의 불꽃도 적중시키지 못했다.

대신 나일이 피하는 바람에 황생에게 덮쳐들었다.

물론 황생은 나일에게 달려드는 불사조의 의도를 알고 있었기에 나일에게 그 불꽃이 가도록 강한 장풍으로 나일에게 돌리려 했지만 너무 급작스럽게 나일이 피해 버려서 자신에게 날아드는 5개의 불꽃 중 3개만을 다시 나일에게 되돌리고 나머지는 자신의 원기를 보호한다는 목적으로 자신의 몸에 흡수시켰다.

'신농이 죽는구나. 그나저나 저놈은 이 좋은 걸 왜 피하나? 괴이지(怪異誌)도 안 봤나? 이게 바로 영약의 뿌리인데, 바보 같은 놈.'

나일은 자신의 등에 달라붙은 불꽃이 자신의 단전으로 뚫고 들어오는 것을 느꼈다.

이것은 곧 이어 나일의 단전으로 흘러들어 자신의 단전에 깃든 공력과 아무런 충돌 없이 일주천하다가 일순간 합해지더니 다시 일주천하기 시작했다.

털썩 주저앉은 나일의 몸은 공력을 일주천하기 시작하자 서서히 몸이 줄어들기 시작했다. 그것은 새로운 세계였다. 알 듯 말 듯하던 세상, 아니, 보일 듯 보일 듯 보이지 않던 세계가, 침침했던 세계가 환하게 빛을 보이기 시작했고, 나일이 몸을 일으켰을 때는 자신의 눈 높이가 엄청나게 낮아졌다는 것을 깨달았다.

"반로환동(反老還童)……. 너는 이제야 두 번째의 경지에 도달하는 길목에 선 것이야. 무림 역사에 반로환동의 경지에 도달한 이는 채 열 명이 되지 않는단다."

황생은 감았던 눈을 뜬 나일을 보며 말했다.

"조금씩 기를 일주천시키거라. 너무 빨리 움직이거나 너무 늦게 일주천하지 말고 마음 가는 대로, 이끄는 대로 기를 맡긴다는 기분으로 움직이거라."

그렇게 나일이 보물 창고의 청소를 거른 채 오 년여의 시간 동안 기를 일주천 함으로써 신농의 내단을 자신의 것으로 하자 비로소 자신의 모습을 되찾을 수 있었다.

"젠장, 사부, 어떻게 환골탈태했던 때보다 피부가 더 더러워졌어요? 옛날 그 모습으로 돌아갔잖아요."

"반박귀진(反樸歸眞)……. 어쩔 수 없다. 누가 그렇게 태어나랬냐? 아니면 더 깨닫지를 말았어야지. 아무튼 지금 너의 상태는 도를 이룬 모습을 보여주고 있다. 바로 무천의 경지가 목전에 다다른 것이지. 내가 황생이란 인물로 유희를 보냈을 때 겨우 말년에야 깨달은 경지인데……."

'이제 나랑 맞먹으려고 하는 것 아냐?'

황생은 속으로는 이런 걱정도 했지만 겉으로는 나일이 대견스러운 듯한 표정을 지어 보였다.

반박귀진을 이룸으로써 나일이 무천의 초입에 도달하려 하자 나일의 곁에 있던 봉마도에서 희미한 울림이 들려오더니 나일의 손으로 자연스럽게 끌려 들어왔다.

그 모습에 대경한 황생이 예전의 기억을 떠올리고 나일과 봉마도를 떼어놓으려 했지만 순식간에 도(刀)는 나일의 몸으로 흡수되어 가더니 이내 사라져 버렸다.

그리고 나일은 칠공에서 피를 흘리더니 그 자리에서 혼절해 버렸다.

나일이 반박귀진을 이룬 그날 나일은 변고를 경험한 것이었다.

힐링 화이언리커버리(스스로를 치유하여 깨어나라)!

용언을 외며 황생은 우선 나일의 몸을 살피고는 금침을 꺼내어 나일의 전신 요혈에 꽂기 시작했다.

"이런, 무천이 아니었어. 어떻게 이런 일이……. 현경 다음에는 분명 무천이 되어야 하는데 이 녀석은 어떻게 천마의 경지가 보이는 것이냐? 오호라, 이놈 때문이구나!"

나일은 혼절 중에 이질적인 존재가 자신의 단전으로 다가오는 것을 알았다.

그 존재가 말은 하지 않았지만 어쩐지 그 존재의 마음이 자신에게 내비쳐졌다.

[너는 누구냐?]

그 존재가 나일을 향해 물었을 때 나일이 그 존재에게 대답했다.

"나는 일(日)이다."

[넌 인간이냐?]

"그렇다, 인간이다. 넌 누구냐?"

나일의 물음에 그 존재는 이상하단 기운을 풍기며 말했다.

[난 백호다. 무공을 익히던 도중 주화입마를 입고 나서 지금 깨어났다. 내가 왜 너의 몸속에 들어와 있는 거지?]

"혹시 천마?"

[아니, 난 그런 이름 몰라. 난 나의 아버지인 신의 권능을 부여받은 백호일 뿐이지. 그래, 다른 이름으로는 수인이라고도 불렸지.]

"맞잖아, 삼황 중의 하나인 수인. 그리고 전신(戰神) 치우천왕, 그리고 천마."

[천마란 기억은 내 존재에 맹세하고 나의 기억에 없다. 천마는 내가 익혔던 경지를 일컫는 말이었는데…….]

"그래? 근데 왜 여기 있는 거야?"

[모르겠다. 강력한 영기(靈氣)가 모여 있다고 느껴지더니 내 마음속에서 천마를 넘을 수 있는 무엇인가가 이곳에 있다는 느낌에 끌려 들어왔다.]

"천마, 어쩌지? 사부가 난 무천의 초입이랬는데?"

[나도 알고 있다. 그렇지만 모든 것은 만류귀종(萬流歸宗). 하나로 이어지니 무천이든 천마든 내가 이곳에 온 걸 보니 너에게는 그것을 뛰어넘을 무엇인가가 있는 듯싶구나.]

"그게 뭔데?"

[그것은 나도 모르겠다. 다만 그런 것이 있다고 느낄 뿐이지.]

"장난하냐? 젠장! 아무튼 좀 나가주라. 왜 남의 몸에 들어온 거야? 실례잖아."

[안 돼, 이곳에 나는 존재해야 한다. 그것이 나의 숙명이다. 나는 천마를 넘는 그 무엇인가를 봐야 한다.]

"나가달란 말야! 왜 남의 몸에 와서 살려고 드는 거야?"

[안 돼. 대신 이곳에서 너에게 피해주지 않고 잠들어 있으마. 다만 네가 내가 바라는 그곳을 바라볼 때 나도 바라볼 수 있게… 부탁한다.]

천마의 부탁은 애절하고 절박했다.

"안 된다니까! 빨랑 나가!"

나일은 있어봤자 도움도 안 될 것 같아서 천마의 청을 매정하게 거절했다.

[싫다, 못 나간다. 나는 이곳에 잠들어 있을 테다. 그리고 지금 누군가 나를 잠재우려 하고 있어. 지금 나간다면 나는 영원히 소멸된단 말이야.]

천마 역시 똥배짱을 부리려다 무언가 이상한 기운이 자신을 조여오자 소스라치게 놀라며 소리쳤다.

"빨랑 나가란 말야!"

[아, 미안하다. 어쩔 수 없다.]

그리고 천마는 나일의 몸 어느 곳에서도 반응을 보이지 않으며 사라졌다.

황생이 시술을 마치자 나일이 눈을 떴다.

머리 속에 희미한 기억들이 뒤죽박죽 섞여 있었다.

"사부, 머리 속이 온통 혼란해요. 아, 그러니까… 난… 난… 나는 일(一)이에요. 나… 일……."

"무슨 소리냐? 그래, 너는 일(日)이야. 누가 너를 월(月)이라더냐?"

"기억할 수 있어요. 난 나일이에요. 사천 강진의 나일. 아, 그리고 난 절벽에서 떨어졌어요, 그 요녀에게 쫓겨서……."

혼자서 뭐라고 중얼대는 나일을 바라보며 그제야 황생도 같이 중얼거렸다.

"기억이 돌아온 것 같구나."

"아, 그런 것 같네요."

나일은 고개를 끄덕이며 긍정했다.

"근데 꿈속에서 백호를 만났어요."

황생은 머리 속으로 그런 일이 과연 가능할 것인가에 대해 생각하다가 봉마도가 사라진 것에 생각이 미쳤다.

"백호를… 그랬겠구나. 니가 들고 있던 봉마도 자체가 네 몸속으로 들어가 버렸단다."

어떻게 그런 일이……?

믿을 수 없다는 눈빛을 하는 나일이었지만 봉마도가 감쪽같이 사라져 버렸으니 믿을 수밖에…….

"사부, 칼이 몸속에 들어갔으면 몸속 어딘가에 있을 것 아니에요?"

나일은 자신의 내장과 살들을 눌러봤다. 아무 곳에도 그 큰 칼은커녕 젓가락 하나 들어간 흔적이 없었다. 그러나 일단은 무서웠기에 황생을 향해 고함을 질렀다.

"빨리 빼줘요! 아플 것 아니에요!"

"바보 같은 놈, 그 도(刀)는 미스릴이라는 재질로 만들어져 있어서 기(氣)로 화할 수 있는 물건이니 아마도 너의 몸속 어딘가에 기로 머물러 있을 것이다. 그러니 아플 턱이 있느냐?"

황생의 말에 나일이 머리를 긁적였다.

"좋은 건가요?"

"아니, 그것은 말로 얘기하기 곤란하구나. 나도 모르겠다."

"세상에서 제일 유식한 사부가 모르는 것도 있어요?"

"흠흠……."

황생이 헛기침을 하자 지금 현재 자신의 몸에는 문제가 없다고 생각한 나일은 혼절 도중에 만났던 천마의 이야기를 꺼냈다.

"백호는 자신이 치우천왕 천마였던 사실을 모르던데요?"

"그래, 그때 그는 미쳤으니까."

나일은 자신이 겪은 일을 사부에게 소상히 알려주었다.

그 일을 겪은 후 나일은 자신의 깨달음에 진전이 없고 앞으로의 길이 보이지 않자 무하신공의 활용에 매달렸다.

무공이란 내공이 근본이지만 그것은 비교 우위일 뿐 사용하는 방법이 형편없다면 그것은 진정한 실력이 될 수 없고, 또 다른 벽을 뛰어넘는 데 그 자체가 벽이 된다는 사부의 말에 혹해서였다.

'강진의 날건달' 나일…….

익숙한 듯 익숙한 듯…….

그렇지만 누구인지 기억나지 않던 어둠 속에서 짓궂은 웃음을 짓고 있던 사람이 이제는 자신이었다는 것을 깨달았다.

그동안 끊어졌던 자신의 기억을 백호가 들어가 그곳에 잠들며 이어놓은 것이리라는 것이 사부의 견해였다.

나일은 점차 예전의 건들건들했던 자신의 모습을 흉내 내기 시작했고, 점차 진정한 나일이 되기 시작했다.

한마디로 사부의 골치를 썩이기 시작한 것이었다.

예전에도 그랬지만 지금에 비하면 아이들이 장난치는 정도라 치부할 정도였으니, 사부에게 배운 혼원팔진도를 변화시켜 만악대법이라 이름 짓고는 현무에게 펼치기도 하고 때로는,

"사부, 왜 내가 식사를 준비해야 해요?"

"이놈아, 네가 무천의 경지에 올랐다지만 나는 황생으로 유희를 떠났을 때 이미 천 년도 전에 그 경지에 올랐어! 비록 발전은 없다 해도 너 정도는 단번에 제압할 수 있지."

한 번 반항했다가 자신은 아직 사부의 적수가 되지 않음을 깨달은 나일은 그래도 열심히 반항하고, 세상으로 내보내 달라고 투정을 부리기 시작했다. 급기야는 사부가 아끼는 유명한 그림과 글씨들을 하나둘씩 불태우기 시작했다.

드디어 황생도 나일을 보내주기로 마음먹었는지 오랜만에 자신을 앉혀놓고 이야기를 꺼냈다.

"아직 무공의 끝을 보지 못했는데… 아무래도 지금 상태로 더 이상의 진전은 힘들 것 같구나. 그래, 세상에 나가면 무엇을 할 테냐?"

"아, 저는 강도(强盜)가 될 거예요."

"뭐라? 고작 산적질 말이냐?"

"사부처럼 유식하고 지혜로운 존재에게도 편견이 있어요? 고작 산적이라니요?"

"그래, 맞아. 나처럼 유식하고 천상천하 최고의 지혜와……."

"사부!"

나일의 빽 하고 부르는 소리에 황생은 놀란 눈을 치켜떴다.

"놀랐잖아! 왜 부르는 거야?"

"제가 소리 안 쳤으면 사부는 끝없이 자기 자랑을 할 거였잖아요."

"흐음, 그래, 아무튼… 산적이라… 그렇고 보니 산적도 좋지."

"그렇다니까요. 산적이 얼마나 남자다운데."

본래의 자신을 찾은 후 나일에게 산적만큼 매력있는 직업은 없었다. 하루라도 빨리 부하를 만들고 산채를 만들고 싶었다.

"좋다. 어차피 경험보다 더 좋은 공부는 없을 테니 세상에 나가서 많은 것을 경험하는 것도 좋겠지. 하긴 나도 예전에 108명의 호걸을 모아 양산박이란 곳에서 산적질로 보낸 적도 있었으니……. 그런 의미에서 내가 아끼는 비장의 기술들을 가르쳐 주마."

'양산박의 호걸도 사부가 했던 유희 중에 하나란 말이야? 사부는 부처나 공자도 자기가 유희를 벌였다고 얘기할 사람이야. 유명하면 다 자기가 했던 일이라니.'

믿음이 가지 않는 것은 당연했지만 그것을 드러낼 수는 없었다.

"그게 뭔데요? 다음에 올 때 가르쳐 주면 안 돼요?"

"배워두면 다 필요한 것이다. 닥치고 잘 듣거라, 제자야."

이 시점에서 황생도 나일의 영향을 받아 언어와 행동이 과격해지고 있었다.

나일이 정신을 차린 후부터는 살살 말하고 행동하면 도무지 말을 들어먹지 않는지라 자신도 모르게 과격해지고 있었던 것이다.

황생의 두 눈썹이 역팔자를 짓자 눈치 역시 빨라진 나일이 고개를 숙이며 어서 이야기를 계속하라는 시늉을 했다.

"녹림에서 살아간다는 것, 강도가 된다는 것은 다른 이들이 보기에는 그저 무작정 살아가는 것 같지만 그 속에도 지켜야 하고 배워야 할 것이 많다는 게 내 생각이다."

'젠장, 사부가 또 시작하는구나. 언제쯤 끝나려나.'

벌써 이백 년 넘게 들어온 사부의 말투가 자기 자랑의 도입부임을 나일이 모를 리 없었다.

"그중에서 꼭 배워야 할 것들을 나열해 보면, 우선 산채가 있다고 치자. 인간은 밥을 먹어야 하는데 그렇다면 밥은 누가 할 것이냐? 녹림에 밥을 먹는 이들은 처음엔 배가 고파서 칼을 들었지만 그것이 익숙해지면 점차 입이 고급스러워질 텐데… 그런 이들을 위해 이 사부가 비장의 명요리를 가르쳐 주마."

'안 가르쳐 줘도 되는데, 별로 필요도 없을 것 같은데…….'

그렇게 말을 하고 싶었지만 한창 신이 나서 떠들어대는 사부의 입을 막을 용기가 아직 나일에게는 없었다.

"잘 들어라."

"이름이 뭔데요?"

대답을 한 나일의 반응이 시큰둥하자 황생이 얼굴을 찡그렸다.

"아니, 지금 저 잘 듣고 있어요. 계속하세요."

지레 겁을 먹으며 나일이 고개를 수그렸다.

"내가 한때는 거지 생활을 한 적도 있었다. 사백 년 전쯤에 개방의 방주 구지신개 홍칠공이라는 이름으로 유희를 보냈다. 그때 개발한 것이지. 이것의 요리 이름을 구주탕향(九州湯向)이라 지었단다. 이 요리의 시초는 어떻게 하면 개고기를 구워 담백한 향미를 느끼게 할 수 있을까? 그것의 발전형이 구주탕향이다. 그 당시 내 유희의 목표는 중원에서 제일가는 숙수가 되는 것이었다."

나일은 황생에 이야기를 듣고 싶은 맘이 눈곱만치도 없었다. 하나 그것을 뿌리칠 배짱은 눈곱의 먼지만큼도 없었다.

'휴우, 또 시작이군.'

"…두 가지에 불세출의 무기가 있었으니, 그 하나는 역경에서 묘리를 터득한 강룡십팔장과 바로 구주탕향이라는 요리이다. 요리가 어떻게 무기가 되냐고? 강룡십팔장은 상대에게 겨누는 무기이고 이 구주탕향은 자신에게 겨누는 무기이니 자신에게는 불세출의 무기가 아니겠느냐? 그때의 나는 식탐이 심했는지라 자신의 손가락을 잘라서 그 식탐을 징계했건만 여전히 자신의 식탐이 참지 못하는 요리가 있었으니, 그 요리가 바로 이 구주탕향이다. 이것을 만드는 방법은, 우선 싱싱한 개 한 마리를 개방 비전의 봉법인 타구봉법으로 복날 두들기듯 그런 마음으로 살이 부드러워지게 팬 후 털을 다 뽑고는 불에 그슬린 후 큼지막한 가마솥에 물을 부어서는 끓인다. 이때 중요한 것은 불의 세기니라. 불의 가장 강한 불꽃인 파란색 부분이 나오지 않게 불을 조절하여 반시진가량 끓인 후 국물을 따로 모아두고는 개고기만 나뭇가지에 꽂아 꼬치를 돌리듯 파란색 부분이 나오지 않는 불에다가 살살 돌린단다. 그러면 조금씩 살이 구워지게 되는데, 이것을 기름이 나오지 않을 정도까지 고루 익힌단다. 그런 후 가마솥에 따로 모아놓은 국물과 죽엽청을 약간 넣고 녹말 가루를 넣은 후 걸쭉하게 될 때까지 다시 끓여놓고 적망장—일종의 고추장—과 당분 등 갖은 양념을 넣어 휘휘 저어주면 빨간색의 양념이 만들어지지."

"사부, 요리 하나 하는데 뭐 그렇게 복잡해요?"

한참 입에 침을 튀겨가며 나일을 위해 오랜만에 강의를 하는데 말이 끊기자 세상에서 자신이 유식한 티 내는 것을 제일 좋아하는 황생이 가만 있겠는가?

따악!

"계속 말씀하세요."

나일 자신도 이미 이백여 년을 황생과 같이 살아온 터, 이제는 눈빛만 봐도 무엇 때문에 자신을 때리는지 아는 경지에 오른 것이다.

"이것을 갖가지 야채를 썰어 고기와 함께 넣어서 골고루 비벼주면 이 요리는 끝나게 되는 것이지. 이 요리의 비밀은 삶은 고기를 다시 굽는 데 있다. 그리하면 고기의 맛이 푸석하지 않고 담백하고 적망장을 넣은 양념과 어우러져 매콤하면서도 시원한 맛이 또다른 비장의 요리인 활회밀포(活會密包)와 쌍벽을 이룬단다."

나일은 방금 자신의 실수를 만회하기 위해서 질문을 하려 했다.

자신의 사부가 이런 행동을 좋아한다는 것, 아니, 끝 부분에 궁금할 것 같은 것을 집어넣어서 은근히 질문을 유도한다. 만약 모른 척 질문을 하지 않으면 어떤 다른 이유를 대 자신을 괴롭혀 온 게 한두 번이 아니었다.

"활회밀포(活會密包)는 뭐예요?"

나일의 물음에 황생은 알고 싶냐는 듯한 표정을 지어 보였다.

"뭐, 그게 그렇게 궁금하냐? 오늘은 이쯤 하려 했는데⋯ 정히 원한다면 활회밀포에 대해 알려주마."

'능구렁이.'

속으로 혀를 내밀면서도 초롱초롱한 눈빛을 내는 걸 잊지 않았다.

"우선 싱싱한 우럭을 잡아서 머리 부분을 마법이나 진기를 이용해서 차갑게 해 기절시킨 후 아주 빠르고 얇게 저민단다. 그리고 상온에 잠시 놔두면 우럭은 자신이 죽었다는 것을 모른 채 파닥거리는데, 이때 왜국에서만 난다는 와사비 잎을 말린 양념과 남만의 과추란 진액을 섞은 장에 살짝 찍어 먹으면⋯ 으흐흐흐⋯ 그 맛이란⋯ 둘이 먹다 자신이 죽은지도 모를 정도란다. 말 나온 김에 오늘 내가 그 요리를 해주마."

그렇게 나일이 세상에 나갈 날짜는 점점 미뤄지게 되었다.

그 다음날, 황생도 나일의 마음이 벌써 이곳을 떠나 세상에 나가 있다는 것을 눈치 채고 슬슬 나일이 떠나기 전에 해놔야 할 일들을 가르침이라는 명분 하에 부려먹기로 작정했다.

하지만 나일도 자신의 기억을 찾은 후 아무리 사부 모시는 것이 식모 삼 년에 장자 패기 삼 년이라지만 자신은 무려 이백 년을 그 짓을 했다고 생각하니 너무 억울하다고 생각하던 중이었다.

"이리 와 앉거라."

"예, 사부."

오늘도 역시 황생의 분위기가 심상치 않은 터라 혹시 자신을 이곳에서 보내줄지도 모른다는 작은 소망을 안고 나일은 황생의 곁으로 갔다.

"오늘 내가 너에게 들려줄 것은 바로 안목이다. 녹림도는 행사에 나가 물건을 취득하면 그것을 다시 현금으로 교환하거나 필요한 물품으로 교환해야 하는데 물건의 값어치를 모른다면 행사에 성공한다 하더라도 값어치를 제대로 모르니 정당한 대가를 받을 수 없고, 그것은 곧 다른 이에게 자신의 물건을 강탈당하는 것과 마찬가지가 아니겠느냐?"

'또 무슨 이야기를 꺼내려고 초반부가 이렇게 길어?'

나일은 얼굴이 구겨지려는 것을 억지로 참아냈다.

"그렇긴 하지요."

"자, 오늘도 너에게 가르침을 내려주겠다. 이것만 배우면 세상에 나가도 된다."

'빨리 이곳에서 나가게 해주기나 하지 또 무얼 가르치려는 거지?'

"감사합니다. 하나도 빠짐없이 배우고 익히겠습니다."

사부가 꺼낸 말이 썩 마음에 들지는 않았지만 별수없이 길어도 들어야 하고, 하라는 대로 해야만 한다는 것을 알기에 나일은 그렇게 대답했다.

"지금 네가 보듯이 이곳에는 무수한 보물이 있단다. 드래곤이라는 존재가 황금을 좋아하고 보물을 아끼는 존재이다 보니 이곳은 지금 거의 포화 상태에 이르렀단다. 아마 이곳을 청소하면서 다 보았을 것이다. 그렇지 않느냐?'

'분명 다 못 봤다고 하면 보라고 시키겠지. 사부, 이제 나도 척하면 척이라구요.'

"예, 다 보았습니다."

'이 자식, 눈치는 빨라서. 내가 보라구 시킬까 봐 선수를 쳐? 니가 그런다고 편하게 넘어갈 것 같냐? 그래도 니가 청소를 해놔야 한다는 사실에는 변함이 없다. 그래야 한 삼백 년 동안은 청소할 일이 없지.'

황생으로서도 그런 귀찮은 일은 딱 질색이기에 나일의 교육이라는 명분 하에 청소시키기 위한 명분을 생각해 둔 터였다.

"그렇겠지. 하지만 이번에는 레어 안의 보물들을 깨끗이… 아니, 유심히 살피며 청소하여 물품의 어떤 점이 그토록 뛰어나기에 보물이라 불리는지 알아두거라. 그리고 여기에 있는 것은 다 진품이니 세상에 판치는 가짜를 구별할 때 유용하게 쓰일 것이다."

'어느 세월에…….'

나일이 속으로 한숨을 쉴 때 황생의 입에서 귀가 번쩍 뜨일 말이 흘러나왔다.

"이것만 다 익히면 나가도 좋다."

"진짜요?"

빡!

"내가 언제 거짓말하는 것 봤냐? 사부를 못 믿냐?"

"못 봤지요. 사부를 믿을 바에는……."

캉!

이번에는 무의식 중에 나일이 황생이 때리는 주먹을 옆에 있던 레어 전용으로 만든 만년한철 빗자루로 정확히 막아내었다.

'흠, 이만하면 어디 가서 맞지는 않겠군.'

나일이 능숙한 자신의 기습을 막아내자 황생은 속으로 침음을 삼켰다.

"왜 때려요?"

예전이라면 몰라도 기억이 돌아온 후부터는 가끔 가다 미친 척도 하는 나일이었다.

빡! 퍼벅! 빡! 퍼버벅!

"내가 언제 때렸냐, 니가 막았지. 감히 사부의 사랑의 매를 막아?"

그러나 항상 결과는 마찬가지였다. 감히 사부의 사랑의 매를 막았다는 구실로 신나게 얻어터지고 얻어터진 데 또 터지는 것.

"열심히 할게요. 먼지 하나 없이 깨끗이 청소할게요. 다시는 사부의 사랑의 매를 막지 않을게요."

"틀림없겠지?"

"네, 정말 먼지 하나 안 나오게 할게요."

'바보 같은 놈, 적어도 오십 년은 청소해야 할걸?'

결국 나일이 레어를 깔끔히 청소하는 데에는 이십 년이 걸렸다.

그리고 그 많은 보물 중 하나도 손에 쥐어주지 않고서 내쫓듯이 황생은 나일을 세상으로 내보냈다.

제 9 장
부하를 만들다

정확히 227년 만에 나일은 세상으로 다시 나오게 되었다.

물론 인간 세상으로 치면 2년 좀 넘은 시간이었지만.

나일이 세상에 다시 발을 내디딘 곳은 사부 황생의 레어 뒤편에 있는 해변가였다.

이곳은 앞쪽의 복지채 덕에 사람들의 손길이 닿지 않아 산림이 우거진 와룡산을 중심으로 높은 절벽이 형성되어 천연 그대로의 자연을 느낄 수 있는 자연 풍광이 절강일경(浙江一景)이라 불릴 정도였다.

절벽 밑의 해변은 사곳이라 불리며 보기 좋은 황금빛의 모래가 아니라 탐스러운 주홍빛의 모래로 폭은 좁지만 길이가 대략 오 리에 걸쳐 이어져 있고, 사곳 사이로 콩돌들이 섞여 있어 누구라도 이 해변을 본다면 해변의 유혹에 빠지고 말 것이다.

나일은 해변가로 나와서 여기저기 맨발로 돌아다니다가 뱃속이 텅

비어 있다는 것을 깨닫고 발길을 돌려 민가로 향하려던 중 저 멀리서 사람 셋이 걸어오고 있는 것을 보고는 오랜만에 사람 구경을 하기 위해 발걸음을 그들에게 향했다.

　당금 황제는 이제 약관의 나이였다. 그나마도 몸이 허약해서 정사를 돌보기보다는 자신의 몸을 돌보는 데 더 신경을 써야 하는 처지였다. 게다가 출중한 능력을 지닌 황족들이 황제의 제위를 호시탐탐 노리고 있었다. 그중에서도 단연 두각을 나타낸 인물이 바로 당금 황제의 숙부인 연왕이었다. 그는 거의 모든 실권을 쥐고 있었기에 오히려 황제가 그의 눈치를 볼 정도라는 이야기가 조정에서는 공공연하게 나돌 정도였다. 마음만 먹으면 황제를 바꾸는 것도 어려운 일이 아니라는 연왕에게 능력있는 인재들이 몰려들었다. 자신이 죽은 후에 후사를 걱정했던 명 태조 주원장은 당금 황제를 황태손에 책봉시키면서 한편으로는 황태손이 일찍 죽을 경우를 대비해서 황태손의 동생을 비밀리에 따로 후계자로 만들어냈다.
　치세를 이루는 의미로 성치(星治)라 이름 지어졌고, 당금 황제인 건문제(建文帝)의 유일한 동생이자 황태자로 책봉받아서 어쩌면 미래의 황제(皇帝)가 될 유일무이(唯一無二)한 인물인 주성치는 절강성의 산적들이 다 흩어졌다는 말을 듣고는 민심을 살펴보고 산적 때문에 보지 못했던 절강성 산적 소굴 뒤편의 절강일경(浙江一景)을 둘러보고자 비밀리에 유람을 나왔다.
　비밀리에 왔기 때문에 지금 그를 호위하고 있는 인물은 황궁제일고수로 대내 동창대영반을 맡고 있으며 그 실력과 명예로 인해 자금신검(紫禁神劍)이라 일컬어지는 대내 제일태감 정엽과 좌측으로는 유림(儒林)의

원로로서 지금은 관직을 사양하고 황태자의 교육을 전담해 황궁태사라는 명예 관직을 제수받은 신기옹(神機翁) 노림 단 둘뿐이었다.

멀리서 그들을 지켜보던 나일은 자신의 품에 돈도 없겠다, 그동안 사부와 지내면서 억눌렸던 기분도 풀 겸 자신의 강호 재출도를 기념하고자 생애 두 번째의 행사에 들어가 통행세를 받아내기로 마음먹었다. 딱 보기에도 부자처럼 보였으니까.

우선은 지금이 몇 년도인지가 궁금했다. 사부 말대로라면 겨우 이년의 시간이 흘렀을 것이라는데 그것의 사실 여부가 가장 중요했으니까.

"잠깐 멈추시겠습니까?"

멀리서 사람의 모습을 보고 경계하고 있던 차였기에 그들은 자신을 가로막은 나일을 물끄러미 쳐다보았다.

"무슨 일이신가?"

정염은 자신들을 부른 나일을 자세히 훑어봤다.

별로 대단한 능력을 지니고 있는 자는 아닌 듯했다. 이목구비가 뚜렷하고 얼굴에 건들거리는 기세가 가득했지만 태양혈이 솟아 있지 않았기에 무인이라도 대단한 무인은 아닐 것이라 판단했다.

"지금이 몇 년도요?"

뜬금없는 질문이었지만 산골에 살면 그럴 수도 있으리라는 생각에 정염은 친절하게 질문에 대답해 주었다.

"건문(建文) 일 년일세."

"건문? 그가 누구요? 어느 나라 왕이요?"

현재는 태조 주원장이 죽은 지 겨우 일 년밖에 되지 않았고, 그 다음

황위를 이은 것이 건문제였다.

"당연히 대명의 황제 폐하지."

나일이 가슴을 쓸어 내렸다.

그 오랜 시간 동안 나라가 바뀌지는 않은 것이다.

"휴우, 다행이군. 그런데 명나라가 건국된 지 얼마나 됐소?"

"올해로 33년이 되었다네."

"뭐야? 진짜잖아? 사부의 말이 맞았어."

나일은 정염의 말에 무릉도원에서 보낸 시간이 사부는 이 년이 조금 넘었을 것이라 했지만 반신반의, 아니, 십 분지 구는 뻥이라고 생각했는데 정말 이 년의 시간만이 흘렀다는 것을 확인하자 지금 당장이라도 덩실덩실 춤을 추고 싶었다.

하나 이미 목적이 있는 바, 나일은 낯빛을 바꾸며 정염을 향해 손바닥을 내밀었다.

"이곳은 이 나으리의 구역인데 허락도 구하지 않고 함부로 드나들면 이 나으리가 섭하지 않겠소? 그래서 말인데… 통행세를 내게. 사부가 돈을 한 푼도 못 가지고 나가게 해서 말야."

그 말에 떨떠름한 표정으로 정염은 주위를 둘러보았다.

암암리에 무공 고수인 자신이 이목을 집중해 보아도 이곳 주위에는 사람의 기척이 없지 않은가? 그렇다면 이자는 무슨 배짱으로…….

정염은 자신의 눈앞에 있는 자 외에는 아무도 없다는 것을 확인하고 나일에게 고개를 고정시키며 말했다.

"산적들이 다 흩어져 절강성을 빠져나갔다고 들었는데… 아직도 졸개들이 남아 있었던가?"

그 말에 나일의 눈이 휘둥그레지며 오히려 정염에게 되물었다.

"뭐라고? 복지채가 흩어졌다고?"

겨우 이 년 만에 사라질 복지채가 아니었는데?

나일의 놀란 표정에 혼자라고 확신한 정염은 나일을 쳐다보며 냉랭하게 말했다.

"덜떨어진 놈 같으니라고. 냉큼 꺼져라!"

나일은 무참히 얼굴을 구기며 험악한 표정을 지어 보였다.

'이게 약간의 통행세만 받으려고 했더니 매를 버는구나. 어디 한번 이것들한테 그동안 억눌린 내 고통을 해소해 볼까?'

한순간 나일의 입가에 사악한 미소가 걸렸다.

무려 이백 년이 넘게 시달려 왔다. 욕구 불만이 몸속에 가득 쌓여 있는데 잘 만났다.

떠날 때 사부가 활(活)을 명심하라고, 생명을 함부로 죽이면 그 대가를 받을 것이라 겁을 주었고, 원래부터 사람을 죽이는 것은 별로 마땅치 않게 생각했기에 죽이지야 않겠지만 자신이 사부에게 당했던 그 괴로움을 약간만이라도 해소하는 차원에서 이자들을 부하로 두고두고 부려먹으려는 계산이었다.

"내 원래는 돈 몇 푼만 받고 너희를 보내려 했지만… 복지채가 흩어졌다는 이야기에 생각이 바뀌었다. 비록 싸가지없는 놈들이지만 너희들을 거둬 내가 복지채를 다시 일궈야겠다."

그 말에 어이가 없는 듯 정염의 옆에 있던 황궁 학사 노림은 참다못해 나일에게 고함을 질렀다.

"네 이놈! 이분이 누구신 줄 아느냐? 이 대명의 장차 주인이 되실 분이다! 그런데 그분한테 통행세를 받으려 하다니! 그리고 소문에 듣자하니 복지채는 일거리가 없어 다른 곳으로 옮겼다던데… 이놈아, 너두

거기나 따라가거라! 냉큼 썩 사라지지 못할까!"

그 말에 나일은 이렇게 자신에게 거만함을 풍기며 자신있는 모습으로 빽빽 화를 내며 자신은 안중에도 두지 않는 일행을 보고는 잠시 냉정하게 생각했다.

'뭔가 있어 보이는데… 이 산적들만 오는 곳에… 혹시?'

나일은 그들이 어느 큰 산채에서 나왔으리란 생각이 문득 들었다. 그렇다면 앞으로 같은 계통에서 지내야 할 것이기에, 그리고 선배이기에 잘 보여야겠다고 마음먹었다.

그리고는 험악하게 찌푸렸던 얼굴에 활기를 주어 억지로 미소 짓고는 환영의 행동을 취하기 위해 두 손을 활짝 벌려 보였다.

"반갑습니다. 아, 큰 산채에서 오셨나 보군요? 이런이런, 그래도 이곳은 저의 구역인데 최소한의 예의를 보여주셨으면 좋았을 것을……. 아무튼 저는 여러분을 환영합니다."

그 소리에 세 명의 일행이 동시에 웃음을 참지 못하고 말았다

"하하하!"

"허허허!"

"후후후!"

자금신검 정염이 나일을 보며 억지로 웃음을 속으로 갈무리하고는 말했다.

"이놈, 그렇게 말했건만 제대로 이해하지 못하다니. 냉큼 사라지거라!"

그렇게 말하며 나일의 엉덩이를 걷어차려 했다.

마음이 일면 몸은 자연히 따라 움직이는 바, 아무리 나일이 재능이 없다고 해도 수련 생활 이백 년. 나일은 손쉽게 발길질을 피하며 노기

를 터뜨렸다.

지난 이백 년 동안 사부 밑에서 배운 게 있는데 가만히 맞겠는가? 그것은 자존심 문제를 떠나 그토록 길고 강하게 가르침을 내렸던 사부에 대한 모독이었다.

"이것들이, 사람이 좋게 대하면 좋은 줄 알고 알아서 기어야지! 자, 냉큼 꿇어라!"

그런데 순간 나일의 몸에서 태산 같은 기운이 흘러나와 그들 모두가 무릎을 꿇는 것이 아닌가!

"아니, 이게 어떻게 된 일이에요?"

황태자 주성치는 이 상황을 이해할 수 없었다.

자신과 황궁태사 노림은 그렇다 쳐도 황궁제일고수라는 정염마저 무릎을 꿇는 것이 아닌가?

"저도 잘 모르겠습니다. 저 간악한 자가 아마 사술을 쓴 듯합니다."

정염도 몸을 일으키기 위해 땀방울을 흘리며 말했다.

무언가에 잡힌 듯 몸이 말을 듣지 않자 나일을 노려보며 소리쳤다.

"강호와 황궁은 서로를 간섭하지 않는데 어인 연유로 우리를 핍박하느냐?"

그 말에 나일은 이게 무슨 소린가 하다가 피식 웃으며 말했다.

"이것들이 이제야 나를 알아보고 헛소리를 하는가 본데, 오늘 니들은 죽었다고 생각해라."

황궁태사 노림이 분을 참지 못하며 말했다.

"무엄하다! 감히 황태자 전하께 불경을 저지르다니! 지금의 실수로 너는 물론이거니와 너와 관계된 삼족을 멸하리라!"

나일은 어이가 없다는 듯 노림을 쳐다보았다. 선풍도골의 풍채와 흰 머리가 어쩐지 사부와 비슷해 보였다. 하기는 노인들의 모습이야 체격만 비슷하면 그 사람이 그 사람 같다. 불현듯 사부에게 혹사당했던 자신의 뒤통수에 손을 갖다 댔다. 사부 생각을 하자 반사적으로 뒤통수가 아파왔다. 나일은 숨을 고른 후 괜히 노림의 뒤통수를 후려쳤다. 그동안에 대한 복수라고 나름대로 읊조리며.

"어쭈, 쟤가 황태자면 난 신선이다! 그전에 이 나으리가 너희를 멸하리라!"

그리고는 노인의 온몸을 구타하며 중얼거렸다.

"이 늙은이, 죽어봐라! 어째 우리 사부랑 수염이 이렇게 닮았냐? 죽어봐라!"

그렇게 마구잡이로 사부한테 당한 고통을 노림을 때리며 대리 만족을 느끼고 있을 때 자금신검 정염이 고래고래 소리쳤다.

"네 이놈! 아무리 배운 것 없는 산적 놈이라지만 네놈도 사람이라면 노인을 그렇게 때려서야 되겠느냐? 그러다 죽으면 어찌하려고 그러느냐?"

"니가 대신 맞을래? 조용히 해라, 안 그래도 네 차례 돌아가니까 기다려."

나일은 엄숙하게 정염에게 말하고는 다시 노림을 죽지 않을 정도로 구석구석 때린 후에야 정염의 앞에 섰다.

"이제 네 차례다. 맞기 전에 할 말 있냐?"

노골적인 나일의 말에 정염의 얼굴이 분노로 빨개졌다.

"나는 무인이다! 이런 치욕은 견딜 수 없다! 죽더라도 정정당당하게 겨루고 싶다!"

정염의 비장한 대사에 아랑곳하지 않을 것 같던 나일이 잠시 머리를 굴렸다.

'가만, 이것도 인연인데… 이놈들도 제법 범상치 않아 보이는데 확내 부하로 만들까? 아니야, 저기 쓰러진 계집 같은 놈은 아무래도 짐이 될 것 같아. 아니야, 이것들을 부하로 만들어서 사부에게 당했던 만큼 부려먹자.'

혼자서 그리 좋지 않은 머리를 굴린 후 정염에게 다가섰다.

"좋다. 대신 조건이 있다. 지면 내 부하가 되어서 나의 수발을 들어라."

정염의 말을 잠시 생각하는 순간 나일의 머리 속에 스쳐 간 것은 그동안 사부의 수발을 들던 자신의 모습이었다.

이왕 산적이 되기로 마음먹었으면 자신도 졸개를 두어 편안하게 보내는 것이 좋지 않겠는가?

그런 상상에 나일은 이런 조건을 내건 것이었다.

"좋다."

정염은 이 사술만 풀린다면 자신에게 승산이 있다고 생각했다.

이 위급한 순간에 저 덜떨어진 산적이 진짜 자신을 풀어주며 그런 제안을 하리라곤 생각도 못했는데, 자신의 격장지계(激將之計)에 넘어가자 짐짓 걱정스럽지만 한번 해보겠다는 생각에 강하게 대답한 것이다.

나일은 지금껏 자신이 익힌 무하신공이 얼마나 효과가 있는지를 알아보면서 몸도 풀 겸 이들을 묶어놨던 기를 풀어주었다.

그리고는 정염을 향해 손가락을 까닥거리며 오라는 시늉을 해 보였다.

"덤벼라!"

원래 널브러져 있는 황궁태사 노림을 제외하고 황태자 주성치는 갑작스럽게 자신을 억압하던 흐름이 사라지자 그대로 두 팔과 두 발을 뻗어버렸고, 정염은 지금껏 힘을 주며 벗어나려던 차라 그 흐름을 못 느끼고 자신의 힘을 주체하지 못해 하늘 위를 뛰어올랐다.

그리고는 마치 일부러 그랬다는 듯이 공중에서 검을 뽑아 들고는 나일을 향해 검을 찔러 들어갔다.

자금무적(紫禁無敵)!

나일을 향해 찔러 들어가는 이 일초는 전광석화(電光石火)같이 빠른 속도로 움직여 갔고, 정염 자신의 생각에도 일생에 이렇게 완벽하게 휘둘러지는 자금무적 일초는 처음인 것처럼 느껴질 정도로 정염 필생의 공력을 담고 있었다.

그 빠른 속도에 나일의 가슴 어림에서 서른두 번을 변화한 검초는 이미 나일의 몸에 닿고 있건만 나일은 당황하는 기색이 없었다.

지금이라도 당장 꿰뚫을 듯한 정염의 손은 조금도 상대에게 자비심이 없어 보였다.

"고작 그것이냐? 무하신공 탄무강기(彈武剛氣)!"

그 말이 떨어지자 자금신검의 검은 나일의 가슴을 정확히 찔렀음에도 그 찌른 자신의 힘이 반탄력을 이기지 못해 손에서 검이 날아가 버리고 몸 역시 이 장여를 밀려 나갔다. 나일은 그런 그의 몸을 끌어당기는 시늉을 했다.

무하신공 흡인지기(吸引之氣)!

이 장 가까이 밀려가던 정염의 몸이 새로이 나일에게 끌려가서는 다시 아까와 같은 자세로 무릎을 꿇더니 공손히 절을 하는 것이 아닌가?

황태지 주성치와 널브러져 있는 황궁태사 노림 모두 놀란 눈을 부릅뜨고 있었으며 정염은 아직 자신이 어떤 상황인지 모르는 듯 그 자세 그대로 멈추어 있었다.

그 순간 미묘하게 그들 사이로 조용한 정적이 찾아들었다.

자금신검 정염이 누구인가?

이십 년 전부터 황궁제일고수라 불리는, 강호에 나가도 일류고수, 아니, 구대문파의 장문인들과 겨뤄도 손색이 없을 무(武)를 갖췄다고 평하는, 구 년 전에 발간된 무림사기의 무림백선(武林百選)에 육십일곱 번째로 이름이 오르기도 했던, 그 이름만으로도 모두가 두려워하는 황궁 제일의 고수인데 이렇게 손 한번 제대로 써보지 못하고 패하다니…….

정염을 믿고 유람을 나왔던 황태자 일행에게 이것은 지금껏 믿었던 정염에 대한 충격이었고, 그로 인해 이 상황을 제대로 인식하지 못하는 불신에 의해 찾아온 정적이었다

"나를 두목으로 인정하는 것이냐?"

잠시의 정적이 깨지고 나일의 말이 모두의 머리 속에 울려 퍼지자 그들은 그제야 지금 상황이 현실임을 인식했다.

무릎 꿇은 정염은 자신의 하체를 내려다보며 이 상황을 아직도 믿지 못하고 있었다.

그런 정염을 내려다보며 나일이 건들거렸다.

"아직도 더 해봐야겠냐?"

그리고는 정염에게 좀 전에 황궁태사 노림에게 했던 구태의연한 추태를 부리기 시작했다.

머리, 어깨, 무릎, 발 하고 아예 콧노래를 부르며 한참을 흥얼거리며 때리고는 정염의 눈빛을 보았다. 아직도 승복을 못한 감정을 읽고서는 그 자리에서 무하신공을 운용하여 주위의 기를 빨아들였다.

"사람에게 써보는 건 처음인데, 영광으로 알아라."

정염에게 그 저주받아 마땅할 자신이 개발한 만악대법을 펼치기 시작한 것이다.

만가지 악의 결정체라는 만악대법(萬惡大法). 일명 애벌레 대법.

사부 황생에게 배운 혼원팔진도(混元八陣圖)의 요결을 익히며 심심해서 대법으로 변화시킨 것이다. 주위의 기(氣)를 자신의 단전으로 모아서 그 기를 오행(五行)의 기(氣)로 재구성해서 펼친다. 혼원팔진도의 무궁한 효과에는 비할 수 없지만 새 발의 피만큼, 즉 일 각(一刻)을 만 각(萬刻)으로 느낄 만큼 오랜 시간을 움직이지 못한다. 나일이 펼치면 최대가 일 각 정도 유지시킬 수 있는데 시전되는 시간 동안에는 시전 당하는 인간이나 동물은 마치 자신이 애벌레인 것처럼 느끼는 것이다.

몸은 애벌레처럼 움직이지 않은데 머리 속의 상념이 만 각 동안 움직인다면 그 지루함에 신선이라도 미칠 정도이다. 그리고 대법에 당한 존재는 대법이 끝난 후 삼 일 정도 그 후유증을 극복하지 못하고 눈의 초점을 맞추지 못하며 멍하니 먼 곳만을 응시하게 된다. 후유증이 심각한 것은 현무와 봉황을 상대로 실험하여 얻은 경험이었다. 내공을 익힌 존재는 자신의 내공이 대법에 사용되니 불행히도 사고를 당하면 육 개월가량은 노력해야 자신의 내공을 회복할 수 있으며 그 후에는 삶의 깨달음에 힘입어 내공을 쌓는 속도가 전보다 더 빨라지게 되는데 이것이 애벌레 대법의 장점이다. 결론적으로는 무인의 몸에 해가 되는 것이 아니라 오히려 개정대법과 같은 효과를 준다.

정염은 나일이 자신의 몸에서 손을 뗀 이후부터 시간이 마치 억겁에 갇힌 듯 보였다.

바람이 부는 송림의 잎이 자신의 시간 감각 중 세 시진 동안 단 한 번 움직여지는 것처럼 보이니 더 말한들 무엇하랴. 이게 뭔 일이랴? 자신의 눈이 점점 감겨져 오며 자신이 애벌레로 환생한 듯이 느껴졌다.

'아, 나는 죽어서 애벌레가 되었구나.'

참 희한하게도 머리 속에서는 쉴 새 없이 생각들이 이어지는데 몸은 자신의 의지를 잃어버린 듯 꼼짝도 하지 않았고 자신의 몸 밖 풍경도 느리게, 한없이 느리게 움직이고 있었다.

'이러다가 미치는 게 아닐까' 하는 생각에 덜컥 겁이 나기 시작했다. 자신이 살아온 인생을 다시 사는 것만큼의 오랜 시간을 꼼짝도 못하고 머리 속으로만 오만 가지 생각을 하면서…….

한순간 걷잡을 수 없는 공포가 밀려들기 시작했다.

나일은 속으로 반각을 센 후 그의 혈을 풀어주며 말했다.

"이제 너는 나의 대법에 금제가 걸렸다. 앞으로 말을 잘 들어야만 풀려날 수 있을 것이다."

정염은 자신이 돌연 정상의 상태로 돌아오자 방금 당했던 고문에 대해 이를 갈며 자신이 사술에 걸렸다 생각하며 외쳤다.

"악독한 놈, 사술로 이 사내대장부의 의기를 꺾을 수 있을 성싶냐?"

차라리 죽고 싶다는 생각이 든 게 수십 번이었기에 죽으려고 나일을 향해 고함을 지른 것이다.

"좋아좋아, 내 산채의 식구가 될 사람이 이 정도에 무릎 꿇으면 안 되지."

그리고는 사람이 사람을 때리는 느낌이 아니라 마치 오빠가 여동생의 인형을 때리는 기분으로 정염의 몸을 주물러 주고는 다시 애벌레 대법을 펼치며 황궁태사 노림에게 다가가 말했다.

"저놈은 나의 부하가 될 것인데 늙은이도 할 일 없으면 내 수발을 들었으면 하는 바람이 있네."

지금껏 믿었던 자금신검에 대한 믿음이 깨진 탓일까? 노림은 수염을 부르르 떨었다.

"노부 칠십 평생 너 같은 괴물은 처음이다. 선비는 모욕을 당할 바에야 죽음을 택하는 바, 차라리 죽여라!"

나일은 노림을 보며 웃으면서 엄지손가락을 치켜들었다.

"좋아, 역시 내 느낌대로군. 이 기회에 따끔하게 버릇을 들이는 것도 좋겠지."

그리고는 노림을 향해 말했다.

"노인네, 당신한테도 한 가지 조건을 내걸지. 나를 이긴다면 무사히 돈도 안 받고 보내주지. 어떤가? 대신에 지면 죽지 않을 만큼 시달림은 물론이고 나를 두목으로 받드는 것이야."

"흥! 차라리 죽여라! 이 늙은이가 어찌 젊은이를 이길 수 있단 말인가?"

"아니, 내 말은 노인네가 자신있는 것으로 겨루자는 거야. 물론 승부를 낼 수 있는 것으로 말야. 그것이 무공이 아니라도 상관없다고."

나일의 대답에 노림은 살아날 길이 보이는 듯했다.

노림 자신이 태자의 사부이며 황궁의 학사인만큼 학문의 조예가 남달리 깊은 까닭에 저 무식한 산적에게 공자의 말씀으로써 교훈을 주고자 했다.

"공자의 말씀을 논하는 것이 어떻겠느냐?"

노림의 목소리는 조심스럽게 떨려오고 있었다.

나일은 그의 말에 고개를 가로저었다.

"아니야. 그걸로 승부를 볼 수는 없지. 혹시 노인장, 바둑 둘 줄 아오?"

나일의 말에 금방 대답하지 않고 노림은 회심의 미소를 지었다.

십 년 전만 하더라도 바둑계에서 천하삼대국수라 하면 주남 사마세가의 가주 사마빈과 마교의 태상교주 마득풍, 그리고 지금은 고인이 되신 자신의 아버지 만박서생(萬博書生) 노유를 일컫는 말이었다.

바둑으로 겨루어서 천하삼대고수를 제외하고는 누구라도 이길 수 있다고 자신하는 것이 바로 노림이었다.

자신이 바로 황궁제일국수 노림인 것을 모르고 어디서 바둑 좀 뒀다고 까부는 것이라 여기며 노림은 '이런 횡재가 어디 있냐'라는 감정을 숨긴 채 어쩐지 겉 보기에도 문에는 취약(脆弱)해 보이는 나일을 보며 자신없다는 말투로 말했다.

"좋다. 내 비록 잘 두지는 못하지만 마.땅.히. 승부를 가리기에 적당한 것이 없는 바, 바둑으로 겨뤄보지. 그런데 이곳에서 바둑을 어떻게 둔단 말이냐?"

그 말에 나일은 대뜸 노림을 끌고 해변가로 가더니 근처의 큰 바위에 끌어 올린 후 손가락을 들어 바위 위에 가로, 세로로 열아홉 줄의

선을 정확히 긋는 것이 아닌가?

"헉!"

이 장면을 보던 노림은 나일의 무공이 극히 뛰어나다는 것을 인정하지 않을 수 없었다.

저 단단한 바위에 선을 긋는 손이 사람의 손이 아닌 것처럼 느껴졌다.

'이 녀석, 무공으로 내 기를 죽이는구나. 그렇다고 내가 져 줄 수는 없지.'

그렇게 마음먹은 노림은 나일을 향해 말했다

"그런데 바둑돌은 어찌한단 말이오?"

나일은 평평한 돌을 들고 와서는 돌을 마치 무 썰듯이 손가락으로 바둑돌 크기만큼으로 자르는 것이 아닌가? 웬만큼 적당한 양이 되었을 때 나일은 그 돌 무더기를 노림에게 건네었다.

"나는 이 손가락으로 이곳에 원을 그리고 사석은 눌러 없앨 터이니 노인네는 그것을 사용하시구려. 그럼 노인네가 선수를 두시오. 나이 대우를 해주는 거요. 알겠소?"

그러면서 노림에게 어서 두라고 손짓했다.

노림은 이 믿을 수 없는 무공 앞에 기죽지 않고 자신의 미래가 걸린 만큼 냉정을 회복하며 우하귀의 화점에 선수를 두었다.

서로 한 수 한 수를 두어갈수록 노림과 나일은 서로에게 놀라고 있었다.

'저 노인네 지금까지 바둑만 뒀나? 되게 잘 두네. 진짜 부하로 만들 만한 재목인데……'

'이 녀석… 무식한 산적인 줄로만 알았는데 바둑도 그 무공만큼 잘

두는구나. 물건일세. 그러나 질 수는 없다. 나, 노림의 모든 명예가 이 한 판에 달려 있다.'

서로의 마음을 이야기하지 않은 채 바둑을 두는 네 온 정신을 집중한 덕에 바둑판 위에는 용호상박(龍虎相搏)의 결투가 펼쳐졌다.

그렇지만 세력을 넓히는 데 집중한 노림과 실리를 취하면서 전투를 행한 나일의 대결은 후반으로 흐를수록 점점 나일에게 유리하게 전개되었다.

노림의 바둑 경력이 오십 년이라면 나일은 고금 제일의 바둑 고수인 황생에게 백 년간 지도를 받았다. 틈틈이 황생 못지않은 고수인 신농과도 일전을 겨루었고, 무릉도원을 나올 때에는 사부와 맞바둑을 둘 수 있는 경지에 이르렀다. 비록 맞바둑으로는 한 번도 사부를 이겨보지 못했지만 이미 천하삼대국수라 할지라도 이길 수 있는 실력을 가지고 있었던 것이다.

노림이 좌변의 집들을 잡기 위해 우변에 놓았던 돌을 그대로 놓고 중앙의 세력을 이용해 배후로 쳐들어가는 일수로 모험을 강행했을 때 나일은 속으로 흐뭇한 웃음을 지으며 그곳에 날 일(日) 자 모양으로 걸치는 돌을 그리니 노림의 안색이 믿을 수 없도록 빨개졌다.

이 나일의 한 수는 중앙의 세력권에서 하변의 돌들을 다 잘라내는 한 수로 그 돌의 위력으로 위, 아래, 좌, 우 모두 그 돌이 뻗어가는 기세에 눌려 노림의 세력 모두가 빛을 잃어버린 듯한 느낌이 들 정도였다. 노림은 지금껏 두어왔던 대국 모두를 통틀어도 지금 이 한 수만큼 커다란 한 수로 다가온 수가 없었기에 눈앞에 있는 나일의 실력을 인정함과 동시에 자신의 패배를 직감했다.

결국 뚫어지게 그 수를 살피다가 방법이 없자 탄식을 터뜨리고 말았다.

"아, 이렇게 죽게 되는 거구나."

그리고는 돌을 던져 자신의 패를 인정하며 나일에게 무릎을 꿇었다.

"소인 노림은 하늘 위에 하늘이 있다는 것을 알았습니다. 그리고 덕분에 궁극의 수를 맛보았습니다. 패배를 인정합니다. 약속대로 당신의 부하가 되어야 하지만 미력하나마 저에게도 자존심이 있는 바 목숨을 끊을 수 있도록 허락해 주십시오."

그 말에 지금껏 나일과 노림의 바둑을 관전하던 황태자 주성치가 급히 다가와 노림을 말렸다.

"태사, 이러시면 아니 되오. 그럼 저는 어떻게 아바마마를 뵈라고. 이보시오, 살려주시오. 내 당신의 요구를 뭐든지 들어드리리다."

급기야 주성치는 나일의 바짓자락을 잡더니 매달리기 시작했다.

"시끄러워!"

나일은 황태자 주성치의 뒷덜미를 잡아서 해변가로 휙하니 던져 버리고는 노림을 보며 말했다.

"내 노인네를 죽일 거였으면 이미 죽었을 것이오. 그런데도 노인네와 내기를 한 것은 이렇게 당신을 승복시키면 나의 부하가 되어줄 것 같아서였소. 노인네는 내 생각보다도 더 뼈대가 단단해 마음에 드는구려. 하나 당신이 목숨을 이처럼 가벼이 여긴다면 나도 나만의 방법으로 당신을 길들이겠소."

그리고는 노인네를 사정 보지 않고 정말 해변에서 먼지나게 때리고는 이어서 노림의 얼굴을 황태자 주성치에게 향하게 했다. 그리고는 주성치를 딱 노림이 맞은 만큼 무지막지하게 때리기 시작했다.

노림은 자신이 저렇게 맞았다는 데 절로 어깨가 움츠러들었다.

사람이란 자신이 맞을 때는 자포자기(自暴自棄)하는 심정이 있어 아픔만을 느끼지만 남이 맞는 것을 보면 자신이 지금껏 느꼈던 아픔에 공포까지 더해 두려움을 느낀다.

노림은 자신도 모르게 어깨가 움츠러들었다. 거기다 주성치가 누구인가? 이 나라의 황태자인 주성치를 저렇게 맞도록 내버려 둔다면 자신을 믿고 황태자를 맡긴 황제에 대한 배반이라 생각하고 나일을 향해 소리쳤다.

"두목, 당신이 나의 두목이요! 그만 좀 때리시오!"

그제야 주성치를 때리던 손을 멈추고는 환하게 웃으며 노림에게 다가갔다.

"좋아, 바로 그거라고! 하하하!"

노림은 하늘을 바라보며 이것도 하늘의 뜻이라 생각했다.

차죽피죽화거죽(此竹被竹化去竹)

이대로 저대로 되어가는 대로,

풍타지죽낭타죽(風打之竹浪打竹)

바람 치는 대로 물결 치는 대로,

반반죽죽생차죽(飯飯粥粥生此竹)

밥이면 밥, 죽이면 죽, 사는 이대로,

시시비비부피죽(是是非非付被粥)

옳으면 옳고 그르면 그른, 따라가는 대로.

한동안 이 시구가 노림의 머리 속을 떠나지 않았다.

나일은 주성치를 일으켜 세워서는 그의 몸에 묻은 모래를 털어주는 척하곤 건들거리며 싸가지없게 말했다.

암만 봐도 정염과 노림은 모두 뼈대가 단단한 사내로 보였지만 지금 자신이 잡고 있는 이 녀석에게서는 그런 분위기를 찾아볼 수 없었다. 다만 곱게 자란 듯 보였다. 게다가 건방진 웃음까지 나일을 향해 보이니 나일은 그저 기가 찰 뿐이었다.

"아가야, 너도 내 부하가 되고 싶은 마음은 알지만 너는 할 줄 아는 게 아무것도 없으니 어쩌냐? 그냥 편하게 죽어주면 좋을 것 같은데……."

나일은 어차피 두 명이 자신에게 승복했지만 두 명 다 이 녀석을 감싸려는 듯 보였기에 이 녀석도 데리고 있어야겠다고 생각했다. 그래서 이 참에 주성치의 버릇을 고쳐 놓으려고 철저하게 무시하는 투로 말하면서 손을 들어 또 때리려고 하자 주성치는 다시 맞는다는 공포와 자신이 아무것도 모른다고 무시하는 반발심에 나일을 째려보며 제법 사내다운 깡다구를 드러냈다.

"나도 내기를 했으면 좋겠소."

"싫은데?"

나일의 대답에 황태자 주성치는 울상이 되었다.

금방이라도 눈물을 떨어뜨릴 듯, 맞을 때는 너무 아프고 무서워서 눈물이 나오지 않았는데 돌이켜 생각해 보니 무섭고 또한 너무 서러워 눈물이 나오려고 했다.

'이씨, 나보다 기껏해야 서너 살 더 먹어 보이는데 말끝마다 나를 무시하고… 대명의 황태자 주성치가 어쩌다 저런 날라리 산적 같은 놈에게 걸려서는…….'

나일은 주성치가 울려 하자 때리려고 뻗었던 손을 일단 거두었다.

"쳇, 취약(脆弱)한 놈, 계집애처럼 울려 하다니……. 좋다, 내기를 하지. 있을 수 없겠지만 천만 분의 일이라도 네가 이긴다면 너를 무료로 풀어주마. 물론 네가 지면 내 부하는 안 되고 전속 하인이 되는 거야. 이래도 할 테냐?"

'부하면 부하지 하인으로 부려먹는다는 건 또 뭐야?'

황태자 주성치는 조건이 다른 사람들보다 훨씬 좋지 않았지만 선택의 여지가 없기에 승낙의 뜻으로 고개를 끄덕였다.

"너는 무엇으로 할 테냐?"

나일의 물음에 주성치는 곰곰이 머리를 굴렸다.

황궁제일고수라는 자금신검 정염을 무공으로 꺾었으니 자신의 변변치 않은 무공 실력으로 그를 무공으로 이긴다는 것은 어불성설(語不成說)이요 황궁제일학사이자 자신의 스승이며 황궁 제일의 국수라는 노림에게 바둑으로 이겨 버렸으니 노림에게 아홉 점을 깔고 두어도 만방으로 지는 자신에게 승산이 없기는 매한가지였다.

그렇다면 운에 맡길 수 있는 것에 자신이 이길 가능성이 조금이라도 있으리라 생각하고는 운에 맡길 만한 것으로 승부를 보려 했다.

그런 것은 황궁에서 자신이 즐겨 하던 주사위 놀이뿐이라는 생각이 들자 나일을 향해 말문을 열었다.

"나는 주사위 놀이로 승패를 결정했으면 하오"

주성치는 마치 자신이 마지막 도박을 벌이는 도신이 된 듯한 비장한 말투로 말했다.

"너한테 불리할 텐데?"

나일은 주성치를 측은한 듯이 보며 말했다.

황생에게 의술을 배운 후 바로 배운 게 도박인데. 기껏해 봐야 스무 살도 안 돼 보이는 녀석이 도박을 해봤자 얼마나 해봤겠는가? 모든 얍삽한 기예를 다 전수받은 자신이 주성치의 속임수를 눈치 채지 못할 리가 없었다.

그런 나일을 보며 주성치가 단호하게 말했다.

"분명 나에게 불리할 것이오, 도박을 하는 동안 당신이 무공을 사용한다면……. 그래서 말인데, 무공을 사용하지 않고 승패를 하늘에 맡기고 하는 것이 어떻소?"

나일은 잠시 생각에 잠겼다.

'이것은 내가 자신할 수가 없는 것인데… 무공을 사용하지 않는다면 승률은 반반일 테니…….'

자신의 생각을 정리하다가 어차피 주성치는 보기에도 산적과는 어울리지 않게 생겼다는 것을 상기하고는 짐이 될 바에는 차라리 그 뜻을 하늘에 물어보는 것도 나쁘지 않다 여겼다. 나일은 주성치에게 가까이 오라는 시늉으로 손가락을 까닥거렸다.

"좋다, 승부를 받아들이지. 단, 네가 속임수를 쓰거나 한다면 나는 그 자리에 내 무공을 사용하여 주사위를 부숴 버리고 너의 머리도 부숴 버릴 거다."

'저 극악무도한 놈! 시작하기도 전에 겁주냐?'

주성치는 나일을 보며 말을 삼켰다.

"주사위는 당신이 만들어야 하지 않겠소?"

순간 그 말에 나일이 뒤통수를 가격하더니 끝내는 구타를 자행하면서 말했다

"이 자식이, 어린 게 어디서 당신이야? 이놈, 너는 형도 없냐?"

나일의 말에 맞으면서도 그 이유를 몰랐던 주성치는 손으로 머리를

감싸며 속으로 다시 나일을 욕하기 시작했다

　'그래, 나 형 없다. 이씨, 자기는 할아버지 뻘인 황궁태사 노림이나 자금신검 정염한테 존대말 썼나? 웃기고 있어. 그리고 겨우 그것 때문에 이렇게 때리는 거야? 말로써 얘기해도 충분히 알아들을 텐데……. 아무튼 저 자식 성질 진짜 더럽네.'

　이윽고 때릴 만큼 때렸다 여긴 나일이 손을 멈추었다.

　"다시 한 번 말해 봐."

　주성치가 잔뜩 굳은 표정을 하며 자신의 머리를 감싼 손을 푸는 우(愚)를 범하지 않고 더듬더듬 말을 하기 시작했다

　"그… 러니까… 요, 산적… 형님, 주사위 좀 만들어주세… 요."

　나일은 그런 주성치를 대견하다는 듯이 쳐다보며 말했다.

　"자식, 그렇게 말하니까 얼마나 듣기 좋냐? 나 역시 기분 좋게 너를 대하지 않느냐?'

　'이런 망할…….'

　이런 상황에서 욕이 나오지 않는 사람은 신선뿐일 것이다. 얼르고 뺨 치고……. 나일의 저 기술은 황생이 자주 자신에게 써먹은 것이었는데 과연 배운 것을 잘 활용하는 건실한 제자였다.

　나일이 주사위를 만드려고 주사위 크기의 두 개의 돌을 네모 반듯하게 손으로 자르며 주사위에 점을 새겨 넣는 동안 주성치의 속에서는 쉴 새 없이 욕이 나오고 있었다.

　'저 자식, 내가 황궁에 돌아가면 저 자식의 사돈의 사돈까지 다 잡아 죽이고 말리라.'

　그렇게 마음을 곱씹을 때 나일이 다가와서 주사위 두 개를 주성치에게 건넸다.

"먼저 던져라."

나일이 건넨 주사위를 잡으며 주성치는 하늘과 땅에 간절히 빌고 또 빌었다.

'신이시여, 앞으로 제 인생의 모든 도박은 져도 좋으니 이번 딱 한 번만 이기게 해주십시오.'

감았던 눈을 부릅뜨며 주성치가 비장하게 외쳤다.

"사내대장부끼리 단판 승부를 냅시다!"

"좋다!"

"자, 갑니다!"

주성치가 하늘에 빌고 또 빈 주사위는 허공에서 맹렬히 돌아갔다.

정말 주성치가 이 승부를 하늘에 맡긴 듯 속임수를 사용하지 않고 정정당당(正正堂堂)하게 주사위를 던진 것이라는 걸 나일도 알 수 있었다.

푹! 푹!

해변에 던져진 주사위는 삼(三), 사(四)의 면을 보이고는 모래 속으로 파고들었다

"나는 삼(三)과 사(四)의 합인 칠(七)이 나왔소… 요."

주성치는 좋지도 나쁘지도 않은 점수를 보고는 얼굴을 찡그렸다.

그 말에 나일도 주사위를 집어 들었다

'어떻게 하면 정당하게 이길 수 있을까.'

나일은 곰곰이 생각했지만 이내 하늘에 맡긴다는 생각으로 주사위를 던졌다.

허공에서 서로 부딪친 주사위는 시차를 두고는 해변의 모래 속으로 파고들기 시작했다.

먼저 푹 소리가 나며 이(二)라는 숫자의 면과 일(一)이라는 숫자가 땅에 닿을 무렵 갑자기 모래 속에서 작은 꽃게가 튀어나와 일(一)이라는 숫자가 붙은 주사위가 떨어지는 곳에 자리를 잡는 것이었다. 당연히 그 주사위는 그대로 떨어지는 것이 아니라 꽃게의 집게 다리를 맞고는 육(六)이라는 숫자로 바뀌었고, 꽃게는 이내 모래 속으로 사라져 버렸다.

"와우! 이겼다!! 이건 정말 하늘의 뜻이야! 역시 착한 자는 언제나 승리한다니까!"

나일의 말도 안 되는 억지 주장에 주성치는 하늘을 노려보며 외쳤다.

'진정 저를 버리십니까, 신이시여! 지금 어디 외출하신 것 아니십니까?'

자신이 승자이기에 두목이 되었고, 이제는 동등한 위치가 된 세 명이건만 노림과 정염은 주성치를 특별 대우했다. 나일이 그들에게 제일 먼저 행한 것은 위계 질서의 확립을 명목으로 한 군기 확립. 즉, 구타였다. 그리고 이어져 펼쳐진 만악대법(애벌레 대법이라고도 불린다).

사부가 자신에게 그랬듯이 철저하게 초반부터 기선을 제압해 놓아야 편하다는 생각에 거리낌없이 나일은 만행을 자행했다.

대법이 펼쳐진 것은 겨우 일 각. 그 한 번만으로도 각각의 반응은 달랐다.

우선 정염은 대법을 펼치기 전부터 맛이 가 있었는지라 벌벌 떨면서 대법이 끝난 후에는 자신의 몸을 학대하였는데, 대법은 시술자의 급속한 내공 소모가 이루어지기 때문에 내공이 다 사라진 정염은 그저 자신의 몸을 할퀴는 데 그쳤다.

노림은 연륜 탓인지 묵묵히 참아내었다.

그런 모습을 좋아하지 않는 나일인지라 얄미워서 다시 일 각가량 더 대법을 시전하자 결국 노림은 주저앉아 어린아이처럼 엉엉 울어댔다. 하지만 노인네가 그러는 게 못마땅한 나일이 '한 번 더 해줄까?' 하는 말에 노림은 급속도로 평정을 찾아갔다.

소변이 마려웠던 차에 나일에게 대법을 당했던 주성치는 머리 속에 소변 생각만 가득했다.

대법이 풀린 후 '아, 오줌 마려' 만 머리 속으로 되뇌었다.

아무도 몰랐지만 이미 주성치는 대법이 풀리자마자 바지에 오줌을 싸버렸다.

그러나 모두들 후유증으로 인해 한참을 미친 것처럼 있다 결국 정신을 잃고 말았다.

결국 나일은 새로 생긴 부하들의 수발을 삼 일이나 들었다.

대법의 후유증으로 정신적으로나 신체적으로 그들은 너무 약해져 있었다. 그들이 꼼작도 할 수 없는 상태인지라 바닷가의 통나무를 정염의 검으로 베어다 몸을 뉘일 오두막을 지어 그들을 쉬게 해주었다.

'젠장, 부하를 만들었는데 내가 또 잔심부름을 하다니……'

이런 생각이 머리 속을 파고들자 자신이 지금 그들의 수발을 든 것의 몇 배로 수발받을 것을 마음속으로 다짐했다.

산적이 되기로 했지만 정염을 제외한 나머지 두 명의 체력이 엉망인지라 그들의 신체를 단련하기 위하여 나일은 그들이 깨어나자마자 훈련을 개시했다.

"모두 집합!"

집합이란 소리를 처음 듣는 것은 오직 주성치뿐인 듯 나머지 정염과 노림은 나일의 말에 재빨리 몸을 일으켜 나일의 앞으로 섰다.

나이도 많아 보이는 사람들은 오히려 빠릇빠릇한데 젊은 놈은 누워서 쉬고 있으니…….

"야, 넌 왜 안 오는 거야?"

"저 말인가요?"

여전히 누워서 요양하고 있던 주성치는 나일이 자신을 가리키자 왜 불렀냐는 듯 물었다.

"내가 집합하랬잖아!"

"집합이 뭔데요?"

아무리 성격 좋은 사람이라도 그대로 참지 못할 일인데 하물며 나일의 성격 앞에…… 쯧쯧.

주성치는 아직도 요양이 필요한 몸이었건만 나일이 휘두른 주먹에 그대로 다시 누워버렸다.

나일은 그런 주성치의 목을 잡고는 오두막 밖으로 끌고 나왔다.

주성치가 깨어나 보니 정염과 노림 앞에 웬 통나무가 놓여져 있었다

"일어났으면 이리 와."

나일의 말에 이미 주눅이 들어버린 주성치는 정염과 노림 사이에 꼈다.

"자, 이 통나무를 셋이서 든다. 실시!"

정염이 한쪽에서 두 손으로 잡고 노구를 이끌며 노림이 반대 편에서 두 손으로 들어 올렸다. 그리고 키가 작은 주성치가 디딤돌을 놓고 그 위에서 힘을 쓰자 통나무가 들어 올려졌다.

"이런 멍청한 놈들, 누가 그렇게 들래? 어깨로 메어 들어야지!"

나일이 그들 사이로 가서 시범을 보이자 그제야 그들도 어깨로 나무를 들기 시작했다.

무게가 장난이 아닐 것이라는 건 짐작했지만 어깨가 짓눌리는 게 너무 고통스러웠다.

"자, 하나 하면 들면서 정신! 둘 하면 내리면서 무장!"

제법 친절한 설명이어서 모두 나일의 말을 이해했다.

"알겠나?"

나일이 물었는데도 대답이 없었다.

다들 이런 분위기는 처음이거나 오래전의 경험이라 대답 대신 고개를 끄덕인 것이다.

"이것들이 미쳤나? 대답을 안 해!"

나일의 눈빛이 한순간 냉기를 품었다.

그것을 봤다 싶었을 때, 그들은 머리 속에 떠다니는 별과 새들을 세어야 했다.

"자, 다시 한 번 묻겠다. 알겠나?"

역시 경험의 효과는 대단했다. 단번에 세 명의 입에서 동시에 '예'라는 소리가 나온 것이다.

흡족한 듯 고개를 끄덕이며 나일은 '하나'를 외쳤다

그래도 정염은 한가락 했던 자인지라 나일이 무엇을 시키는 줄 알았다.

예전 같았으면 이런 통나무 따위는 손가락 하나면 충분했지만 지금 자신의 상태는 내공을 한 줌도 모을 수 없는 상태라 믿는 건 보통 사람보다 조금 나은 육체뿐이었다.

그에 반해 노림은 노인이라 힘을 못 쓰고 주성치는 본래의 무공도 형편없었기에 자신이 주도적으로 이 일을 맡아야 한다는 것을 알고는 젖 먹던 힘까지 다 짜내었다.

"하나!"

"정신… 정신… 정신……."

"이것들 봐라, 구령이 안 맞잖아! 맞고 할까?"

무심코 쥐는 나일의 주먹. 그 주먹에 돌연 통나무가 덜덜 떨렸다. 세 명 모두가 몸서리친 진동이 통나무에게까지 전달된 것이다.

"둘!"

"무장!"

"그래, 좋아. 그렇게 입을 맞춰야지. 하나!"

"정신!"

"둘!"

"무장!"

"하나!"

"정신!"

…….

스무 번쯤 했을까? 더 이상 짜낼 힘이 없는 정염은 슬그머니 힘을 아꼈다.

"하나!"

"정……."

철퍼덕!

지금껏 정염에게 의지해서 대충 들어 올려졌던 통나무가 그만 바닥으로 떨어진 것이다.

"이런 썩을 놈들 봤나? 정신 무장은커녕 고작 세 명이서 힘을 합치지도 못해?"

길길이 날뛰는 나일을 보며 정염, 노림, 그리고 주성치는 체념했다.

예상대로 한 번씩의 장유유서의 순서로 교육성 매 타작이 끝나고서 다시 훈련은 계속되었다.

"다시 한 번 떨어뜨려 봐, 그땐 정말로 죽을 줄 알아!"

나일은 내심 애벌레 대법을 펼쳐 그들의 기를 꺾어놓으려다 그러면 다시 자신이 그들의 수발을 들게 될까 봐 주먹을 휘둘러 보이기만 했다.

"하나!"

"정……."

이미 육체의 한계가 왔는지 정신이 아득하게 밀려나며 들고자 했던 통나무는 들리지 않고 그만 그들은 주저앉고 말았다.

그동안 쌓인 피로와 나일에게 당한 교육의 후유증 때문에 주저앉고 만 것이다.

"이런 썩을 놈들."

지금 저들이 힘이 빠져 있다는 것은 알았지만 열 번만, 아니, 다섯 번만 들어주면 끝내려던 교육을 부하들이 한 번도 못하고 주저앉자 나일은 애꿎은 통나무를 들어서 바다를 향해 던져 버렸다.

쉬이익!

오두막에서 바다까지의 거리는 무려 삼십여 장.

도저히 사람이 던진 것이라고는 믿을 수 없게도 그 큰 통나무가 해변을 지나 바다 속으로 빠지자 주저앉았던 정염과 노림, 그리고 주성치는 자신도 모르게 엉겹결에 일어선 자세가 되었다.

그것만으로도 분이 풀리지 않는지 나일은 자신의 내공을 극성으로 끌어올렸다.

"무하신공 무아무한(無我無限)!"

손에서 뿜어진 강기가 바다를 가르는 장관이란……

바다에 길이 보이며 갈라지듯 벌어진 바다는 마치 수십 장의 길을 만들어서 파도를 밀어내려는 듯이 엄청난 위용을 자랑했다.

천신이 하강한 듯한 그 모습에 넋을 잃고 있던 정염, 노림, 그리고 주성치의 뜻이 통했는지 그들에게서 열 발자국쯤 떨어진 곳에 있는 아까보다 더 굵은 다른 통나무를 모두가 힘을 합쳐 어깨에 메었다.

'저 시키는 사람이 아냐.'

'저걸로 한 대 맞으면 몸이 남아나지 않겠다.'

'저놈 마음에 들게 행동해야지. 우선은 살고 보자.'

나일이 고개를 돌려 그들을 봤을 때는 이미 통나무가 그들의 어깨 위에 올려져 있었다.

'흠, 역시 나는 대단해. 우하하하!'

스스로 벌인 짓이 만족스러운지 나일의 입가에 미소가 걸렸다.

하나 주성치 등이 보기에는 그 미소가 너무나도 사악해 보였다.

"오늘 한번 죽어보자! 제대로 못하면 바다에 처넣고 몸통을 갈라 버릴 거야!"

제10장

산적이 된 부하 중에
사내(?)는 없다

　밤새 나일은 와룡채의 미래에 대한 구상으로 밤을 보내다가 우선은 각자의 적성에 맞는 임무를 부여하는 게 중요하다 여기고 부하들을 소집했다.

　"이제 와룡채(臥龍寨)의 채주인 천하무적 나일님이 너희들의 보직을 알려주겠다!"

　이건 또 무슨 일인가 해서 모두들 어리둥절한 표정이었다.

　"우선 너!"

　자검신검 정염은 제일 먼저 자신을 지적하자 순간 깜작 놀랐다가 이내 놀란 표정을 감추며 우렁차게 대답했다.

　"예, 채주님."

　"너는 이 중에 무공이 가장 강하니까, 물론 나에 비하면 새 발의 피지만 그 정도면 일단 무난한 것 같으니 너를 와룡채의 행동대장으로 임명한다."

나일이 말을 끝내자 말도 안 되는 이유로 때리는 줄 알고 겁먹었던 정염은 예의도 바르게, 아니, 아부성 기질을 발휘하며 크게 외쳤다.

"와룡채의 행동대장 정염, 충성을 다하겠습니다!"

나일은 그런 정염을 흐뭇하게 바라보며 흘깃 노림과 주성치를 째려보았다.

"박수 소리가 안 들리네? 이 채주님의 말 한마디가 끝날 때마다 박수를 쳐야 하는 건데 그런 것도 몰라서야……. 맞으면 알게 되려나? 아니면 애벌레로 평생을 살게 해주면……."

그 말에 겁먹은 노림과 주성치는 마치 대단한 작위를 받은 듯 정염을 보며 축하의 박수와 환호성을 질렀다.

"축하합니다!"

"드디어 성공의 문을 열었구려!"

"모두 채주님과 여러분들의 덕분입니다."

정염의 적당한 축하 답변이 있자 나일은 손을 입가에 대고 조용히 하라는 시늉을 하며 이번엔 노림을 보았다.

"늙은이, 당신은 인생 경험도 풍부하고 학문에 조예도 깊은 듯 보여. 물론 나에 비하면 계란으로 바위 치기지만……. 흠흠… 아무튼 와룡채의 군사(軍師)로 정식 임명하겠네."

자신의 사부를 닮아 말 한마디에 자기 자랑을 은근슬쩍 빼놓지 않고 말하며 노림에게 군사의 직책을 맡기자 마치 짠 듯이, 기다렸던 듯 숨죽이고 있던 정염과 주성치가 박수와 환호성을 지르며 축하의 말을 전했다.

"언젠가는 군사가 될 줄 알았어요!"

"꿈은 이루어진다!"

"앞으로 채주님을 중심으로 저의 모든 것을 바쳐 이 와룡채를 천하 제일의 산채로 만들 것입니다!"

거창한 군사(軍師) 노림의 말이 끝나자 잠시 조용해지며 모두의 귀가 나일의 말에, 그리고 눈은 황태자 주성치에게 향했다.

"너는… 그러니까… 생긴 것은 이쁘장하지만 무공도 약하고 학식도 별루 없는 것 같고… 하는 행동도 계집애처럼 취약(脆弱)해 보이니… 휴우… 약속대로 한다면야 원래 내 하인이 되어야 하겠지만 워낙 내가 맘이 넓다 보니 냉정하게 그럴 수도 없고…….."

'그래서 결론이 뭔데? 차라리 아무것도 시키지 마라.'

길게 말하면서 자신을 무시하는 나일을 향해 욕을 해대던 주성치의 귀에 인심 썼다는 투의 나일의 말이 들려왔다.

"…그래서 너에게 분에 넘치지만 와룡채의 천하무적 채주 나일님의 수석 비서로 임명하겠다."

그리고는 탐탁지 않게 주성치를 쳐다봤다.

순간 모두의 안색이 변했다.

수석 비서(首席秘書). 말이 좋아 수석 비서지, 이 직책은 자신이 귀찮은 것을 시키려고 자신의 수발을 들게 하려고 만든 임시 직책이 분명한지라 모두의 얼굴이 굳었지만 그것도 잠시, 어쨌든 정염과 노림은 주성치에게 축하의 박수를 보냈다.

'저 시키… 아무리 그래도 너무 심하잖아. 대명의 황태자를 겨우 자기 비서 시키면서… 그것마저도 탐탁지 않은 내색을 하다니…….'

속으로 나일을 욕하면서도 입으로는 연신 '감사합니다', '충성을 다 하겠습니다'를 외치는 주성치였다.

바닷가의 석양은 말로는 표현할 수 없을 정도로 신비스러웠다.

그것은 바라본 자만이 느낄 수 있는 종류의 것이고, 바라본 자의 기억에만 저장되는 것이다.

태양이 저물어가는 바다…….

저 먼 수평선에서는 노란 병아리가 새빨간 닭이 되는 것만큼이나 신비스러운 장면이 번져 갔다.

붉은, 너무나 붉은 바닷가의 노을은 파랗던 하늘이 성장해서 저렇게 되는 걸까?

아니면 너무나 힘들어서 흘린 피눈물이 번져서 저리 된 것일까?

훈련을 마친 후 저녁때는 행동대장 정염이 잡아온 물고기를 노림이 요리했고, 그것을 설거지하는 몫은 주성치였다.

그들은 주성치를 도우러 설거지를 하는 주성치 옆에 모여서 악독하고 하나도 마음에 들지 않는 나일에 대한 대응을 어떻게 할까에 대해 나일이 바닷가로 간 틈에 모여 그 대책을 의논하고 있었다.

"저 나쁜 놈에게서 벗어날 방법은 없나요?"

나일의 수석 비서 주성치가 와룡채의 행동대장 정염에게 물었다.

"예, 전하. 지금 벗어난다 해도 저 악독한 놈의 금제에 걸려 저의 내공이 급격히 사라져 지금에야 다시 조금씩 내공이 모이기 시작했습니다. 아무래도 저자가 금제를 풀어주지 않으면 다시 원래의 몸으로 돌아가지 못할 듯합니다. 그것만 생각해도 자진하고 싶지만 오직 전하를 무사히 황궁으로 모시기 위해 이렇게 모욕을 꾹 참고 있는 것이옵니다."

정염은 분한 듯, 그리고 송구스러운 듯 주성치의 말에 대답했다.

"저자의 무공이 너무 높아 힘으로 제압하기는 무리입니다. 저 정도의 고수라면 병사 일만은 동원해야 잡을 수 있을 것입니다. 잠시 참고기다리다가 기회를 보는 것이 좋을 듯합니다."

"전하, 이 수모를 언젠가는 백 배 천 배로 갚아드릴 테니 당분간은 몸을 보중하는 데 노력하심이……."

울분을 참으며 노림도 정염의 의견에 동조했다.

그들의 반란 모의, 아니, 기회를 잡자는 데 의견을 모은 토론이 끝나갈 때쯤 나일이 바닷가에서 그들을 불렀다.

못된 짓을 하다가 들킨 어린아이들처럼 그들의 얼굴에 당황한 기색이 역력했지만 서로 눈짓으로 침착함을 되찾았다.

"야, 행동대장! 군사! 수석 비서! 모두 나와!"

바다가 보이는 곳으로 나온 와룡채의 삼 인방의 시선이 나일에게 향했다.

모두 벗어젖힌 나일의 몸은 정말 아름다워 보였다.

딱 벌어진 어깨, 우람한 근육은 그동안 옷에 갇혀 있던 것이 불만이었던지 탄력을 발했으며 뜨거운 바닷가의 태양 덕분에 검게 그을린 피부는 야성적이란 말보다는 그렇지 않아도 무식해 보이는 나일을 더 무식하게 보이기에 충분했다.

"다 벗구 시원하게 수영하자구!"

나일의 말에 잠시 그들 모두가 망설였다.

"빨리 들어와."

감히 채주가 손짓까지 해 보였지만 여전히 그 삼 인방은 미동도 하지 않았다.

"아직 산채가 다 정리되지 않았습니다."

주성치의 말에 나일은 얼굴을 찌푸리고는 험악하게 말했다.

"벌써 기강이 해이해진 거야? 채주가 말하면 재빨리 실행해야지. 맞아볼래, 애벌레가 돼볼래?"

제일 먼저 반응한 것은 행동대장 정염이었다.

나일은 그런 정염을 보며 대견한 듯 말했다.

"바로 그거야. 채주의 말이 떨어지면 지옥의 불속이라도 뛰어들어야지."

"근데… 어쩌죠. 상당히 보기 민망할 텐데……."

"에이, 남자끼린데 뭐 어때?"

정염은 머뭇거리다가 주저주저하며 나일의 귓가에 조그맣게 속삭였다.

"채주님, 사실 제가… 어렸을 때 내시로 입궁하게 돼서 남자의 상징이 없습니다."

"뭐?"

나일은 어처구니없다는 표정을 지으며 정염의 몸을 보았다.

"어쩌다가 그런 몹쓸 짓을……."

나일은 애처로운 표정을 지으며 정염에게 걸어갔다.

"봐봐."

정염은 나일의 말에 순간 당황했지만 어차피 다른 사람이라도 믿지 않을 터, 나일을 향해 속옷을 까내렸다.

"음… 이럴 수가……. 어찌… 으음……."

나일이 유심히 정염의 거시기를 쳐다보며 나름대로의 궁금증을 풀었다.

"음, 어쩐지 눈치가 빠르고 싹싹하더니 행동대장이 내시로 입궁했던 불행한 과거가 있었군. 미안해. 다른 사람들 보기에 민망할 테니 속옷은 입고 들어가라고. 그리고 군사랑 수석 비서는 거기 서서 뭐 하는 거야? 빨리빨리 안 움직여? 좋아, 오늘 한번 죽어보자 이거지?"

나일의 말에 정염은 냉큼 속옷을 다시 입은 후 바닷물 속으로 뛰어들었고, 나일이 일그러진 얼굴로 군사 노림을 쳐다보았다. 순간 흠칫한 기색을 보인 노림도 연이어 바다 속으로 뛰어들려 했다.

"군사, 당신은 속옷 입어. 쭈글쭈글한 걸 어딜 내봐. 바다가 싫어한단 말이야!"

나일의 질책에 노림도 황급히 속옷을 입고는 바다로 달려들었다.

그러나 여전히 미동도 하지 않고 오히려 바다를 외면하려는, 아직도 옷을 벗으려 들지 않는 수석 비서 주성치를 보고는 험악하게 소리를 질렀다.

"수석 비서, 셋 셀 동안 옷을 벗고 바다로 뛰어든다. 실시!"

"하나!"

하나라는 말에 주성치의 몸이 흠칫했지만 아직 옷을 벗으려는 어떠한 시도도 보이지 않았다.

"둘!"

둘이라는 말에 주성치의 눈에서 닭똥 같은 눈물이 맺혔다.

"셋!"

그 순간 주성치의 눈에서 눈물이 쏟아지며 엉엉 우는 것이 아닌가!

그런 주성치를 보며 나일이 짜증을 냈다.

"야, 취약 비서! 너 계집처럼 눈물 짤래? 너도 남들에게 말하기 부끄러운 신체의 비밀이 있나?"

나일의 말에 주성치는 더욱더 소리 높여 울어대기 시작했다.

"너… 도 설마……?"

황급히 나일은 주성치에게 달려가 그의 바지를 내렸다.

나일이 주성치의 물건을 확인하는 순간 주성치와 나일의 눈이 허공에서 부딪쳤다.

"헉!"

"엄마야!"

나일은 보고 만 것이다.

주성치는 행동대장처럼 있다 만 것이 아니라 아예 없는 것이었다.

나일은 재빨리 바다 속으로 뛰어들며 정염에게 물었다.

"야, 행동대장! 쟤 혹시… 여자냐?"

정염도 그런 상황을 보고는 난처한 듯 나일의 말에 대답해 주었다.

"이것은 비밀인데 손이 귀한 집이라 대를 잇기 위해 지금껏 태어나면서부터 남장을 하고 계셨던 것입니다."

나일은 오히려 상황이 종료된 후에야 알려준 정염을 구타했다.

"그런 건 빨리 알려줬어야지!"

지금껏 울던 주성치도 그 모습이 무서워서 나일이 정염에게 하는 행동이 자신에게도 미칠까 하는 두려움에 눈물을 뚝 그쳤다.

그런 주성치와 정염, 그리고 노림을 둘러보며 나일은 속으로 고함을 질렀다.

'이런, 부하라고 있는 것들이 엉망진창, 제대로 된 사내가 없단 말이야. 그것도 산적들이?'

사건이 종결되고 밤이 되었을 때 나일은 밖에서 들려오는 흐느낌을 들었다.

이 밤에 그럴 만한 사람은 오직 취약한 주성치뿐이라는 것을 알고 무시하며 잠을 청했지만 그것도 잠깐이지, 한 시진을 계속 울어대는 데에 도저히 참을 수 없어서 밖으로 나왔다.

그곳에는 언제부터 울고 있었는지 눈이 퉁퉁 부은 수석 비서 주성치가 하염없이 울고 있었다.

"집에 가고 싶냐?"

나일이 온 얼굴이 눈물 범벅이 된 주성치를 보며 물었다.

주성치는 고개를 끄덕이며 계속 눈물을 흘렸다.

"그래, 이곳은 여자가 있기에는 무리지."

자신이 원하는 산채는 강한 남자들로 이루어지는 곳인데 여자가 그 무리에 끼어 생활하기는 힘들었다.

"그래, 집에 가고 싶겠지."

자신도 떠나온 집이 문득 그리워졌다.

얼마나 많이 변했을까? 자신도 아버지가 보고 싶어졌다.

그런저런 생각을 하다 결심한 듯 오두막을 보며 소리쳤다.

"안 자고 있는 거 다 아니까 모여봐!"

"우리는 내일 이곳을 떠난다. 손님이 너무 없으니까 행사 나갈 일도 없고, 그리고……."

나일은 주성치 쪽을 쳐다본 후 다시 말을 이었다 .

"아무튼 당분간 이곳을 폐쇄하고 휴업에 들어간다. 다시 다른 물 좋은 장소로 자리를 옮겨서 행사를 시작하는 것이다. 그리고 행동대장, 군사, 너희들은 일단 수석 비서를 집에 데려다 주고 6개월 후 소주의 옥화루에서 만난다. 알았는가? 참, 너희들의 몸에 있는 대법은 헤어질 때 풀어주마."

나일 일행은 산채를 떠나온 지 삼 일 후에야 절강성의 중심부인 화
양 땅에 도착할 수 있었다. 화양 땅에 도착한 것은 하루 해가 저물어갈
무렵이었기에 그곳에서 쉬어갈 요량으로 객점을 찾았다.

물론 한시라도 빨리 헤어지고 싶은 수석 비서, 군사, 행동대장은 나
일에게 목적지를 물어서 가장 빨리 헤어질 수 있는 길을 찾아가려고
했지만 워낙 그들이 있던 곳이 외지인지라 이곳까지의 길이 하나밖에
없고, 여기에 와서야 길이 나누어지는 까닭에 삼 일을 함께 보낸 것이
다.

나일의 일행은 그곳에서도 가장 떠들썩해 보이는 '주루주루(朱樓酒
樓)' 라는 간판을 단 객점의 문을 열었다.

"이보게, 한 잔 받게."

"하하, 내가 말이야……."

여기저기서 술을 권하는 소리가 시끄러워져 가는, 여느 주점과 다름
없는 분위기였다.

하나 순간 안채에서 비명이 들려와 갑자기 주점은 얼어붙은 듯 조용
해졌다.

화려한 옷차림에 어울리지 않는 고아한 부채를 손에 쥔 뚱뚱한 남자
가 한 여인을 희롱하고 있었다. 그의 주위로는 청의를 입은 남자 넷이
그녀를 둘러싸 여인이 도망갈 수 없도록 붙잡아두고 있었으며, 그녀의
일행인 듯한 남자 둘은 무릎을 꿇은 채 머리를 숙이고 있었다.

"이봐, 본 공자가 책임질 테니까 어여 와서 안기라니까."

"이러지 마세요……."

여인은 사내에게 손목을 잡히고는 손을 빼지 못해 애걸복걸 사정을 했다.

"잘못했어요. 한 번만 봐주세요."

뚱뚱한 남자는 여인이 발버둥 치는 것을 오히려 즐기고 있었다.

"이런, 뭔가 오해가 있나 본데… 넌 하나도 잘못한 게 없어. 잘못이라면 앙탈의 강도가 좀 심하다는 것뿐, 그것도 봐줄 만하지만 말야."

"누구 좀 도와주세요!"

여인의 그 말에도 누구 하나 도와주려는 사람이 없었다. 모두들 자기 앞의 음식만 보일 뿐 다른 것은 보이지 않는 듯 바쁘게 음식 먹는 시늉만을 했다.

그 장면을 목격한 나일이 나서려는데 취약하기로는 천하제일인 수석 비서 주성치가 먼저 나서서는 그들에게 다가가 뚱뚱한 사내를 제지하려 했다.

일행은 잠시 팔짱을 낀 채 주성치를 바라보며 묵묵히 돌아가는 상황을 지켜보았다.

"웬 놈이냐?"

청의를 입은 사내는 주성치가 다가오자 나쁜 놈, 건달, 깡패, 양아치 등등이 정의의 사도가 나타나면 건네는 고전적인 대사를 던졌다.

"흥! 감히 절강성 내에서 아녀자를 희롱하다니, 너희는 대명의 국법이 두렵지 않느냐?"

아니나 다를까, 주성치 역시 자신이 정의의 사도라도 되는 듯 마음속으로 외워둔 대사를 내뱉었다.

"하하, 대명의 법전 성법 3조 1항에 의하면 아녀자를 희롱하는 자는 3년 이하의 징역이나 벌금 500냥에 처한다고 나와 있지만… 우리에게는 통하지 않소. 외지인인가 본데 곤욕을 치르고 싶지 않다면 당장 돌아서서 왔던 곳으로 가라고 권하고 싶소."

청의를 입은 사내가 주성치를 향해 말을 하는데 옆에 있던 또 다른 청의사내가 주성치의 일행인 듯한 인물들을 둘러보다가 나일을 쳐다보고는 주성치에게 자신의 유식함을 자랑하듯 말하는 청의인의 귀에다 뭐라고 하는 듯했다.

"과연 네놈이구나. 이놈, 여기가 어디라고 감히 이곳에 나타난단 말이냐?"

청의사내는 청강검을 손에 쥐고 뚱뚱한 화복을 입은 사내에게 말했다.

"소주(小主), 지난날의 치욕을 오늘 갚아드리겠습니다."

그 말에 이상한 생각이 든 뚱뚱한 화복을 입은 사내와 역시 이상한 생각을 한 나일의 눈이 마주쳤다.

순간 뚱뚱한 사내의 눈이 커지면서 흠칫 몸을 떨고는 소리쳤다.

"놈을 잡아라!"

나일은 여인을 희롱하던 사내를 보고는 그제야 그가 누군지를 알아보았다.

아! 어찌 잊겠는가?

왕부패. 절강성 포정사의 아들로 자기 외에 사람이 없다는 듯이 말을 달리던 놈. 그러다가 자신에게 디지게 맞았던 놈, 왕부패.

하마터면 반가움에 소리 지를 뻔한 것을 참아낸 나일은 우선 자신을 향해 다가오는 청의인들을 주시했다.

지금의 나일이라면 이들을 가루로라도 만들 수 있지만 이곳은 사람들의 눈이 많은 바, 주성치를 놓아두고 자신만을 향해 검을 뻗는 청의인들의 검을 피하면서 말했다.

"고작 이따위 실력으로 예전에 나를 핍박했단 말이냐?"

그리고는 손을 들어 네 자루의 검을 일일이 잡아서 부러뜨렸다.

그 모습에 놀란 왕부패는 예전의 악몽이 머리 속에 떠올랐는지 2층으로 그 뚱뚱한 몸을 날렸지만 이내 나일에게 잡혀서 가슴에 주먹을 맞고는 벽까지 튕겨 나갔고, 부러진 칼을 들고도 왕부패를 구하기 위해 달려들던 청의인들도 하나둘 그 꼴이 되어버렸다.

이제 왕부패 일행 중에는 나일을 알아보고 귓속말을 전했던 청의인만이 홀로 남아 부러진 칼을 들이댔다.

그 청의인은 자신의 부러진 칼이 두려움에 떨리고 있는지도 모른 채 나일에게 말했다.

"이곳은 절강성 안이다. 이제 곧 병사들이 들이닥칠 터이니 지금이라도 도망가면 살 수 있을지 모른다."

그러면서 조금씩 문 쪽을 향해 뒤걸음질쳐 가고 있었다.

나일은 그 말을 하는 사내가 자신이 예전에 대가리 박어를 시켰던 주현임을 알아보고는 입가에 미소를 지은 채 그에게 다가갔다.

"동작 그만! 좋은 말 할 때 그 자리에서 대가리 박어라!"

'이런 쌍, 나를 알아봤잖아?'

주현은 그 말을 듣자 칼을 떨어뜨리고는 곧바로 대가리 박어를 시전하는데, 이 년 만에 하는 것치고는 너무나 익숙한 동작과 자세를 보이는 것이 아닌가?

"그동안 많이 늘었는걸?"

나일은 격려의 한마디를 해주고는 왕부패에게 희롱당해 울고 있는 여인에게 다가가 얼른 자리를 피하라는 시늉을 했다.

그제야 그 여인의 일행인 듯한 사내 둘이 여인을 데리고 재빨리 주루 문을 나섰다.

나일은 탁자를 넘어 어슬렁어슬렁거리며 주현의 떨어뜨린 부러진 칼을 들고는 왕부패에게 다가가 그를 일으켜 세우고는 왕부패의 목에 칼을 들이댔다.

"그새 많이 컸군, 아녀자도 희롱하고."

그리고는 아주 오래전에 그랬던 것처럼 무차별적인 구타를 하기 시작했다.

굳이 예전과 다른 점이라면, 이제는 예전의 무조건 죽어라 때리는 것에서 탈피하여 아프고 고통스러운 부분만을 연속적으로 격타하는 것이랄까?

그 모습을 보며 주루 안에 모여든 사람들이 저러다 왕부패가 죽겠다는 생각들과 샘통이라는 생각으로 나누어져 갈 무렵 백 명이 훨씬 넘는 수의 병사들이 들이닥쳤다

발자국 소리를 미리 감지했던 나일은 다시 칼을 왕부패의 목에 대고 병사들을 향해 소리쳤다.

"거기서 한 발자국만 더 오기만 해봐라, 이놈의 목구멍에 확 그냥 칼을 쑤셔 넣을 테니까!"

그리고는 자신의 일행을 향해 우선 이곳을 피하라는 시늉을 할 때 병사들이 좌우로 갈라지면서 살만 디룩디룩 찐 관복을 입은, 누가 봐도 왕부패의 아버지라고 생각할 정도로 비슷한 얼굴의 중년인이 나타나서 나일을 노려보았다.

"이놈, 국법이 두렵지 않느냐? 감히 내 하나밖에 없는 아들을 건드리다니, 이곳에서 죽을 각오를 하거라!"

"너야말로 국법이 두렵지 않느냐?"

나일이 콧소리를 내며 왕부정을 노려봤다.

"흥, 쓴맛을 봐야 정신을 차릴 놈이로군."

늙은 뚱땡이, 즉 왕부패의 아버지 왕부정은 궁수들에게 손짓해서는 주루 안의 사람들에게 모두 활을 쏠 수 있게 준비시켰다.

이때 이 상황을 잠자코 지켜보던 와룡채의 행동대장 정염은 궁수들의 활이 수석 비서 주성치에게까지 미치자 자신의 품에서 금패를 꺼내더니 병사를 끌고 온 왕부정을 향해 입을 열었다.

"무엄하다! 무엇 하는 짓들이냐? 이놈들, 당장 절강성주 황승남을 이리로 대령해라!"

그 모습을 절강성의 포정사 왕부정은 유심히 쳐다보았다.

그리고는 어디선가 본 듯한 기억이 있는 사람이라고 생각했다.

'어디서 봤더라? 그래, 맞아. 황궁! 거기야. 헉, 동창대영반 정염!'

왕부정이 털썩 무릎을 꿇었다.

"절강성 포정사 왕부정이 동창대영반 정염 각하를 뵙습니다."

순간 주루 안에 숨 막힐 듯한 정적이 흘렀다.

그 모습에 넋을 잃은 건 나일도 예외가 아니었으니, 잠시의 정적이 흐른 후 병사들이 제각각 무릎을 꿇으며 분분히 외쳤다

"동창대영반 정염 각하를 뵙습니다!"

"동창대영반 정염 각하를 뵙습니다!"

일반적으로 정이품 이하의 관직에 대인이라는 칭호가 붙는다면 정이품 이상의 관직에는 '각하'라는 칭호가 붙는다.

물론 정이품 이상의 관직 중에서도 자신이 직접 통솔하는 병력을 가진 3개의 관직을 말하는데 동창대영반, 병부대원수, 금위의 총사령에

게만 붙는 명예로운 칭호이다.

관복을 입은 모든 이가 정염 앞에서 무릎을 꿇고 주루 안의 사람들도 나일 일행을 제외하고는 모두가 고개를 숙일 때쯤 정염이 왕부정을 보며 다시 한 번 말했다.

"지금 당장 절강성주 황승남을 대령하라!"

그 말에 왕부정은 곤혹스러운 표정을 지으며 비장한 말투로 말했다.

"죄송하오나 이 일은 제가 각하께서 이곳에 계신 줄 모르고 저지른 일, 절강성주와는 아무런 상관이 없으니 벌을 내리시려면 저에게만 내리소서!"

나일은 지금 벌어진 상황을 보고는 입이 따악 벌어지고 있었다.

지금껏 저들의 말을 어디서 개가 짖냐 하는 식으로 넘겨 버렸는데, 정말 믿을 수 없는 상황이 벌어지자 당황한 기색을 드러내지 않으려고 노력하며 정염에게 굳은 어조로 말했다.

"야, 행동대장! 너 진짜 동창대영반이냐?"

정염은 그런 나일을 쏘아보며 속이 시원한 듯한 표정을 짓고는 나일을 손가락으로 가리키며 병사들에게 명령했다.

"우선 저 역적 놈을 잡아라!"

병사들이 달려들려 하자 나일은 자신의 공력을 일으키며 살기를 불러일으켰다.

"그래, 좋다. 지금 여기 있는 놈들 다 죽어보자구. 어디서 반란을 일으킬라고!"

순간 주루 안의 모든 이들이 벌벌 떨기 시작했고, 정염 자신도 몸을 흠칫 한번 떨고는 고개를 나일이 있는 곳이 아닌 다른 곳으로 돌리다 황태자 주성치와 황궁태사 노림이 자신을 향해 고개를 황급히 젓는 것을 보았다. 이곳의 병사가 아무리 많아도 나일 한 사람을 잡기는커녕 그의 무공을 봤을 때 그가 다른 사람들의 이목을 안중에 두지 않고 전력을 다한다면 몸에 털끝 하나도 대지 못하고 이 많은 병사들이 전멸할 가능성이 오히려 더 높다고 느껴졌다.

"채주님, 제가 분위기를 바꾸려고 잠시 실없는 농담을 했습니다. 헤헤."

정염은 나일의 귓가로 조그맣게 내시 특유의 아부적 언어로 저음을 날렸다. 정염은 포정사 왕부정과 그의 아들 왕부패를 나일의 앞에 꿇어앉혔다.

"멈추어라! 농담이었다! 우선은 저놈을 포박해라!"

정염은 다시 손가락으로 왕부정을 가리키고는 나일의 곁으로 물러났다.

관병들은 농담이라는 말에 순간 모두들 다리를 휘청이기는 했지만 지엄한 동창대영반의 명령이었기에 즉시 임무를 수행했다.

나일은 자신에게 맞아 원래도 통통한 얼굴이 퉁퉁 부은 찐빵 같아진 왕부패를 보며 자신의 예전 모습을 떠올렸다.

'강호 유람을 나오지 않았다면 나 역시 저런 모습으로 살고 있을까? 아니야, 난 최소한 남의 위세를 빌려 호가호위(狐假虎威)하지는 않았잖아?'

속으로 그런 생각을 하며 왕부패를 쳐다보니 어쩐지 측은하고 불쌍해 보였다.

"왕부패, 고개를 들어라!"

왕부패의 고개가 들려지자 여기저기서 웃는 소리가 들려왔다. 아까까지만 해도 그럭저럭 퉁퉁 부은 찐빵이었던 왕부패의 얼굴은 시간이

지나면서 눈에 보일 정도로 퍼렇게 변해가고 있었다.

"너는 아비의 권세를 믿고 함부로 행동하였으니 이제 그 심판을 받는 것이다. 이 나으리에게 할 말이 있느냐?"

가뜩이나 맞은 모습에 이제나저제나 병사들이 와서 자신을 구해주면 나일을 잡아 복수하리라는 생각에 참았건만, 아비의 권세보다도 훨씬 대단한 동창대영반의 권세를 등에 업은 나일을 보고는 체념한 듯 말했다.

"없… 습니다."

"좋아."

나일은 이번에는 고개를 우로 돌려 왕부정에게 향했다.

"왕부정!"

나일이 왕부정을 부르자 왕부패의 아비 왕부정은 고개를 들어 나일을 힘없이 노려봤다.

"당신은 누구길래 감히 대명의 신하인 나에게 이렇게 모욕을 가하는 것이오?"

"나는 말이야, 비밀 요원이다."

일단 뻥을 쳐 놓고 정염에게 동의를 구했다.

"그렇지, 정염?"

나일이 정염을 향해 묻자 저지른 죄가 있는 정염이 나일을 도왔다.

"이놈, 이분은 황제 폐하께서 직접 윤허하신 나보다도 더 높은 분이란 말이다! 네까짓 것이 말을 함부로 할 수 있는 상대가 아니야!"

의외로 연기가 능란한 정염은 나일의 신분을 확실히 보장해 주었다.

"너는 자식의 나쁜 행동을 막지 않고 오히려 과잉 보호(過剩保護)로 인하여 죄없는 사람들을 괴롭혔는 바, 그 죄를 묻지 않을 수 없다. 인정하느냐?"

"예……."

힘없이 왕부정의 목소리가 흘러나왔다.

나일은 그런 둘을 매섭게 바라보았다.

"왕부정과 왕부패, 너희는 자신의 권세만을 믿고 백성들을 너희 발톱의 때로 여겼다. 백성이 너희에게 그런 존재란 말이냐? 백성들을 보호하고 올바로 선도해야 할 책임이 있는 지도층이 모범을 보이지 않았으니 당연히 그 죄는 일반 백성보다 무거운 것이다!'

나일은 잠시 호되게 그들을 꾸짖은 후 정염에게 고개를 돌렸다.

"정염!'

"예, 비밀 요원님."

"저들을 묶어 절강성 성루 위에 하루 동안 매달아두게. 백성들이 그들을 심판할 것이야."

"예, 알겠습니다."

정염이 군사들에게 말을 전하자 군사들도 평소 그들의 행실이 옳지 않지만 왕부정의 권력에 눌려 표현하지 못하던 차였기에 속 시원하다는 반응들이었다

나일은 정염에게 말을 전하고는 주현에게 다가가 그 앞에 섰다.

"기상!'

땀을 뻘뻘 흘리며 그 소동을 '대가리 박어'를 하며 몰래 지켜보던 주현은 나일이 부르자 냉큼 일어났다.

"저기 쓰러진 너의 동료들을 내 앞에 대령해라!'

나일이 손가락으로 가리키자 이제껏 죽은 듯 상황을 지켜보던 청의인들이 한달음에 나일의 앞에 다가와 무릎을 꿇었다.

"무공을 익힌 자로서 백성을 돕지 않고 권세있는 자의 뒤에 빌붙어 약한 자를 핍박하였으니 너희는 무공을 익힐 자격이 없다!"

그 말을 하고는 손가락을 튕겨 네 사내의 단전에 깃든 기운을 파괴하고는 사내들을 보며 말을 이었다.

"이제 너희들도 평범한 백성이 되었으니 남은 인생을 권력의 그늘에 붙지 말고 정당하게 살아가라!"

그 말을 들으며 청의인들은 은근히 공력을 끌어올려 보았으나 한 줌의 내기도 느껴지지 않자 참담한 얼굴이 되었다.

"그리고 어쨌든 너희들이 모셨던 주인들이 성루에 묶일 터이니 너희들은 주인의 생명을 위협하는 자들을 말리거라. 물론 그 아래에서 내일까지 대가리를 박으며 어떻게 살아야 후회없는 인생인가에 대해 고민하는 것도 빠뜨리지 말고."

나일은 군사들에게 그들을 끌고 가라는 손짓을 한 후 정염에게 나직이 말했다.

"네가 감히 나를 배신하려고 해?"

언제, 어디서 들어 올려도 나일의 주먹이 무섭게 보이는 정염이었다.

"제가 어찌 감히… 농담이었다니까요."

"농담? 진심이냐?"

"그럼요. 그러니까… 제가 채주님을 위해 없는 황제 폐하의 윤허도 만든 거 아닙니까?"

자신이 한 행동을 은근히 내세우자 나일도 고개를 끄덕였다. 하나……

"그래? 그런데 어쩌지, 농담이라도 기분이 나쁜걸?"

나일은 정염을 두들겨 패면서도 입으로는 쉴 새 없이 교훈을 주절거렸다.

"어디 오늘 내가 위계 질서가 어떤 것인지 보여주마."

그리고는 간만에 정염의 몸에 애벌레 대법을 시전했다.

비록 나일이 느끼기엔 아주 찰나의 시간이었지만 정염에게는 억겁과 같은 시간이 흐른 후에 나일은 정염의 몸을 풀어주며 언제든 대법을 시전할 수 있는 자세를 잡고 말했다.

"죽을 때까지 평생 그렇게 있도록 만들어줄까?"

정염은 연신 죽을죄를 지었다며 머리를 조아리고는 울먹였다.

"한 번만 봐주세요, 채주님. 엉엉……."

정염의 애절하고 불쌍한 표정에 나일은 오늘은 이쯤에서 그만 할까 하는 동작을 취하며 정염을 향해 은근한 어조로 물었다.

"아까 그 금패는 뭐냐?"

역시 간만에 정염에게 애벌레 대법을 펼친 것에는 이유가 있었다. 나일은 좀 전에 정염이 내보인 금패가 갖고 싶었던 것이다.

나일의 은근한 물음에 더욱 겁을 먹은 동창대영반이자 황궁제일고수 자금신검. 그러나 지금은 말이 와룡채의 행동대장이지 심심하면 나일의 구타거리가 된 지 오래인 정염은 그래도 한 조각의 이성이 남았는지 금패가 들어 있는 가슴을 꼭 여몄다.

그 행동에 갑자기 오늘은 이만 정염을 괴롭혀 볼까 하는 마음을 품었던 나일이 다시 손을 내밀며 차가운 목소리로 말했다.

"누가 갖는대냐, 잠깐 보자는 거지. 비싸 보이니까."

"저기… 그건……."

나일의 목소리가 갑자기 차가워지자 퍼뜩 정신을 차린 정염은 이대로 상황이 지속되면 결국 돌아오는 것은 지옥 같은 고통의 시간뿐이라는 것을 자각하면서 우물쭈물, 부들부들 떨며 가슴 속에 넣어두었던 금패를 꺼내었다.

"저기요… 채주님… 이… 건 제가 목숨만큼… 소중히… 여기는 것인데……."

정염은 정말 필사적으로 용기를 짜내어 말했다.

나일은 정염이 자신의 손에 쥐어준 금패를 흐뭇하게 보고 있었다. 그리고 갑자기 생각난 듯 정염에게 다시 고개를 돌렸다

"근데 이 금패가 얼마나 대단하기에 그러는 거야? 비싸 보이기는 하지만… 어이구, 한 2~300돈은 나가겠는걸?"

"저기… 그건요… 채주님……."

"아, 말하기 싫으면 말어. 대신 고통의 시간은 빨리 온다."

단도직입적으로 나가는데 이미 경험이 있는 정염은 어떡해서든 그것만은 피해야 했다.

"아니요, 채주님……. 이 금패는 동창대영반의 신분패로 황제 폐하께서 직접 하사하신 것으로써 삼천 동창위를 부릴 수 있고, 관직자의 비리를 적발할 경우 관직을 그 자리에서 즉시 박탈할 수 있는 권한을 지닌 중요한 패입니다."

"그거 좋은데……?"

나일은 탐욕의 눈을 번뜩이며 금패를 만지작거리다 잠시 뜸을 들이고는 정염을 쳐다봤다.

"이거 나 주면 안 되냐?"

한순간 나일과 정염의 사이에 정적이 흘렀고, 정염의 등줄기에서 식은땀이 흘렀다.

"가지세요, 가지세요. 제가 채주님께 드리는 선물이라 생각하십시오."

정염은 할 수 있는 말이 이것뿐인 자신을 원망했다.

하기사 결과는 마찬가지였을 거다. 일찌감치 포기하는 것이 낫다. 시간을 오래 끌어봤자 자신의 몸만 망치는 결과를 가져올 뿐이다.

"고맙다. 하하하!"

그렇게 정염은 이마에 난 땀을 훔치며 일어서는 힘없는 자의 설움에 눈물을 뿌리며 노림과 주성치에게 건너갔다.

정염이 준 동창대영반의 신분패를 가지고 있던 나일은 갑자기 자신이 건드린 사람들이 대단한 사람들이라는 것을 느끼고 그들의 행동들을 돌이켜보았다.

정염과 노림이 취약한 수석 비서 주성치를 황태자라고 했던 말들을 기억해 내고는 그들이 모여 있는 방으로 향했다.

"야, 수석 비서, 내가 누구야?"

갑자기 들어와 다짜고짜 자신을 향해 묻는 말에 지금껏 당해온 것이 있어 또 무슨 트집을 잡아 자신을 때리려나 보다라고 생각한 주성치는 확신과 비굴함이 교차된 목소리로 대답했다.

"저의 두목이시며 와룡채의 채주 천하무적 나일님이십니다."

"그럼 넌 누구야?"

"저야 천하무적 나일님을 모시고 있는 세상에서 가장 행복한 수석 비서 주성치죠."

"누가 그래? 너, 황태자잖아."

'에이, 진짜 쪽팔리게. 알면서 그 따위로 묻는 저의가 뭐야?'

나일의 말에 그제야 자신이 황태자라는 것을 알고도 함부로 대하는 나일을 보며 어떤 대답을 해야 덜 맞을까 고민하는 주성치였다.

"헤헤, 봐주세요."

공황 상태에 빠져 웃음을 터뜨리다 갑자기 눈물을 터뜨리는 주성치의 머리 속에는 울면 자신이 여자니까 때리지 않을지도 모른다라는 막연한 기대 심리도 한몫을 했다.

"야, 안 그쳐! 계집들이란……"

나일의 말에도 굴하지 않고 주성치는 살길은 이것밖에는 없다는 듯 계속 눈물을 흘렸다.

"알았다니까! 안 때릴게 뚝 그쳐. 안 그러면 때려서 멈추게 해주는 수밖에!"

나일의 말에 주성치는 이내 울음을 그칠 수밖에 없었다.

"근데 넌 여잔데 어떻게 황태자가 됐지?"

나일의 물음에 이 상황을 지켜보던 정염이 대답했다

지금의 황제 건문제에게는 아들이 없고 자식이라 봤자 딸 하나뿐인데 그게 주성치이다.

황궁어의(皇宮御醫)들의 말에 의하면 건문제의 건강은 너무 좋지 않아서 더 이상 자식을 생산할 수 있는 능력이 없고, 그래서 늦게 낳은 딸 주성치를 아들로서 키우기 시작한 것이다. 물론 지금까지도 아들을 낳기 위해 시도하고 있고, 아들을 낳게 되면 황태자의 제위는 그에게 넘어가게 되지만, 미리 황태자를 선출해 놓은 것은 건문제의 숙부 연왕의 군세가 너무 강해서 만약 와병 중인 황제가 죽기라도 한다면 황태자를 정해놓지 않았다는 명분으로 연왕이 황제의 위를 뺏을까 염려해 취한 조치였단다.

"음, 난 그렇게 복잡한 것은 몰라. 아무튼……"

나일이 말을 꺼내려 하는데 멀리서 들려오던 말발굽 소리가 객잔 앞에서 멈추었다. 말발굽 소리로 보아하니 수백은 족히 넘을 듯싶었다.

"누구지?"

"아마도 절강성주 황승남 같습니다."

정염이 절강성주가 황태자의 소식을 듣고 그들을 맞기 위해 온 것이라 대답했다.

"왜 온 건데?"

"아마도 수석 비서를 모시려고 온 듯합니다."

"그래, 난 그렇게 복잡한 것은 싫으니까 나 먼저 떠나련다."

나일이 일어서자 정염, 노림, 주성치는 무언가 할 말이 있다는 듯 나일을 쳐다봤다.

"그래, 부하가 제일이다. 두목이 먼저 떠난다니까 아쉬워하고."

"그게 아니고요… 헤헤… 아니, 맞아요."

정염이 무언가 말을 하려다 얼버무리자 나일이 물었다.

"왜……?"

"아니, 그게요… 헤헤…….."

"빨랑 말 안 하면 손을 쓸 수밖에."

나일이 손을 들자마자 정염이 말했다.

"저기… 금제는 어떻게… 헤헤…….."

아부 근성이 몸에 밴 정염이 웃으며 말하자 나머지 일행도 나일을 보며 웃었다.

"헤헤… 금제는 풀어주셔야죠."

"당분간 못 뵐 텐데 금제를 풀어주시면 안 될까요?"

그제야 자신이 떠나는 것이 아쉬워서 그런 것이 아니라 자신이 펼친 애벌레 대법이 아직도 자신들의 몸에 남아 있는 줄 알고 그랬다는 것

을 알고는 속으로 생각했다

'순진하기는……. 그거야 내가 곁에만 없으면 누가 그런 것을 거냐? 푸하하!'

속으로 머리를 굴린 나일이 그들을 하나하나 그윽하게 쳐다본 후 입을 열었다.

"불행하게도 그것은 한 번 걸리면 평생을 간다. 육 개월에 한 번씩 한 시진 정도 그런 시간들이 올 텐데… 아, 내가 아니면 누구도 구할 수 없지. 담에 볼 때 풀어줄게. 그때까지 알아서 해결해라."

나일이 그 말을 끝으로 객점의 창문으로 몸을 날려 사라졌다.

혹시라도 숨어서 지켜보고 있을까 봐 한동안 멀뚱히 쳐다보던 그들 중 노림이 먼저 입을 열었다.

"죽일 놈."

"저 시키 뻥 아냐?"

"아닙니다. 몸의 내공이 아직 모이지 않는 걸 보니 금제인 것은 확실합니다. 아마도 이 내공이 다 모이려면 육 개월은 소요될 텐데 그때쯤 다시 그 끔찍한 일을 겪을 듯싶습니다."

정염의 이 한마디는 순식간에 그들에게 공포를 주었다.

"놔요! 나 죽고 말래!"

자신의 손으로 목을 움켜쥐는 주성치를 말리며 그들은 와룡채의 삼 인방에서 황궁 삼 인방으로 돌아왔다.

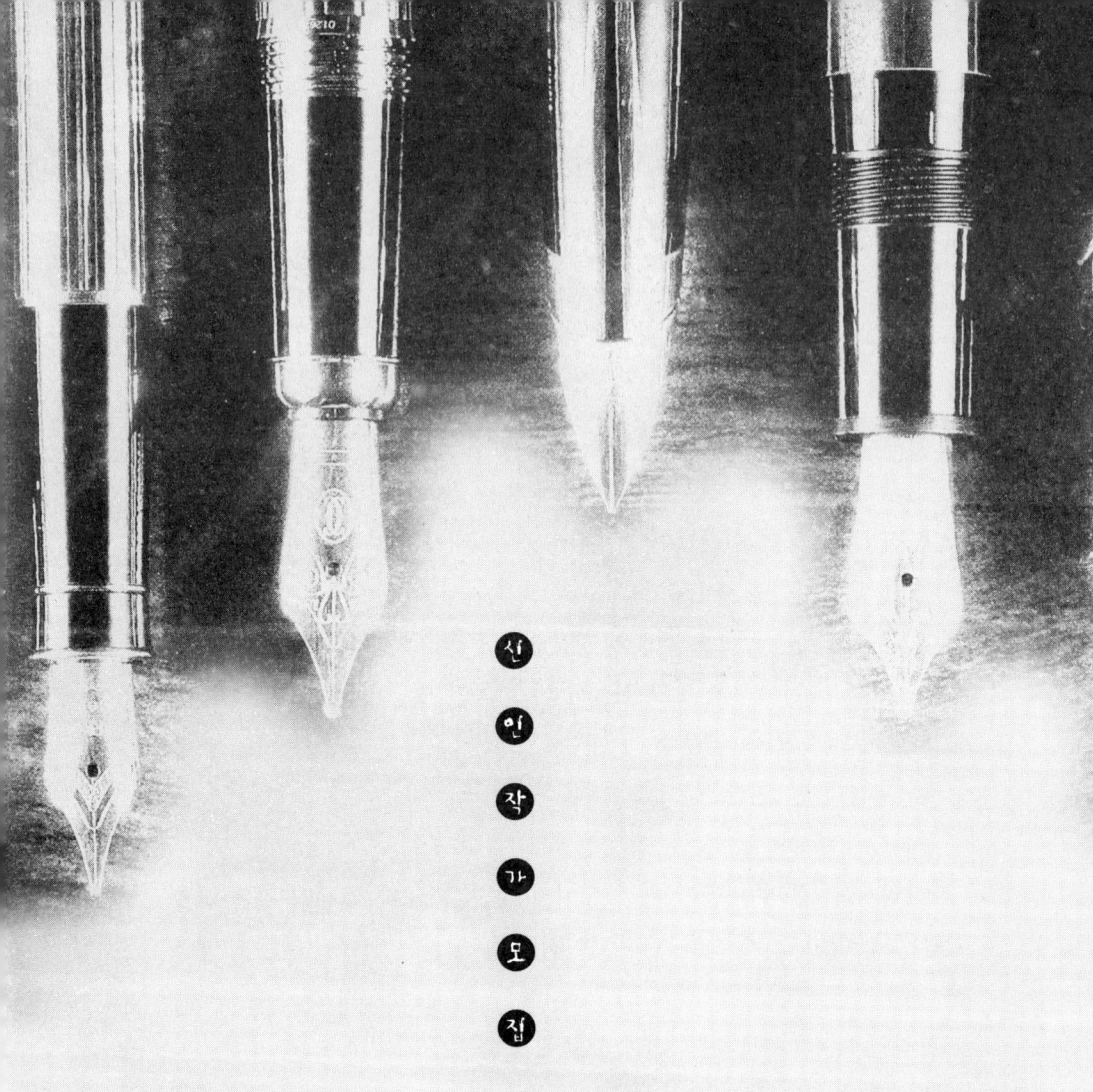

신
인
작
가
모
집

시작이 반이라고 했습니다.
작가의 길에 대한 보이지 않는 벽을 과감히 깨뜨리십시오!
청어람은 작가 지망생 여러분들의
멋진 방향타가 되어드리겠습니다.

저희 도서출판 청어람에서는
소설 신인 작가분들을 모집합니다.
판타지와 무협을 사랑하시는 분들의 많은 참여를 바랍니다.
소정의 원고(A4용지 150매)를 메일이나 우편으로 보내주시면
검토 후 출판 여부를 알려드리겠습니다.

주소:경기도 부천시 원미구 심곡1동 350-1 남성B/D 3F 우편번호420-011
TEL:032-656-4452 · **FAX**:032-656-4453
http://**www**.chungeoram.com
e-mail:chungeoram@chungeoram.com